KB059926

밀랍 인형

피터 러브시 지음 ─ 이동윤 옮김

정말이지, 숨이 멎을 만큼 아름다운 사람이지 않습니까?

Waxwork

엘릭시르

**차
례**

4월 15일, 일요일 ⋯⋯⋯⋯⋯⋯⋯ 009

6월 6일, 수요일 ⋯⋯⋯⋯⋯⋯⋯ 014

6월 8일, 금요일 ⋯⋯⋯⋯⋯⋯⋯ 029

6월 13일, 수요일 ⋯⋯⋯⋯⋯⋯⋯ 048

6월 14일, 목요일 ⋯⋯⋯⋯⋯⋯⋯ 072

6월 15일, 금요일 ⋯⋯⋯⋯⋯⋯⋯ 085

6월 16일, 토요일 ⋯⋯⋯⋯⋯⋯⋯ 116

6월 17일, 일요일 ⋯⋯⋯⋯⋯⋯⋯ 122

6월 18일, 월요일 ⋯⋯⋯⋯⋯⋯⋯ 156

6월 19일, 화요일 ⋯⋯⋯⋯⋯⋯⋯ 168

6월 20일, 수요일 ⋯⋯⋯⋯⋯⋯⋯ 187

6월 21일, 목요일 ⋯⋯⋯⋯⋯⋯⋯ 205

6월 22일, 금요일 ⋯⋯⋯⋯⋯⋯⋯ 232

6월 23일, 토요일 ⋯⋯⋯⋯⋯⋯⋯ 292

6월 25일, 월요일 ⋯⋯⋯⋯⋯⋯⋯ 353

작가 정보 ⋯⋯⋯⋯⋯⋯⋯⋯⋯⋯ 357

해설 | 박현주 ⋯⋯⋯⋯⋯⋯⋯⋯ 365

등장인물

제임스 베리
사형집행인

미리엄 제인 크로머
사형수, 하워드 크로머의 아내

하워드 크로머
사진사, 미리엄 크로머의 남편

조사이아 퍼시벌
하워드 크로머의 조수

사이먼 앨링엄
미리엄 크로머의 변호사

조잇
런던 경찰청 소속 경감

A. 크리브
런던 경찰청 서더크 분서 소속 경사

제임스 베리의 두 눈에서 양심에 거리끼는 듯한 기색은 조금도 찾아볼 수 없었다. 곁눈질을 하거나 눈을 내리까는 법도 없었다. 《텔레그래프》에서는 그의 눈을 가리켜 마치 대구처럼 툭 튀어나온 눈이라고 한 적 있었다. 그 말을 본 후로 그는 《그래픽》으로 갈아타버렸다.

현재 그는 그렇게 생긴 눈으로 기사를 한 줄 한 줄 빼놓지 않고 꼼꼼하게 훑어보는 중이었다. 그중에서 가장 흥미를 끄는 것은 "경찰 정보"라는 표제가 붙은 범죄 관련 기사들이었다. 브래드퍼드의 빌턴 플레이스에 위치한 그의 집 거실 벽난로 선반 위에는 금박을 입힌 액자 두 개가 걸려 있었는데, 작은 판형의 남녀 인물사진들이 각각 여덟 장씩 두꺼운 판지 위에 고정되어 있었다. 모두 유죄판결을 받은 살인범들이었다.

그들은 공들여 엄선한 자들이었다. 명함판 사진 속에 드러난 그들의 면면을 살펴보면 그들이 영락없이 최악의 쓰레기들이라는 사실을 알 수 있었다. 심지어 그중 두 명은 의사였다.

1888년 어느 일요일 저녁, 베리의 아내가 그 사진들에 대해 이야기했다. "거실 벽난로 위에 저런 사람들 사진을 놓으니 영 꺼림칙하긴 하지만, 옆에 다른 사진을 하나 걸어놓으면 그나마 참을 수 있을 것 같아요."

그는 읽고 있던 신문 너머로 아내를 바라보았다.

"걸고 싶은 사진이라도 있어요?"

"당신 사진 말이에요, 여보."

베리는 그곳에 자신의 사진을 걸어놓는다는 생각은 단 한번도 해본 적이 없었다.

이제 그는 진지하게 고민해보았다. 세피아빛 사진 속에 담긴 그의 모습은 그리 나쁘지 않을 것이다. 그는 서른여섯 살에 아직 머리숱도 많았다. 얼굴은 남자답고 잘생겼으며, 넓적하고 건장해 보이고, 검은 턱수염이 보기 좋게 자라나 있었다. 오른쪽 뺨 아래쪽에는 깊은 흉터 자국이 하나 있었지만 턱수염 때문에 거의 눈에 띄지 않았다. 그는 아내가 그 흉터를 좋아하는 것 같다고 생각했다. 어떻게 생긴 상처인지 자신에게 물어본 적은 없지만 이따금 그녀가 손가락 끝으로 흉터를 쓰다듬곤 했기 때문이다. 그럴 때 아내의 손길은 굉장히 부드러웠다.

그는 아내에게 쓸데없는 소리 말라며 핀잔을 준 다음 다시 《그래픽》을 읽기 시작했다. 런던 큐 지역에서 발생한 독살 사건에 관한 기사였다.

아내는 범죄자들의 사진이 전시된 걸 보면 온몸이 오싹해진다고 계속해서 말했다. 바느질을 하다 잠시 고개를 들었을 때 남편의 정직하고 신실한 얼굴이 보였으면 한다고 했다.

그는 아내가 굳이 종교적인 표현을 사용하는 이유를 알고 있었다. 교회에서 평신도 신분으로 연단에 서는 그의 모습을 두 사람 모두 자랑스러워했다. 제임스 베리는 예배당에 모여 앉은 사람들을 앞에 두고 설교단 위에 올라, 권위 있는 태도로 인과응보의 원리를 설명할 수 있는 사람이었다.

"브리지 스트리트에 품위 있어 보이는 사진관이 있어요. 쇼윈도에 벨벳을 댄 가게 알죠? 거기 사진사가 찍은 사진을 봤는데, 어쩌나 실물 같은지 몰라요. 당신도 예배용 정장에 버터플라이 칼라[1]를 입고 찍으면 되잖아요. 굉장히 멋진 사진이 나올 거예요, 짐!"

그는 사진을 찍을 생각이 전혀 없다고 단도직입적으로 대답했다. 아내는 자신이 아는 한 사진 촬영은 하나님께 죄를 짓는 일이 아니라고 항변했다. 기억을 더듬어봤지만 성서 속에

---

[1] 이 시기의 칼라는 셔츠의 몸통과 붙은 채로 목둘레에 길게 덧붙여 있지 않고 따로 분리되어 바꿔 입을 수 있는 형태였다. 버터플라이 칼라는 윙 칼라와 같은 의미로, 앞에 꺾인 부분이 날개를 연상시키기 때문에 이런 이름이 붙었다.

서 사진에 대해 언급한 대목은 떠오르지 않는다는 것이었다.

그는 그런 비꼬는 표현을 받아줄 생각도 전혀 없었다. 오늘이 안식일만 아니었어도 다시는 그러지 말라는 뜻으로 가벼운 체벌이라도 내렸을 터였다. 그가 그렇게 말하자, 아내는 코코아를 만들겠다며 거실 밖으로 나가버렸다.

《그래픽》에는 큐에서 발생한 살인 사건에 관한 기삿거리가 넘쳐났다. 경찰이 어느 젊은 기혼 여성을 체포한 모양이었다. 그녀의 가족은 부유했다. 따라서 기자들은 그녀가 재판에서 훌륭한 법률 지원을 받을 것이라 예상했다. 클라크나 러셀[1]과 견줄 만한 역량을 지닌 사람이 변호를 맡으리라 기대했기 때문이다. 최고 수준으로 치열한 법정 공방이 이루어질 것처럼 보였다.

아내가 코코아가 담긴 머그잔과 비스킷 한 개를 들고 다가오자, 그는 브리지 스트리트에 있는 사진관에서 사진을 찍을 생각이 없는 이유를 말해주었다.

"나 같은 직업에 종사하는 사람들은 특별히 애쓰지 않아도 대중의 주목을 받기 마련이에요. 사진 같은 게 없어도 관심이 충분히 차고 넘친다니까. 만약 내가 브래드퍼드에서 찍은 사진이 있다면, 한 시간도 지나지 않아 '국가 교수형집행인,

---

[1] 에드워드 클라크와 찰스 러셀. 두 사람 모두 실존 인물로, 빅토리아 시대의 대표적인 변호사다.

제임스 베리'라는 문구가 아래에 커다랗게 박힌 채 사진관 쇼윈도에 전시되게 될 거예요."

그녀는 기분이 상한 듯했다. "짐, 부끄러워할 이유가 뭐가 있어요? 동네 사람들이 당신 사진을 보고 싶다면 그냥 보게 놔두라지!"

그는 브래드퍼드 주민들이 보는 것은 중요한 문제가 아니라고 대답했다. 어쨌든 대부분은 그를 알고 있으니까. 하지만 지나가던 신문기자가 그의 사진을 보게 된다면 그때부터 골칫거리가 시작될 것이다. 일단 그자가 족제비처럼 사진관 안에 몰래 들어가는 데 성공하기만 하면, 영국에서 발행되는 모든 신문이 그의 사진으로 도배될 것이다. 직업을 잃을 수도 있는 문제였다.

아내는 그의 설명을 듣자 입을 다물었다.

그날 저녁에는 그 화제가 다시 입에 오르는 일이 없었다. 하지만 베리가 그 이야기를 머릿속에서 완전히 지워버린 것은 아니었다.

6월 6일, 수요일

미리엄 크로머의 재판은 1888년 런던 사교 시즌이 한창일 시기에 열렸다. 기간은 애스컷 경마 대회가 열리기 전 일주일간이었으며, 장소는 중앙형사법원으로 정해졌다.

검시 배심 및 즉결심판으로 진행된 예심에서 사실관계는 이미 명함을 늘어놓은 것처럼 일목요연하게 정리되어 있었다. 사망자의 이름은 조사이아 퍼시벌로, 큐 지역에 위치한 어느 사진관에서 사진사 하워드 크로머의 조수로 일하던 사람이었다. 그 사진관은 상류사회에서 입소문을 타서 신분이 높은 사람들이 즐겨 찾았다. 《태틀러》의 독자들은 이미 지면을 통해 크로머라는 이름과 익숙해진 상태였다. 3월 12일 월요일 오후, 매슈 이글 박사가 사진관을 찾았다. 사진을 찍기 위해서가 아니라 조사이아 퍼시벌의 사망 판정을 내리기 위해서였다.

사인은 독살이었다. 3월 14일에 검시를 실시한 결과 과학계에 알려진 최고의 속효성 독극물 중 하나인 청산가리의 존재가 확인되었다. 퍼시벌의 시체 옆에서 발견된 마데이라 와인잔에 남은 앙금을 분석해보니, 그 안에도 독극물이 들어 있다는 사실이 드러났다. 사진관 암실에는 셀레[1]의 방식에 따라 추출된 청산가리 용액 한 병이 정착제로 사용할 목적으로 보관되어 있었다. 병은 반쯤 빈 상태로 독극물 보관용 캐비닛 안에서 발견되었다.

경찰이 제기한 첫 번째 가설은 자살이었다. 퍼시벌은 홀로 사망한 채 발견되었다. 그가 발견되기 전까지 두 시간 동안은 그와 함께 사진관에 있던 사람은 아무도 없었다. 또한 그에게는 금전적인 문제가 있었다. 사설 마권 업자에게 67파운드의 빚을 지고 있었던 것이다.

사진관 찬장 안에 있던 마데이라 와인이 담긴 디캔터를 분석한 결과 그 안에서 청산가리가 발견되면서, 자살이라는 가설은 기각되었다. 음독자살을 꾀하려던 사람이 본인이 마실 잔 대신 디캔터에 독극물을 넣을 리 만무했기 때문이다. 디캔터에 와인을 가득 채워두는 일을 맡은 사람은 사진관 주인의 아내, 미리엄 크로머 부인이었다. 그녀가 디캔터에 와인을 채운 시각은 퍼시벌의 사망 당일 정오였다. 2시가 되기 전, 그녀는 가봉을 위해 재봉사를 방문하러 외출했다. 그녀의 남편은 인물사진작가협회 회의에 참석하기 위해 브라이턴에 가 있었

<small>[1] 칼 빌헬름 셸레. 18세기 스웨덴의 화학자.</small>

기 때문에 퍼시벌은 사진관에 혼자 있었다. 그가 틈만 나면 마음대로 마데이라 와인을 마시곤 한다는 것은 공공연한 비밀이었다.

3시 20분, 사진관 아래 지하층에 있던 가정부와 하녀는 사람이 쓰러지는 듯한 둔탁한 소리를 들었다. 그리고 뒤이어 다른 소리도 들렸다. 마치 누군가 마룻바닥을 두드리는 것 같은 소리가 꼬리를 물고 이어졌던 것이다. 평소 고용인들은 영업시간 내에 절대로 사진관 안에 모습을 비춰서는 안 된다는 지시를 잘 따랐지만, 그 소리는 너무나 유별났고 불안한 느낌도 주었다. 그래서 그들은 사진관을 한번 살펴보기로 의견을 모았고, 카펫 위에 누워 몸이 뻣뻣하게 굳은 채 호흡곤란으로 악전고투를 벌이고 있는 퍼시벌의 모습을 발견했다. 멀겋게 변한 그의 두 눈은 허공을 응시하고 있었는데 피부는 푸른빛으로 변해가는 중이었다. 그때까지만 해도 그는 의식이 있었지만 말은 할 수 없는 상태였다.

하녀가 달려가 이글 박사를 불러왔지만, 그를 사진관으로 호출하는 십 분 남짓한 시간 사이에 퍼시벌은 숨을 거두고 말았다.

4시가 되기 조금 전, 미리엄 크로머 부인이 귀가했다. 그녀는 곧장 사진관 안으로 들어왔다. 그녀는 사진관 안에 독극물로 분류되는 물질이 있느냐는 질문을 받자, 이글 박사를 캐비닛 앞으로 데려가 그 안에 보관해둔 청산가리를 보여주었다. 몇 분 후, 그녀는 졸도하고 말았다.

이후 일주일 동안 진행된 수사 끝에, 조사이아 퍼시벌의 재정 상태와 미리엄 크로머가 행한 일부 금전 거래 사이에서 주목할 만한 점이 발견되었다. 1887년 10월과 12월, 1888년 1월과 2월, 네 차례에 걸쳐 퍼시벌은 마권 업자에게 진 빚을 10파운드, 12파운드, 14파운드, 15파운드씩 갚았다. 그리고 그가 돈을 갚은 날짜와 인접한 날, 크로머 부인은 브렌트퍼드에 있는 전당포를 찾아가 해당 금액과 거의 일치하는 돈을 구해 왔다. 그녀는 변호사 사이먼 앨링엄의 조언에 따라 3월 28일에 열린 검시 배심에 증인으로 출석하기를 거부했다. 배심 원단은 그녀에게 모살죄 혐의를 구형했다. 같은 날 오후, 그녀는 공식적으로 기소되어 유치장에 수감되었다.

4월 9일과 10일, 양일에 걸쳐 진행된 치안판사 심리에서, 앨링엄이 미리엄 크로머를 변호하기 위해 출정했다. 그녀에 대한 고발이 이루어지자 그는 그녀에게 아무 말도 하지 않도록 지시한 다음 피고인 변론을 유보했다. 그녀는 중앙형사법 원에서 열리는 재판에 회부되었다.

이후 두 달 동안 대중들의 관심은 최고조에 이르러, 급기야 런던의 행정장관들이 최고 법정 방청석의 특별 입장권 발행을 결정했을 정도였다. 6월 4일 이튼 칼리지 축제날에는 암

표 가격이 10기니까지 올랐다. 더비 경마 대회 개최일인 6일에는 가격이 15기니까지 치솟았다. 한 남성을 고통스럽게 살해한 혐의로 재판에 회부된 아름다운 여성을 보는 건 흔치 않은 기회였고, 당연하게도 외설적인 함의가 담겨 있으니 더더욱 놓칠 수 없는 구경거리였다. 이런 사건들은 전설이 되기 마련이었다. 일찍이 매들린 스미스가 프랑스인 연인과 벌인 무분별한 행동이나, 플로렌스 브라보와 노의사 사이의 간통, 애들레이드 바틀릿이 웨슬리 교파 목사와 나눈 친밀한 관계[1] 같은 것들이 법정에서 폭로된 적 있었고, 그 어떤 대중소설도 실제 사건들이 가져다주는 진실성에는 비할 바 못 되었다. 미리엄 크로머가 조사이아 퍼시벌에게 돈을 지불했다는 사실은 그들 간에 모종의 공갈이 있었음을 암시하는 게 분명했다. 온 국민이 숨을 죽이며 과연 어떤 사연이 폭로될지 고대했다.

하지만 어찌 보면 그 누구도 기대하지 않았을 일이 일어나고 말았다. 재판이 시작되기 일주일 전, 미리엄 크로머가 자백을 하고 만 것이다. 자백은 진술서 형태로 제출되었고, 그녀는 그때까지 수감되어 있던 뉴게이트 교도소의 유치장에서 나와 치안판사 앞에서 자신의 진술서가 진실임을 맹세하는 선서를 했다.

---

[1] 모두 19세기 중후반 영국을 떠들썩하게 만들었던 실제 스캔들이다.

대중들이 이 소식을 처음 들은 것은 6월 6일, 재판이 시작되기 이틀 전이었다. 원래대로라면 대배심을 앞두고 정식 기소장을 제출하기로 예정되어 있던 날이었다. 콜벡 판사가 법적 절차에 따라 진술서를 읽기 시작하자 사람들은 아연실색하고 말았다.

저, 하워드 크로머의 아내, 미리엄 제인 크로머는 1888년 3월 12일 월요일 오후 큐그린 거리에 있는 파크 로지에서 남편이 고용한 사진관 조수 조사이아 퍼시벌을 살해한 사건에 대해 자발적인 의지로 진술하기를 희망하는 바입니다. 저는 그가 디캔터에 담긴 와인을 즐겨 마신다는 사실을 알고, 그 안에 치명적인 양의 청산가리를 넣었습니다. 이런 행위를 저지른 이유는, 조사이아 퍼시벌이 수개월에 걸쳐 저를 협박의 대상으로 삼아왔기 때문입니다.

1882년 여름, 햄프스테드에서 가족들과 함께 살고 있던 스무 살의 저는 무슨 일인지도 정확히 알지 못한 채 두 명의 친구들과 함께 사진 촬영에 참여했습니다. 주제는 고대 그리스와 로마였습니다. 저희는 하이게이트 문학예술협회 소속이었는데, 로열 아카데미 원장이신 프레더릭 레이턴 공, 당시에는 레이턴 경께서 그릴 작품을 위한 참고 자료로 저희 사진이 사용된다는 설명을 들었습니다. 진실은 그와 달랐습니다만, 그때는, 그리고 이후 몇 년 동안 저희는 사진이 그런 용도로 사용되었다고 믿고 있었습니다. 저희는 사진을 여섯 장 정도 찍었고, 그중 일부는 탈의를 하거나 속이 비치는 모슬린 천을 두르고 찍은 것이었습니다. 저희가 그렇게 순진하게 행동했던 이유는, 지금은 고인이 되었으나 당시 촬영을 주선했던 부인이 그 협회의 주요 회원이자 하이게이트 거주민 중에서도 명망 높은 분이었기 때문이라고밖에 설명할 수 없습니다.

1885년 9월, 저는 결혼하면서 햄프스테드를 떠나 큐에서 살게되었습니다. 제 남편 하워드 크로머는 큐그린 거리에 위치한 파크 로지에서 평판이 좋은 사진관을 꾸려가고 있었습니다. 그는 조사이아 퍼시벌을 고용인으로 두었는데, 그는 제가 파크 로지로 오기 몇 달 전부터 사진관 조수로 일하고 있었습니다. 저는 퍼시벌 씨를 잘 안다고는 할 수 없었습니다. 제 남편은 피치 못할 상황이 일어나지 않는 한 제가 사진관 일을 돕는 것을 별로 좋아하지 않았기 때문입니다. 저는 가끔씩 손님을 맞이하는 일을 하거나, 사진관 내부에 꽃을 장식하거나, 디캔터에 와인을 채우는 일을 했습니다.

1887년 10월의 어느 날 아침, 국화를 들고 사진관 안으로 들어갔더니 퍼시벌 씨가 혼자 있었습니다. 그는 의논해야 할 일이 있다면서 저를 놀라게 했습니다. 그러더니 곧바로 사진 한 장을 꺼냈습니다. 수치스럽고 고통스럽게도, 오 년 전 햄프스테드에서 미의 세 여신을 표현하라는 말을 듣고 찍은 사진이었습니다. 나체로 등장한 인물 중 한 명은 분명 저 자신이었습니다. 퍼시벌 씨는 제가 좀더 심한 치욕을 느끼게 하려는 의도로 잠시 가만히 기다리다가, 스트랜드 대로 근방에 있는 홀리웰 스트리트의 어느 가게에서 그 사진을 구입했으며, 그곳에는 비슷한 인물이 좀더 노출이 심한 상태로 찍힌 사진이 더 있다고 알려주었습니다. 그러더니 제게 그 사진을 10파운드에 사라고 제안했습니다. 제가 항의하자, 그는 저만 괜찮다면 이 일에 대해 남편과 이야기를 나누고 싶으며, 만약 그가 흥미를 보이지 않는다 해도 큐에는 이 사진에 관심을 가질 사람들이 있을 거라고 대꾸했습니다.

저는 그런 제안을 받은 치욕에서 어느 정도 회복한 뒤 제가 처한 상황을 심사숙고해보았습니다. 그러나 결국 그의 악마 같은 요구에 굴복할 수밖에 없다는 사실만 깨달았습니다. 설사 이 일을 남편에게 알리겠다는 협박에 정면으로 맞서며 치욕을 감수한다 해도, 실질적인 목적은 달성할 수 없을 것 같았습니다. 하워드는 어쩔 수 없이 그 남자를 해고했을 테고, 그러면 상대도 맞대응하여 이야기를 떠벌릴 게 분명했으니까요. 퍼시벌 씨는 이 사안이 큐 지역의 모든 응접실에서 오르내리는 추문이 되리라는 사실을 알았을 겁니다. 게다가 열심히 노력해서 쌓아 올린 만큼 깨지기도 쉬운 저희 사업의 평판은 하룻밤 사이에 산산이 부서져버렸을 겁니다.

이후 저는 기회를 틈타 남몰래 브렌트퍼드에 있는 전당포를 방문해서 장신구 몇 개를 담보로 10파운드를 마련했습니다. 다음 날 남편이 외출하자, 저는 퍼시벌 씨에게 돈을 지불했습니다. 그는 제게 갈취한 돈에 만족하지 못하고, 계속해서 사진에 대한 불쾌한 언사를 수없이 늘어놓았습니다. 제 남편이 가져다 놓은 마데이라 와인의 힘을 빌린 게 분명했습니다. 그는 창피하지도 않은지 제 면전에서 술을 끊임없이 들이켰으니까요. 마침내 넘겨받은 사진을 저는 즉시 불태워버렸습니다.

저는 그가 다른 사진들을 갖고 있을 가능성이 있다는 생각에서 헤어날 수 없었지만 직접 물어볼 엄두는 내지 못했습니다. 제가 말을 꺼내지 않는다면, 그는 그 사진들의 존재를 모르고 넘어갈 수도 있었을 테니까요. 하지만 한 달 후, 제 공포는 그대로 현실이 되었습니다. 그가 12파운드의 빚을 진 마권 업자가 점점 더 귀찮게 빚 독촉을 하고 있다면서, 〈시녀를 거느린 아프로디테〉라는 제목이 붙은 사진을 같은 방식으로 제게 팔겠다고 말했으니까요.

저는 1887년 10월과 1888년 2월 사이에 총 네 번에 걸쳐 돈을 지불했습니다. 내놓아야 하는 액수가 대단한 것은 아니었지만, 그때마다 저는 전당포를 방문해야만 했습니다. 남편에게서 개인적인 용도로 쓸 돈을 몇 실링씩 받는 것을 제외하면 달리 돈을 마련할 방도가 없었기 때문입니다. 그 몇 달 사이에 저를 향한 퍼시벌 씨의 태도는 견딜 수 없을 정도로 심해졌습니다. 하지만 저는 그가 사진을 조달하는 것에도 한계가 있으리라는 사실 하나만을 믿고 견뎠습니다. 그 또한 헛된 희망으로 드러났지만요. 3월이 되자, 그는 홀리웰 스트리트에서 그 사진들의 출처에 대해 묻고 다닌 끝에 햄프스테드에서 촬영했다는 사실을 알아냈다고 말했습니다. 그는 사진의 원판을 구입할 생각이라고도 밝혔습니다. 그러더니 자신이 진 빚이 남편이 지불하는 급여로는 감당할 수 없을 정도로 불어났기 때문에 제게서 받는 돈의 액수를 올려야겠다고 말했습니다. 그는 150파운드 정도 되는 금액을 생각하고 있다고 밝혔습니다.

저는 더이상 겪을 고통도 없었습니다. 더러운 수단으로 저를 핍박하려는 공갈범이 원한다면 언제까지나, 제가 감당할 수 있는 수준을 아득히 뛰어넘는 금액을 계속 바쳐야만 하는 처지였던 겁니다. 그후 일주일 내내 저는 이 문제를 해결할 수 있는 방법을 생각해내려 애를 쓰면서 깊은 고민에 빠졌습니다. 그러고 나서야 저는 비로소 그의 요구에 굴복하는 것은 그저 행동해야 할 시기를 미루는 것에 불과하다는 사실을 깨달았습니다.

남편에게 사실을 털어놓는 것도 해결책이 되지 못했습니다. 공갈범의 협박 대상이 남편으로까지 확대될 뿐이고, 남편도 저이상으로 그런 추문을 감당할 수 있는 사람이 아니었습니다. 저희 사진관은 기품 있는 손님들이나, 같은 지역에 사는 신분이 고귀한 분들께서 찾아오시는 것으로 높은 평판을 얻고 있었습니다. 그런데 사진사의 아내가 그런 차림으로 사진을 찍어 스스로 명예를 더럽히는 짓을 했다는 사실을 알게 되면 손님들께서 격분할 게 분명했습니다. 우리의 삶의 터전이 퍼시벌 씨의 손에 좌지우지될 지경에 처한 것입니다. 주님의 섭리로 그자의 생명이 다하는 것이 그에게서 벗어날 수 있는 유일한 방법일지도 모른다고 생각했지만, 그런 일이 실현될 가능성은 너무 희박했습니다. 몇 시간 동안이나 괴로워하며 제게 닥친 곤경에서 해방될 수 있는 방법을 고심하다 보니, 극심한 고통에 시달리던 제 사고는 자꾸만 한 방향으로 흘렀습니다. 그리고 문득, 그 방법을 신속히 실행할 수 있는 수단이 있겠다는 생각이 떠올랐습니다.

사진관에는 청산가리가 한 병 있었습니다. 가끔 현상 과정에서 사용되는 화학약품 중 하나였죠. 남편은 그 약품의 위험성을 극도로 경계했기 때문에, 무슨 일이 있어도 자신 외에는 그 약품을 독극물 캐비닛에서 꺼내서는 안 된다고 종종 주의를 주곤 했습니다. 저는 자포자기한 나머지 고통에 종지부를 찍기 위해 퍼시벌 씨에게 청산가리를 먹인 다음 그의 죽음을 자살로 위장할 계획을 세웠습니다.

이미 말씀드린 바와 같이, 남편은 사진을 찍으러 온 손님들에게 와인을 대접하려고 사진관에 와인 디캔터를 비치해두었는데 제가 맡아 관리하곤 했습니다. 매주 브렌트퍼드에 있는 모건 씨의 가게에 일주일 치 와인을 주문하면, 월요일 정오에 사진관으로 배달되었죠. 저는 점심시간마다 디캔터에 셰리나 포트, 마데이라 와인을 채워 넣었습니다.

3월 12일 월요일, 제 남편은 부회장직을 맡고 있는 인물사진작가협회 회합에 참석하기 위해 브라이턴에 가서 하루 묵은 다음 화요일 오전에 귀가할 예정이었습니다. 그날은 예약한 손님이 없어서, 퍼시벌 씨가 전주에 촬영한 사진 건판을 현상하면서 사진관에서 혼자 근무하고 있으리라는 것을 알고 있었습니다. 남편이 사놓은 마데이라 와인을 그가 아무 눈치도 보지 않고 마음껏 마시리라는 사실 역시 알고 있었습니다. 그날 오전, 저는 평소처럼 와인이 배달되기를 기다렸다가 도착한 와인병을 들고 사진관 안으로 들어가 디캔터에 따랐습니다.

1시가 되어 퍼시벌 씨가 점심 식사를 하기 위해 사진관을 나서자 저는 사진관으로 돌아와 잠긴 독극물 캐비닛 문을 열고 청산가리가 담긴 병을 찾아내 3분의 1가량을 마데이라 와인이 담긴 디캔터에 부었습니다. 그후 그 디캔터를 다른 와인이 담긴 디캔터들과 함께 찬장 안에 도로 놓아둔 다음, 청산가리병을 독극물 캐비닛 안에 넣고 원래대로 문을 잠갔습니다.

그런 다음 곧바로 자리를 떴습니다. 미리 샌디컴 로드에 있는 양장점에 예약을 해두었기 때문입니다. 돌아왔을 때는 퍼시벌 씨가 죽어 있을 거라고 확신했습니다. 청산가리의 효과는 즉각적이면서도 굉장히 치명적이라고 남편이 종종 강조해서 주의를 주곤 했으니까요. 고용인들은 평소 영업시간 중에는 사진관 안에 들어오지 말라는 엄격한 지시를 받고 있었기 때문에, 시체가 제 귀가 시간보다 이르게 발견될 가능성은 없을 거라고 확신했습니다. 저는 나중에 사진관으로 돌아와, 그가 자살한 것처럼 위장하기 위해 청산가리병을 그가 마신 와인잔 옆에 놓아두고 독이 든 와인을 디캔터에서 비운 다음 새 마데이라 와인을 다시 채워놓을 작정이었습니다. 그러고는 저를 범인으로 지목할 수 있는 사진이나 서류가 그의 옷 주머니에 있지는 않은지 뒤져본 다음, 비명을 지르며 고용인들을 부를 계획이었습니다.

4시가 되기 몇 분 전, 저는 적절한 시각이라고 생각하며 사진관에 돌아왔다가 제 계획이 돌이킬 수 없을 정도로 어긋났다는 사실을 알아차렸습니다. 시체가 벌써 발견되어 이글 박사님이 검사까지 마친 후였기 때문입니다. 청산가리의 효과에 대해 제가 무언가 잘못 알고 있었던 겁니다. 퍼시벌 씨는 즉사하지 않았습니다. 그는 오랜 시간 미친 듯 경련을 일으켰고, 그 탓에 고용인들 중 두 사람이 남편의 지시를 무시하고 사진관으로 달려가 무슨 일이 일어났는지 살펴보기로 한 겁니다. 그들은 그가 아무 말도 하지 못한 채 죽어가는 모습을 발견했습니다. 이미 말씀드린 대로 하녀는 급히 의사를 불렀고, 그는 퍼시벌 씨의 증상을 보고 청산가리에 의한 독살이라는 사실을 알아차렸습니다.

퍼시벌 씨가 살해당했다는 최종적인 결론을 뒤집기 위해 제가 할 수 있는 것은 아무것도 없었습니다. 이글 박사님은 그 점에 대해서는 제게 아무 말씀도 하지 않은 채, 그저 그 독극물이 어디에 보관되어 있느냐고 질문하셨습니다. 저는 캐비닛 문을 열고 박사님께 청산가리병을 보여주었습니다. 그는 하녀에게 경찰에 신고하라고 지시했고, 다른 한 사람에게는 우리 집의 고문 변호사 앨링엄 씨를 불러오라고 말했습니다. 곧이어 저는 제게 닥친 상황의 심각성을 깨닫고 졸도하고 말았습니다. 저는 경찰에서 나온 경감님으로부터 질문을 받을 수 있을 정도로 충분히 정신을 차린 이후에도 무엇이 퍼시벌 씨를 죽음으로 몰고 갔는지 전혀 모르는 척 굴었습니다.

저는 이 진술로 지금껏 제가 한 다른 모든 진술을 대체하며, 이 진술서의 내용이 의심할 여지없이 참이라고 맹세합니다. 이에 1888년 6월 1일에 자필로 서명하는 바입니다.

미리엄 제인 크로머

콜벡 판사는 그녀의 자백 자체가 법적으로 유죄를 입증하는 절대적인 증거로 간주되지는 않지만, 다른 독립적인 증거와 연관시켜 생각해보면 크로머 부인에 대해 정식 기소장을 발부하는 것이 법원의 의무일 것이라고 대배심원들에게 공식적으로 통보했다.

재판이 열린 날은 구름이 하늘을 잔뜩 뒤
덮고 거센 비가 내리는 아침이었다. 오전 10
시, 제1법정의 샹들리에에 불이 켜졌다. 법
정 안내원들이 방청석 문을 열자, 불과 일
분 남짓한 시간이 흐르는 사이에 사람들이
방청석을 가득 메웠다. 그녀의 고백이 재판
결과의 불확실성을 제거해버렸는데도 불
구하고, 가스등 불빛을 받아 반짝거리는 장
신구들을 보면 이 사건은 사람들 사이에서
여전히 뜨거운 화젯거리라는 사실을 알 수
있었다.

오전 10시 35분이 되자, 전원 기립하라
는 고성이 울렸다. 콜벡 판사는 흰 담비 털
로 치장한 왕립고등법원의 진홍색 법복 차
림이었다. 그는 왼손에는 흰 장갑 한 켤레
를, 오른손에는 검은 천 조각을 들고 있었
다. 그는 시선을 들어 주변을 바라보지도
않은 채 쥐고 온 물건들을 그의 오른편에
있는 작은 꽃다발 옆 벤치 위에 내려놓았
다. 그런 다음 법복 자락을 앞으로 끌어 젖
히더니, 검을 든 정의의 여신 아래 마련된

판사석에 앉았다. 사람들은 다시 착석했다.

피고인은 법정에 나서라는 명령이 하달되었다.

지난 일주일 동안 독자들에게 배달된 신문 지면은 화가들이 미리엄 크로머로부터 받은 인상을 표현한 다양한 삽화들로 도배되어 있었다. 각 지면에서 묘사한 얼굴은 놀라울 정도로 서로 닮아 있었다. 페어 비누와 캐드베리 초콜릿, 이노 제산제를 광고하는 젊은 여성들의 얼굴도 그와 크게 다르지 않았다.

그녀가 피고인석에 나오자 사람들은 그 모습을 보기 위해 목을 길게 뺐다. 판사 행렬이 입장하기 몇 분 전, 그녀는 양옆에 여성 교도관을 대동하고 통로로부터 이어진 계단을 올라 피고인석에 모습을 드러냈다. 가장 가까운 자리에 앉은 사람들은 피고인석 출입구 손잡이에서 나는 딸깍거리는 소리를 들을 수 있을 정도였지만, 그들로부터도 피고인은 충분히 떨어져 있었거니와, 함께 들어온 교도관과 신부, 의사에게 가려져 그녀의 모습은 잘 보이지도 않았다. 드디어 교도관들이 그녀를 앞으로 이끌었다.

그녀는 난간을 붙잡지도 않고 서서 판사를 마주 보았다. 드넓은 피고인석에 서 있는 모습이 굉장히 가냘파 보였다.

그녀는 관례대로 검은 옷차림이었다. 그렇지만 입고 있는 옷들은 모두 최신 유행에 뒤지지 않는 것 이상이었다. 그녀는 소매가 짧고 흑옥 단추를 단 오스만제국산 비단 실내복 위에 벨벳으로 지은 주아브형 재킷을 걸치고 있었다. 크리놀렛[1]의 도움을 받은 스커트 라인은 인상적으로 부풀어 있었는데, 최신 유행에 따라 버슬 높이를 낮춰 입었다. 베일은 쓰지 않았다. 그녀의 머리에는 정수리 부분이 없는 벨벳 모자가 얹혀 있었는데, 조명을 받은 그녀의 벌꿀색 머리카락을 강조해주었다. 옷차림 자체가 간소했기 때문에, 머리카락을 뒤로 넘겨 쪽을 지는 머리 모양을 선택하는 것은 불가피했을 것이다.

검은 판자를 등지고 서 있었기 때문에 그녀의 이목구비가 또렷하게 드러났으나, 그녀가 겪고 있을 고통의 흔적은 전혀 찾아볼 수 없었다. 고개를 똑바로 들고 있었기 때문에 그녀의 목과 턱이 이루는 각도는 피고인석의 윤곽만큼이나 날카로웠고, 오히려 그런 모습에서 동정심을 거부하는 태도가 엿보이는 것 같았다. 입술은 자연스러운 곡선을 그리고 있어서 표정이 한결 품위 있어 보였다. 만약 그녀의 볼 근육이 미세하게 수축하지만 않았더라면, 이제 막 미소를 지으려는 것으로도 보일 수 있는 입술 모양이었다. 피부는 매끄러웠고 굉장히 창백했다. 코 모양도 보기 좋았고 우아한 아치형 눈썹과 지적으로 보이는 넓은 이마까지 갖추고 있었다.

[1] 드레스의 모양을 아름답게 만들기 위해 아래에 받쳐서 착용했던 구조물 중 하나로, 사방으로 넓게 퍼진 종 모양의 크리놀린과 달리 엉덩이 쪽에만 부피감을 준 형태이다.

법정을 가득 메운 사람들의 예상을 산산조각 냈던 것은 바로 피의자 여성의 두 눈이었다. 그 눈이야말로 그녀의 모든 외양 중에서도 신문 삽화가들의 펜이 표현해내기 가장 어려운 부분이었다. 그녀의 눈 속에는 아무런 수치심도 엿보이지 않았던 것이다. 두 눈은 푸르다 못해 거의 보라색으로 보일 정도였고, 유치장 속에서 몇 주 동안 지낸 후유증으로 눈가에 검은 그림자가 드리워져 있었다. 절대로 잊을 수 없는 눈이었다. 위엄 있고 단호하며 흔들림 없는 눈이었다.

결코 흔들림이 없었다.

그녀 주위에서는 가사 상태 같은 무기력한 분위기가 흘렀는데, 그 때문에 마치 밀랍 인형처럼 보일 지경이었다.

기소장 낭독이 시작되었다.

"미리엄 제인 크로머, 피고는 1888년 3월 12일, 서리 주 큐 지역에서 계획적으로 살인을 저지를 의도를 품고 조사이아 퍼시벌을 살해한 혐의로 기소되어 이 자리에 섰습니다. 피고는 질문에 답하시오. 당신은 유죄입니까, 아니면 무죄입니까?"

그녀는 주저하지 않고 분명히 대답했다. "유죄입니다."

국왕을 대리해서 법정에 출석한 법률 자문 위원이 판사의 요청에 따라 사건의 사실관계를 요약하면서, 피의자의 자백 내용이 증거에 의해 입증된 과정에 대해 설명했다.

뒤이어 피고 측 변호인인 마이클 개스켈 최고 등급 변호사가 자리에서 일어나 발언했다.

"존경하는 재판장님, 피고는 이 사건이 그녀의 단독 범행이라는 사실을 법정에 알리기를 원합니다. 피고는 자신이 저지른 잘못을 속죄할 준비가 되어 있다는 사실을 명확히 밝히면서, 판결을 내리는 데 있어 그녀로 하여금 범죄를 저지르도록 몰아갔던 고통스럽고 견딜 수 없는 상황에 대한 참작이 이루어져야 한다고 요청하는 바입니다."

콜벡 판사는 간단하게 대답했다. "본 재판관에게는 사면 권한이 없습니다. 청원 내용은 기록으로 남게 될 겁니다."

법원 서기가 피고인석을 바라보았다. "미리엄 제인 크로머, 당신은 조사이아 퍼시벌을 계획적으로 살해했다고 자백했습니다. 혹시 피고인에게 형을 선고하지 말아야 할 사유가 있다면 말씀하십시오."

그녀는 왼손을 난간 쪽으로 움직였다. 약지에 낀 반지들이 조명을 받아 반짝거렸다.

"피고는 대답하시오." 판사가 말했다.

"드릴 말씀이 없습니다, 재판장님."

판결을 내리기 위한 요식행위로, 길쭉한 직사각형 모양의 천이 검은 모자처럼 판사의 머리 위에 얹혔다.

"피고인은 들으시오. 피고인은 끔찍한 범죄를 저지른 혐의로 기소를 당했고, 자신의 범행을 자백함으로써 유죄로 결정되었다. 본 판사는 증거를 조사하고 피고인이 저지른 짓에 대해 자백한 기록을 검토한 결과, 피고인이 유죄라는 점에 대해서는 하등 의심의 여지가 없다고 단언한다. 피고인의 진술에 따라 사망자가 피고인에게 추잡한 범죄행위를 했다는 점은 인정하지만, 그것이 정상참작의 사유에 해당하는지는 본 판사가 거론할 수 있는 문제가 아니다. 피고인에게는 모든 범죄 중에서도 가장 극악무도한 행위인 살인이 아니라 다른 해결책을 모색할 여지가 충분히 있었다고 여겨진다.

피고인이 저지른 행위는 혐오스러운 방식으로 저질러진 살인이라고 이르지 않을 수 없다. 독극물을 사용하는 행위는 필연적으로 계산이라는 요소를 포함한다. 따라서 이 범행은 충동적으로 저지른 행위가 아니라, 의도적으로 계획된 범죄인 것이다. 피고인은 냉혹하게 그 계획을 실행했다.

본 판사가 이미 명확하게 밝힌 바 있듯, 법은 본 판사에게 재량권을 부여하지 않았기 때문에 본 판사는 법이 내린 판결을 피고인에게 전달하는 의무를 수행하는 것으로 재판을 마치도록 한다. 본 법정은 피고인을 지금까지 수감되어 있던 곳에 재차 구금하고 차후 처형장으로 이송하여 교수형에 처한 후, 시신은 본 판결 후 수감될 교도소 경내에 매장하도록 선언하는 바이다. 주님께서 피고의 영혼을 긍휼히 여기시기를."

모든 사람의 시선이 피고인석에 선 가냘픈 형체에 쏠렸다. 판결 내용도 밀랍 인형처럼 미동도 하지 않는 그녀의 모습을 흐트러뜨릴 수는 없었다. 교도관이 그녀의 팔을 건드리며 몸을 돌려 계단을 내려가라고 지시했다. 그녀는 고개를 기울이더니 오른쪽으로, 즉 판사 반대편으로 고개를 돌렸다. 그녀의 시선은 변호인석에 있는 누군가에게 잠시 머무른 것처럼 보였다. 그런 다음 그녀는 교도관들을 따라 아래로 내려가 사람들의 시야에서 사라졌다.

재판이라는 의식이 끝나자 다른 절차가 시작되었다. 피고인석을 내려가는 계단 위에는 교도관들이 죄수의 팔을 각각 하나씩 움켜쥐고 서 있었다. 갈색 타일이 깔린 아래쪽 통로에서 그들이 그녀를 떠받치고 있는 사이, 의사가 그녀에게 탄산암모늄을 투여했다. 그런 처치가 필요한지는 고려되지 않았다. 그들은 어떤 방 안으로 그녀를 데리고 들어가 긴 의자에 앉혔다. 의사는 브랜디를 권했지만 그녀는 고개를 저었다. 그녀는 평정을 잃지 않은 것처럼 보였다. 의사는 그녀의 손목을 들어 맥박을 쟀다.

지금까지 눈에 띄지 않게 기다리고 있었던 신부가 앞으로 나와 성경을 펼쳤다.

미리엄 크로머는 한 교도관을 향해 고개를 돌렸다.

"언제 감옥으로 돌아갈 수 있을까요?"

"걸을 만한 기력을 회복하고 나면."

"지금 걸을 수 있어요." 신부가 영적인 위안을 주는 말을 건네기도 전에, 그녀가 먼저 말을 걸었다. "주님의 은혜를 모르는 건 아니지만, 지금으로서는 제가 꼭 가야만 할 곳으로 돌아가 혼자 있고 싶습니다."

의사는 허락한다는 뜻으로 고개를 끄덕였다. 두 교도관들은 모두 억센 여성이어서, 그녀의 양팔을 붙들고 거의 그녀를 들어 올리듯이 의자에서 일으켰다.

중앙형사법원은 석재가 깔린, 관계자들만 이용할 수 있는 통로를 통해 뉴게이트 교도소와 연결되어 있었다. 이 길은 보통 '새장 산책로'라고 알려져 있었는데, 지붕도 없이 쇠창살만 쳐놓았기 때문이다. 창살 사이로 빗줄기가 쏟아지고 있었다.

그들은 고개를 숙인 채 그녀를 재촉하며 앞으로 나아갔다. 몇 걸음 옮기지 않아 그녀는 다른 곳에 주의를 뺏기며 주저하기 시작했다. 바닥에 깔린 판석 위에 대문자 몇 개가 서로 간격을 두고 조잡한 모습으로 새겨져 있었다. 판석 하나에 알파벳 하나씩이었다.

"묻지 않는 편이 좋아." 교도관 한 명이 단호한 태도로 입을 열었다. "그보다는 하늘이라도 한 번 더 쳐다보도록 해. 지금 가는 곳에서는 하늘을 거의 보지 못할 테니."

길 끝에는 석재로 지은 현관이 있었다. 빗속을 뚫고 빠른 걸음으로 이동하느라 거칠어진 숨을 빠르게 몰아쉬는 사이, 한 교도관이 철판으로 보강한 문을 열었다.

뉴게이트 교도소는 삼십 년 전에 엄청나게 많은 시설 교체를 겪었다. 하지만 기본적인 구조는 1782년에 처음 지어졌을 때와 마찬가지로 폭이 120센티미터에 달하는 돌벽으로 이루어져 있었다. 입구의 화강암 블록은 타일을 붙이거나 회반죽을 칠하지도 않은 잿빛 그대로로, 마치 백 년 동안이나 그 자리를 지켜온 것처럼 서 있었다. 그 너머로 이어진 통로 쪽만 회칠이 된 상태였다.

그녀는 우측에 있는 석조 바닥으로 된 방 안으로 끌려가, 책상 앞에 앉아 있던 파란 제복 차림의 남자 앞에 세워졌다. 그가 뭔가를 적고 있는 사이, 세 여인은 아무 말도 하지 않고 일 분 이상 기다렸다. 하던 일을 다 마치자 그는 고개를 들어 그녀의 이름과 좌측 교도관이 가져온 판결문을 확인했다.

그는 죄수에게 질문을 던졌다.

"세례명은?"

"미리엄 제인."

"공손하게 대답하도록." 한 교도관이 주의를 주었다.

"미리엄 제인입니다."

"주소는?"

그녀는 잠시 말을 하지 못하다가, 이맛살을 살짝 찌푸리며 주소를 말했다.

"생년월일과 출생지는?"

"1862년 3월 23일, 햄프스테드 출생입니다."

"가장 가까운 친족은?"

"남편 하워드일 겁니다."

"그의 정식 이름은?"

"하워드 크로머입니다."

"그의 주소는?"

"제 주소와 같습니다."

"종교는?"

"남편의 종교입니까, 아니면 제 종교입니까?"

담당 관리는 그녀의 말 속에 비꼬는 태도가 섞여 있는지 판단하기 위해 적어 내려가던 서류에서 고개를 들었다.

"영국국교회입니다."

그는 그녀에게 소지품을 모두 꺼내놓으라고 명령했다.

그녀는 천으로 만든 여성 지갑과 로켓 목걸이, 결혼반지를 그에게 내밀었다. 반지는 그대로 끼고 있어도 된다며 돌려받았다.

그는 그녀에게 서류 한 장을 내밀며 서명하라고 말했다. 그녀는 펜을 단단히 쥐고 자신의 이름을 적었다.

열쇠로 잠긴 문이 또 하나 열렸고, 그녀는 뉴게이트 교도소의 좀더 깊은 곳으로 옮겨졌다. 문이 쿵 소리를 내며 닫힐 때마다 그 소리가 건물 전체가 떠나갈 듯 울리며, 마치 셀 수 없을 정도의 무덤이 들어선 지하 묘지 같은 느낌을 불러일으켰다.

그들은 여성 재소자 수감동으로 통하는 철제 계단을 올랐다. 그 건물에는 이름과는 달리 여성적인 느낌을 주는 것은 아무것도 없었다. 건물 벽은 뉴게이트 교도소의 다른 곳과 마찬가지로 튼튼했다. 얇은 강판을 덧댄 문을 열자 판석을 깐 통로가 모습을 드러냈다. 통로가 끝나는 곳에는 '여성 재소자 수감동 감독관'이라고 표시된 문이 있었다. 그들은 노크를 한 다음 죄수를 안으로 인도했다.

"크로머, 내가 목소리를 높이지 않아도 이야기가 들리는 자리까지 가까이 와요. 나는 스톤스라고 하고, 여기서 지내는 동안 당신을 책임질 사람입니다."

스톤스의 말투는 뻣뻣했지만, 사립학교 교사처럼 쌀쌀맞은 태도는 아니었다. 그녀는 덩치가 조그맣고 가냘픈 오십 대 여성으로 회색 제복 차림이었다. 그녀가 쓰고 있는 보닛은 교도관들이 쓰고 있던 것보다 질이 좋아 보였다.

"지금 당장은 당신에게 딱히 해줄 말이 없군요. 가능한 한 빨리 감방에 데려다주도록 하지요. 규정에 따르면 두 명의 교도관이 항시 당신의 감방을 지켜야 하고, 매일 교도소장님, 교도소 배속 신부, 그리고 내가 방문할 겁니다. 당신은 가족들이나 변호사와 접견을 할 수도 있습니다. 다른 죄수들이 감방 안에 있을 때에 한해 가끔 밖에서 운동을 할 수 있고, 일요일에는 교도소 부속 예배당에서 오전 예배를 드릴 수 있습니다. 교도관들이나 내게는 공손히 말하고 경어와 존칭을 쓰도록 해요. 다 알아들었습니까?"

"예, 알겠습니다."

준비한 말을 다 끝내자, 스톤스는 그녀에게 편히 앉으라고 말하며 소매에서 레이스가 달린 손수건 한 장을 꺼내더니 싸구려 향수의 향이 충분히 느껴지도록 펼쳤다. 그녀는 고상한 말투로 말을 이었다.

"당신처럼 교도소의 통제에 따라야 하는 상황에 처한 여성의 감정에 대해 모르는 것은 아닙니다. 물론 규정은 언제나 준수해야 하지만, 당신이 과도한 고통을 겪어야 할 이유는 없을 겁니다. 만약 잠을 편히 청하기 위해 필요한 것을 요청한다면 제공해줄 수도 있습니다."

"감사합니다." 죄수는 스톤스의 처음 말투와 마찬가지로 기계적으로 대답했다. 그녀의 두 눈은 아무런 감정도 담기지 않아 공허해 보였다.

감독관 및 교도관들은 그녀가 일종의 쇼크 상태라는 사

실을 알아차렸다. 형을 선고받은 후 곧바로 이곳에 온 죄수들에게서 종종 찾아볼 수 있는 모습이었기 때문이다. 조금만 시간이 지나면 마치 히스테리라도 일으킬 것처럼 눈물을 흘리기 시작할 가능성이 높았다.

스톤스는 교도관들에게 고갯짓을 했다. 그들은 죄수를 데리고 밖으로 나가, 감방 문이 줄지어 늘어서 있는 통로로 그녀를 데려갔다.

"내 이름은 벨이라고 해."

그중 한 명이 입을 열었다. 그녀의 풍채는 마치 벽을 보는 것처럼 탄탄하고 얼굴에는 호전적인 태도가 드러났지만, 그녀의 목소리가 그런 인상을 누그러뜨려주었다. 이날 오전까지만 해도 벨은 이 죄수가 같은 인간을 무자비하게 살해하고도 자기 자신을 숙녀라고 생각하며, 그에 걸맞은 대접을 받으리라는 점을 추호도 의심하지 않는 상류층 인간일 게 분명하다고 확신하며 그녀를 싫어할 각오가 되어 있었다. 하지만 피고인석에 선 그녀가 판결을 기꺼이 받아들인다는 시선으로 판사를 바라보던 태도와, 용기를 내어 자백한 이후 훌륭하게 처신한 방식만큼은 인정하지 않을 수 없었다.

"우리들, 그러니까 호킨스와 나를 자주 보게 될 거야. 우리는 여덟 시간 근무 후 교대를 하고, 그후에는 다른 조가 당신을 감시하게 될 거야. 이번 주 우리 근무시간은 6시부터 2시까지인데, 꽤 편한 시간대라고."

그녀는 계속해서 교도소의 일상생활에 대한 이야기를 늘어놓았다. 마치 굶주린 사람처럼 철사 같은 몸매에 얼굴까지 여윈 호킨스는 벨의 이야기를 방해하지 않았다.

통로 끝까지 도착하자, 그들은 콘크리트 바닥이 깔린 커다란 방 안으로 들어갔다.

"목욕통을 하나 들고 물을 받도록 해." 벨이 친절하게 말했다.

벽에 걸린 갈고리에는 커다란 양철 목욕통이 네 개 걸려 있었다. 그 아래에는 수도꼭지가 달려 있었다. 그녀는 작은 체구로 그중 하나를 힘겹게 내려 수도꼭지 아래에 가져다 대고 물을 틀었다. 양철을 두드리는 물소리를 뚫고 벨이 소리쳤다.

"다 받았으면 꾸물대지 마. 옷을 벗으라고."

그녀는 수도꼭지 맞은편에 샤워 부스가 일렬로 늘어서 있는 곳을 가리켰다. 샤워 부스는 앞쪽이 개방되어 있었다.

두 교도관은 그녀가 옷을 벗기를 기다리며 서 있었다. 이는 단순히 정숙함에 대한 도전이 아니었다. 미리엄 크로머는 품위를 내세운다는 점에 있어서 그들 같은 사람들과는 행동 방식이 다른 계층에 속했다. 그녀 같은 부류에게 있어 옷을 벗는 행위는 사적인 영역이었다.

두 사람이 뭔가 말하려는 찰나 그녀가 그들을 바라보았

다. 그녀와 벨의 눈이 서로 마주쳤다. 그녀는 몸을 돌려 샤워 부스 안으로 걸어간 후, 모자를 벗고 벨벳 재킷을 끄르기 시작했다. 교도관들은 그런 모습을 보며 다른 일에 착수했다. 호킨스는 벽장을 열고 수인복을 고르기 시작했고, 벨은 물에 소독약을 탔다.

"기운 내, 알겠지? 스톤스 감독관이 여기 왔다가 당신이 씻지 않은 것을 알게 된다면 치러야 할 대가가 만만치 않을걸. 조금 전에는 알몸을 보이기를 부끄러워했던 것 같은데. 뭘 보여주든 우리가 보지 못한 것은 하나도 없을 거라고 장담하지. 세상에, 금요일 밤마다 목욕통 네 개도 모자라 그 뒤로 발가벗은 뻐꾸기들이 여덟 명은 더 대기하고 있다니까. 그렇게 찔끔할 필요는 없어. 당신이 그럴 일은 없을 테니까. 당신 정도되는 죄수는 무슨 일을 하든 단독으로 움직이게 되어 있거든."

미리엄 크로머는 끈을 다 풀고 땅에 떨어진 속옷 밖으로 한 걸음 나왔다. 연약하고 소녀 같은 그녀의 맨몸을 보면 그녀를 괴물이라고 생각하기는 어려웠다. 그녀의 사지에 소름이 돋기 시작했다.

벨은 그녀에게 손짓으로 목욕통 안으로 들어가라고 지시했다. 그녀는 시키는 대로 목욕통 안으로 들어가 재빨리 몸을 굽혔다.

"머리부터 발끝까지 모두 씻도록 해." 벨은 그녀에게 노란색 비누를 하나 건네주며 지시했다. "머리도 감도록 하고. 머리핀을 뽑으라고 미리 말해줬어야 했는데. 내가 뽑아주지."

"아니에요." 그녀는 재빨리 대답했다. "제가 할 수 있습니다."

그건 결과는 전혀 고려하지 않은 채 그저 반사적으로 나온 말이었다. 만약 미리엄 크로머가 감옥이라는 곳에 대해 좀더 알고 있었더라면, 교도관이 자청해서 도와준다는 것이 얼마나 드문 일인지 알아차렸을 터였다. 이렇게 자립심을 표현하는 작은 행동 때문에, 그 순간부터 더이상 벨의 동정심이 발휘되는 일은 없었다.

교도관은 신랄하게 말했다. "그러면 직접 하시지. 죄수의 머리카락에 손대는 게 내게 무슨 이득이나 될 것 같아?"

호킨스는 수인복을 고른 다음 바구니 안에 하나씩 내려놓고, 마치 여기가 옷 가게라도 되는 것처럼 자세히 살펴보았다. 옅은 레몬빛의 예쁜 비단으로 지어 레이스로 장식한 속치마와 속바지는 한쪽으로 던져버렸다. "이대로 처박아둘 수는 없겠네. 세탁해야겠어."

죄수는 수도꼭지 아래에서 머리에 묻은 비누 거품과 소독약을 가능한 한 씻어낸 다음, 양손으로 목욕통 가장자리를 짚고 좌우를 둘러보았다. 어디서도 수건은 보이지 않았다.

벨은 팔짱을 끼고 선 채, 그녀더러 어디 한번 부탁해보라는 듯 말없이 시비를 걸었다. 호킨스는 바구니 안을 살펴보느라 여념이 없었다.

죄수는 잠시 생각에 잠겼다가, 이내 벨의 시선을 받으며 자리에서 일어나 목욕통 밖으로 나와 콘크리트 바닥 위에 섰다. 그녀는 몸을 굽혀 바닥 가운데에 난 배수구 쪽으로 목욕통을 끌고 가서 물을 쏟았다. 그녀는 목욕통을 다시 갈고리에 걸었다. 그런 다음 힘을 쓰느라 가빠진 숨을 몰아쉬며 교도관을 마주 보고 바로 섰다. 정숙함을 지키기 위해 몸을 가리고 싶은 충동에 저항하며 양손은 아래로 늘어뜨린 채였다. 그녀는 헐떡거리다가 이내 몸을 떨기 시작했지만, 말은 단 한 마디도 하지 않은 채 그저 이전에 판사를 바라보던 것처럼 벨을 쳐다볼 뿐이었다. 그녀의 두 눈에서 수치심이나 공포심은 찾아볼 수 없었다.

먼저 입을 연 사람은 벨이었다. 죄수 쪽이 작게나마 승리했다고 인정한 것이다. "수건을 가져다주지. 옷을 벗으니 우리랑 다른 것도 없으면서. 어서 물기를 닦는 게 좋을 거야. 독감에 걸려 죽고 싶지는……" 그녀는 중간에 말을 끊더니 혼자 미소를 지으며 벽장에서 수건을 한 장 꺼냈다. 수건은 올이 거칠었고 깨끗한 것과는 거리가 멀었다. 죄수는 수건을 받아 몸을 닦기 시작했다.

호킨스가 그녀에게 회색 모직 옷을 건네주며, 샤워 부스 안에 들어가 입으라고 말했다. 가운처럼 몸을 감싸듯이 입는 실내복이었다.

"의사가 검사를 해야 하거든. 체중이나 몸의 치수도 재고, 뭐 그런 거 있잖아. 그게 규정이니까. 그걸 끝내고 나면 당신이 입을 수인복을 주도록 할게."

"입고 온 옷은 어떻게 되는지……."

"공손히 말하라고 했을 텐데?" 벨이 그녀를 노려보며 말했다. "크로머, 교도관에게 말을 걸고 싶으면 적절한 어법을 사용하도록 해."

"죄송합니다. 깜빡했습니다." 생기가 없는 대답이었다. 반성하거나 반항하는 태도 어느 쪽도 느껴지지 않았다. "제가 입고 온 옷을 남편에게 보내주실 수 있을까요?"

"안 돼. 이곳에 보관하도록 되어 있어. 그 옷은 다시 입게 될 테니." 벨은 말을 멈췄다가 다시 입을 열었다. "마지막 날에 말이야."

잠시 침묵이 흘렀다.

"알겠습니다. 그러면 그다음에는요?"

"그때 일을 걱정할 필요는 없을 텐데?"

"남편이 제 옷을 받게 되는지 알고 싶습니다."

벨은 딱딱하고 단호한 말투로 대답했다.

"그렇게 되지는 않을 거야. 그것도 규정이니까. 혹시 우리 둘 중 하나가 옷을 가져갈 거라고 생각한다면 그건 네 착각이야. 당신 마음의 평온을 위해 하는 말인데, 더이상 질문은 하지 않는 게 좋을 거야, 크로머."

크리브 경사는 자신의 집 거실에서 시계를 마주 보고 선 채 다리근육을 풀고 있었다. 그는 조잇 경감의 방문을 앞두고 있었다. 그가 초대한 것은 아니었다. 경찰 규정집에는 다음과 같은 사항이 명시되어 있었다. "경위 계급에 오른 자는 독신 경찰관 기숙사에 거주하지 않는 모든 경사 및 순경의 거주지를 적어도 1개월에 1회 방문하여, 그 장소가 거주하기에 적당한 곳인지, 또 주변 환경이 그 집에 살고 있는 경사 및 순경에게 부적절한 것은 아닌지 확인해야 할 의무가 있다." 보통은 그가 소속된 서더크 분서의 잭 오트웨이 경위가 찾아와 부엌에서 한 발자국도 나서지 않은 채 차를 두어 잔 마시다가 돌아가기 마련이었다.

그런데 이번에는 뚜렷한 이유도 없이 조잇이 방문한다는 것이었다. 크리브가 그 소식을 들은 것은 한 시간쯤 전으로, 그날의 마지막 공문 수송 마차를 통해 런던 경찰청 본부에서 블랙먼 스트리트에 있는 분서 본부로 퉁명스러운 메모가 한 장 날아왔

다. 그는 혼란스러운 심정으로 손님맞이를 위해 집으로 돌아
갔다. 조잇 경감은 이제 연봉이 300파운드나 되는 거물이었
다. 그에게는 부하들 거주지 주변을 들쑤시는 것보다 더 중요
한 일이 있을 터였다.

　십 년 전, 그들이 스토크뉴잉턴 지역에서 함께 근무하던
시절부터 조잇은 주기적으로 찾아오는 골칫거리였다. 크리브
가 격분해서 눈이 벌게진 채 지켜보고 있는 와중에도 조잇은
축축해서 곰팡이가 핀 곳은 없는지 또는 해충 같은 것이 서
식하지는 않는지, 그런 흔적을 찾아 그의 집을 샅샅이 뒤지고
다닐 게 뻔했다. 조잇은 경찰 규정집을 금과옥조로 생각하는
사람이었다. 그는 규정집을 떠받들면서 더 높은 자리에 발탁
될 거라는 기대를 품었고, 그 기대는 조잇을 배신하지 않았다.
그는 2급 경위로 승진한 지 일 년도 지나지 않아 1급 경위로
발탁되었다. 그는 본청 건물에 개인 집무실을 배정받았으며,
집무실에는 전화기까지 놓였다. 이제 그는 런던 경찰청 범죄
수사과에 단 세 명 존재하는 경감 중 한 명이었고, 크리브는
여전히 경사 신세였다.

　그가 고속 승진을 할 수 있었던 이유는 규정집에 나와 있
었다. "조기 승진을 하고 싶은 형사는 열정과 능력, 판단력을
입증할 수 있는 일련의 행동, 즉 임무에 대한 엄격한 주의력,
근무중 금주, 단정한 외모, 공손한 태도 등을 통해 상관의 주

목을 끌 수 있는 기회를 여러 차례 만들 것.” 크리브의 품행은 모든 항목을 만족시켰지만, 마지막 부분이 문제였다. 그의 태도는 공손함과는 거리가 멀었다. 그가 조잇을 꺼린다는 것을 명확하게 드러낸 게 한두 번이 아니었다. 조잇이 런던 경찰청 본부로 영전을 하면서 그의 승진을 가로막는 장애물도 함께 제거되었어야 했겠지만, 그는 크리브를 홀로 내버려두지 않았다. 이제 조잇은 그의 책상 위에 무슨 문제가 오를 때마다 런던 경찰청으로 크리브를 호출하는 것에 만족하지 않고, 버먼지에 있는 집까지 행차해서 귀찮게 굴기 시작한 것이다.

무엇인가 움직이는 모습이 크리브의 눈에 띄었다. 기지개를 켜려고 일어나는 고양이였다. 그는 고양이의 한가한 삶이 부러웠다. 크리브는 성격상 잠시도 가만히 있지 못했다. 그런 기질은 체격만 봐도 알 수 있었다. 오십 대에 접어드는 그의 머리카락은 검정색보다는 회색에 가까웠지만, 몸매는 군에 복무하며 캔터베리 연병장을 구르던 시절과 마찬가지로 호리호리했다. 건강한 몸이라고 할 수 있었다. 그가 경찰로 근무해온 내내, 하루에 1실링씩 봉급을 공제당하는 것을 감수하고 병가를 냈던 적은 열 번 남짓에 불과했다. 가끔 자신의 성실성을 알아주지 않는 런던 경찰청을 원망할 때도 있었지만, 아메리카 원주민 추장에게 어울릴 법한 타고난 콧대 모양만큼이나 자신의 기질을 바꿀 수는 없었다. 그는 대화를 나눌 때

날카로웠고, 속임수를 알아차리는 것도 빨랐으며, 풍자 감각도 있어 대체로 다른 사람에게 관대하게 굴었다. 화가 나 씩씩댄 적은 자주 있었지만 밖으로 폭발하는 경우는 드물었다.

그는 고양이를 주의 깊게 살펴보았다. 그의 악운으로 미루어 보아, 이럴 때일수록 고양이가 벼룩을 끌고 들어오기 마련이었다. 그는 몸을 가까이 굽혔다.

바깥에서 마차 바퀴 소리가 들리자 그는 몸을 일으켰다. 그는 비스듬한 각도로 거울을 바라보면서, 거울에 비친 상을 통해 바깥에 이륜마차가 멈춰 있는 모습을 확인했다. 조잇이 도착한 게 틀림없었다. 버먼지에 자리한 조지 로드는 영업용 마차가 손님을 찾아 돌아다닐 만한 곳이 아니었기 때문이다.

"맙소사!" 조잇이 마차에서 내리며 소리쳤다. 그는 실크해트와 프록코트 차림이었다.

크리브는 아래층에 사는 항만 노동자가 문을 두드리는 소리에 대답하는 사태를 막기 위해 밑으로 내려갔다.

조잇은 말없이 안으로 들어와 크리브를 지나치며 모자와 가죽 장갑을 건넸다.

"위층입니다." 크리브가 웅얼거렸다.

조잇은 한 번에 두 단씩 계단을 올랐다. 한량 같은 외모와 달리 그는 굉장히 민첩하게 움직였다. 하지만 그런 민첩함이 머리 회전에는 적용되지 않았다.

"이 안쪽인가?"

"둘러보고 싶으신 곳부터 시작하시죠." 크리브는 깃이 없는 셔츠에 멜빵 차림이었다. 상관의 방문에 걸맞은 옷차림은 아니었다.

"어, 그런데 자네 아내는⋯⋯."

"외출했습니다." 그는 밀리를 로더하이드에 사는 처제 집으로 보냈다. 그녀는 여전히 크리브가 조잇의 비위를 적절히 맞춰주기만 한다면 런던 경찰청이 그를 경위로 승진시켜줄 거라고 믿고 있었다. 경위 봉급을 받게 되면 두 사람은 가끔 극장에 갈 수도 있을 것이다. 밀리의 머릿속에서 천국이란 드루리레인 극장의 2층 특별석이었다. 그녀는 런던에 있는 어떤 극장에서 어떤 작품을 상연하는지 줄줄 꿰고 있었을 정도였다. 만약 조잇이 온다는 사실을 알았더라면, 그녀는 가장 좋은 찻잔을 꺼내고 케이크도 내놓았을 것이다.

"잘됐군."

"예?"

"내 말을 오해하지는 말게. 자네와 단둘이서 이야기를 나누고 싶었거든." 조잇이 재빨리 말을 이었다.

"제가 사는 집을 살펴보러 오신 거라고 생각했습니다만."

"그런 용건으로 보이고 싶었지. 사실은 전혀 다른 문제가 있어서 말이지."

두 사람은 계단 꼭대기에서 서로 마주 본 채 서 있었다.

"경감님께서 주거 환경을 점검하러 오신 게 아니라면……."

"크리브, 우리가 알고 지낸 지도 참 오래됐구먼."

"십이 년째입니다. 그렇다고 해서 제가 경감님께……."

"격식은 생략하는 게 어떻겠나?"

생각에 잠긴 크리브는 손에 든 실크해트를 뒤집었다.

"집 안에서라면 보통 그렇게 합니다만."

"그런데 혹시……." 조잇은 사방을 두리번거리며 말을 이었다. "비밀리에 이야기를 나눌 수 있는 곳이 있나?"

크리브는 이 계단 층계참도 이야기를 나누기에는 아무런 문제가 없다고 말하려 하다가, 밀리가 집을 나서면서 한 말을 떠올렸다. "여보, 나를 봐서라도 예의 바르게 굴어야 해. 만약 그 사람이 범죄자라도 됐다면, 일을 쉽게 처리하기 위해서라도 그를 살살 굴리는 일 따위는 두 번 고민하지도 않고 해치울 거잖아. 이제부터 그럴 수 있지?" 그는 거실 문을 밀어젖혔다. 고양이가 두 사람 사이를 빠져나가 아래층으로 달려갔다.

"화이트홀¹과는 꽤 비교되겠지만, 이런 곳도 나름 기분 전환이 될 겁니다."

---

¹ 영국의 정부 기관이 밀집된 지역으로, 통상 영국 정부를 지칭하는 명칭으로 사용된다.

"아, 그래." 조잇은 코트 자락을 위로 젖힌 다음 크리브의 안락의자에 앉았다. "자네 눈을 피할 수 있는 게 얼마나 되겠나. 이런, 담배 한 대 피워도 되겠지?"

크리브는 할 말을 잃었다. 조잇 경감이 그의 거실 안에 자리를 잡고 앉아 저 망할 파이프에 담배를 눌러 담고 있는 광경은 그가 감당할 수 있는 수준을 넘어선 것이었다.

조잇은 말을 이었다. "물론 자네 말이 정확하네. 오늘 오전에 내무부에 있었거든. 의자가 끔찍하게 불편하더군. 이 의자와는 전혀 달랐다니까." 그는 코트 위에 떨어진 담배 부스러기를 털었다. "좀 앉지 않겠나? 빌어먹을, 계급장 따위는 잊어버리라고. 함께 어퍼 스트리트를 헤집고 돌아다니던 때가 그리 오래전 일은 아니지 않나. 참 좋은 시절이었지, 크리브. 진짜 경찰 업무를 하던 시절 말이야."

크리브는 아무 말도 하지 않았다. 그의 기억 속에 남아 있는 조잇의 경찰 업무란 런던 경찰청에 보내는 방대한 양의 보고서를 작성하는 것으로 점철되어 있었다. 그의 승진 이력이야말로 문서의 힘을 증명하는 것이나 다름없었다.

"마치 어제 일 같군." 조잇은 추억에 잠겼다. "그런데 자네 혹시 워털로라는 순경 기억나나? 키가 큰 친구였는데. 덩치는 자네만 하고, 머리가 벗어진 녀석 말이야."

워털로. 크리브는 기억이 났다. 조잇과 같은 부류의 경찰로, 고된 당직 업무 대신 언제나 오전 보고서 작성 같은 일에만 자원하던 친구였다.

"네. 제가 떠난 후에 곧 경사로 승진했다고 들었습니다."

"지금은 경위일세. 그 친구에 대해 어지간히 잘 알겠지?"

신중히 대답해야 하는 질문이었다. "경감님보다 잘 알지는 못할 겁니다. 그는 이즐링턴 분서에 있었지 않습니까?"

크리브는 밀리가 키우는 홍방울새가 있는 새장을 담배 연기가 닿지 않는 곳으로 옮기며 말했다.

"분명히 말하지만, 나는 그 젊은 친구의 명석함을 높이 평가했다. 임무에 열정을 갖고 임하기 때문에 출세할 유형이라고 말이야."

"제가 받은 인상도 그렇습니다."

"웃기는군. 자네 사람 보는 눈이 별로구먼." 조잇은 들고 있던 파이프 끝을 바라보며 중얼거렸다. "나도 십 년 전에는 그를 경감 자리에 추천하려는 생각을 했었지."

"경위 정도면 남 보기에 부끄러워할 계급은 아니지 않습니까?" 크리브는 여전히 말을 아끼며 대답했다.

조잇은 목소리를 낮췄다. "음, 여기서만 하는 말이지만, 워털로는 경위로서 다소 실망스러운 부분이 있었네. 중앙경찰재판소에서는 그를 그리 높이 평가하지 않더군. 거기서 바보짓을 하다가 웃음거리가 된 모양이야. 그래서 그는 원즈워스 분서로 전출됐어. 큐 지역 담당 경사로 말이야. 조용한 지역이지. 면적은 크지만 대부분은 식물원이 차지하고 있으니까. 심각한 범죄가 빈번한 곳은 아니야. 아니, 올해 3월까지는 그랬었지." 그는 말을 끊고 미심쩍어하는 듯한 시선으로 방 저편을 바라보았다.

다른 사람들처럼, 크리브 역시 큐 독살 사건에 대해 잘 알고 있었다. 그는 창가에 서서 조잇이 타고 온 마차를 내려다보았다. "워털로가 그 사건에 관여하고 있습니까? 신문에서 이름을 본 적은 없습니다만."

"놀랄 일은 아니지. 그리 중요하게 다루어질 부분은 아니었으니까. 그 여자가 자백하고 유죄를 인정하는 바람에 그는 법정에 출두하지 않았거든."

"윈즈워스 분서로서는 편한 일이었겠군요, 경감님. 사건이 그렇게 일단락됐으니까요."

"그렇게 보일 테지." 조잇은 파이프에 한 번 더 불을 붙이더니 눈을 가늘게 떴다.

"미리엄 크로머는 사형선고를 받았고, 지금은 뉴게이트 교도소에 수감된 상태라네. 하지만 복잡한 문제가 있어. 어쩌면 전혀 중요하지 않은 문제일지도 모르지만, 어쨌든 오늘 아침에 자세한 이야기를 들었지." 그는 파이프에 불을 붙이느라 말을 멈췄다. "내무부 장관님께 말이야."

파이프 위로 불길이 몇 센티미터가량 솟아올랐다. "여보게, 간단히 설명하기 어려울 것 같으니 이제 좀 앉지 않겠나?"

크리브는 일이 흘러가는 모양새가 전혀 마음에 들지 않았지만, 밀리의 안락의자에 천천히 앉았다.

"크로머의 자백이 실린 신문 기사를 꼼꼼히 읽었다면 피해자에게 협박을 당했다는 그녀의 주장을 알고 있을 테지. 굉장히 불미스러운 사건이야, 크리브. 그녀는 레이턴 공이 의뢰했다고 오해했기 때문에 외설적인 사진을 찍었던 거야. 그림을 그리는 데 도움을 주려고 그랬다는 점에는 의심의 여지가 없지. 대부분의 런던 사람들도 비슷한 생각이겠지만, 내 개인적인 생각으로는 피해자가 한 공갈에는 그보다 더 추잡한 내용이 포함되어 있었을 게 틀림없어. 어쨌든 지금은 그게 중요한 게 아니야. 자신의 명예를 지키기 위해 할 수 있는 일을 했다고 해서 그 여인을 비난하지는 말자고.

문제가 불거지기 시작한 것은 살인 사건에 대한 그녀의 설명을 들었을 때였지. 퍼시벌이라는 불쾌한 작자가 청산가리를 마시고 사망했다는 건 기억하겠지? 독극물이 담겨 있던 병은 그가 일하던 사진관의 캐비닛 안에 들어 있었지. 그가 마데이라 와인을 따른 잔에서 독극물을 섭취했다는 건 지극히 명백해. 내무부 소속 전문가가 와인잔에서 독극물의 흔적을 발견했고, 그가 와인을 따랐던 디캔터에서도 다량의 독극물이 검출됐어. 크리브, 청산가리를 섭취하면 즉사한다고 알려져 있지. 청산가리를 사용하지 않는 드라마 속 악당들이 있기나 하던가?"

이제 경감의 목소리에서는 권위적인 어투가 묻어나기 시작했다.

"이번 사건의 진실은 다르다네. 피해자가 독극물을 마시고 사망하기까지는 십 분에서 이십 분 정도 걸렸지. 퍼시벌을 살해하려고 한 자가 의도한 것과는 달리, 그는 즉사하지 않고 하인들이 올라와 그를 발견할 정도로 소동을 일으켰어."

"기억납니다. 미리엄 크로머는 자살로 위장하기에는 너무 늦게 돌아왔다고 했었죠." 크리브가 대답했다.

"그 이야기는 그녀가 자백할 때 주장했던 거지. 그녀의 진술서를 꼼꼼히 조사해보았나?"

"조사해봤다고 할 정도는 못 됩니다, 경감님. 《데일리 뉴스》에서 읽었을 뿐이니까요."

"그녀는 퍼시벌이 점심 식사를 하러 나갔을 때 잠겨 있는 독극물 캐비닛 문을 열고 청산가리가 들어 있는 병을 꺼내 3분의 1가량을 마데이라 와인이 들어 있는 디캔터 안에 부어 넣었다고 진술했다네. 그런 다음 병을 다시 캐비닛 안에 넣고 문을 잠근 다음 밖으로 나갔지."

잠시 침묵이 흘렀다.

"뭐가 문제인지 모르겠습니다, 경감님."

"지금은 그럴 테지. 미리엄 크로머가 사진관으로 돌아왔을 때 무슨 일이 일어나 있었는지 곰곰이 생각해보게. 죽어가는 남자가 발견되어 경찰에는 신고가 들어갔고 의사는 도착해 있었지. 의사는 그의 증상이 청산가리 중독이라는 사실을 알았어." 조잇은 사족을 덧붙였다. "비터아몬드 냄새가 나고 피부는 푸르스름하게 변해 있었다는 거야. 그래서 그는 크로머 부인에게 청산가리병이 어디에 보관되어 있었는지 물었지. 그녀는 진술서에서 캐비닛 문을 열어 그에게 병을 보여주었다고 진술했다네. 자, 크리브 경사."

조잇은 팔짱을 낀 채 의자 등받이에 몸을 기댔다.

"나는 항상 자네가 실리적인 사고를 하는 사람이라고 생각했지. 만약 미리엄 크로머의 말을 믿는다면, 자네가 추론하기에 그녀는 범행을 실행하기 위해서 뭘 갖고 있어야 했을까?"

크리브는 어깨를 으쓱했다. 실리적인 사고를 하는 사람이라는 딱지를 붙인 것은 에둘러 하는 칭찬이었던 것이다.

"열쇠 말입니까?"

조잇은 고개를 끄덕였다. "논리적인 추정이야. 자네에게 상황을 제대로 설명하려면, 그 독극물 캐비닛은 평범한 목재 상자와는 전혀 다른 물건이라는 사실을 설명해줘야겠군. 우리 집 욕실에 두고 사용하는 것과는 질적으로 다른……."

"여기는 욕실이 없습니다." 크리브가 지적했다.

"그건 문제가 되지 않네, 크리브 경사. 내가 하려는 말은, 그 캐비닛이 독일제라는 거야. 철제로 만들어진데다 악의를 갖고 접근한 사람이 억지로 열 수 없을 자물쇠가 달려 있지. 하워드 크로머는 존경스러울 정도로 철저하게 화학약품을 보관했어. 청산가리가 얼마나 위험한 독극물인지 잘 알고 있었기에, 그는 어떤 사고도 일어나서는 안 된다고 단단히 결심했지. 그래서 독성이 있는 화학약품들은 사용할 때를 제외하면 언제나 캐비닛 안에 넣고 문을 잠가야 한다고 고집했다네.

열쇠는 두 개가 있었어. 한 개는 그가 보관하고 있었는데, 절대 어디에 두고 다니지 않도록 시곗줄에 꿰어놓았지. 조그만 은색 열쇠라, 시곗줄에 꿰어 조끼에 매달아놓으면 마치 행운의 동전처럼 보기 좋았다더군. 다른 열쇠 하나는 퍼시벌이 갖고 있었어. 그는 그 열쇠를 개인적인 열쇠들과 함께 열쇠고리에 꿰어 주머니에 넣고 다녔지. 시체에서 발견된 물건들 중에는 그 열쇠고리도 있었다네. 이게 무슨 의미인지 알겠나? 만약 미리엄 크로머의 자백을 믿는다면, 퍼시벌이 살해당한 날에 그녀는 두 열쇠 중 하나를 갖고 있었다는 뜻이야."

"남편 열쇠였습니까? 그는 브라이턴에 가 있었으니 열쇠가 필요하지 않았을 텐데요."

"일리 있는 추론이야." 조잇은 관대한 말투로 대답했다.

"그녀는 하워드 크로머가 조끼를 입고 있지 않을 때를 노려 시곗줄에서 열쇠를 슬쩍 빼낼 수도 있었겠지. 오전 일찍, 그가 잠자리에서 일어나기 전에 말이야. 충분히 가능한 일이지. 그러면 이제 이 지점을 검토해보도록 하지." 조잇은 관객들 앞에서 속임수를 부리려는 마술사 같은 태도로, 안주머니에서 종이 한 장을 꺼내 크리브에게 건넸다.

그 종이는 잡지에서 잘라낸 사진 인쇄물이었다. 사진 속에는 호텔처럼 보이는 건물 입구 앞에 중산모를 쓴 두 남자가 서 있었다. 그 사진에 첨부된 표제는 다음과 같았다. "인물사진작가협회 연례 회합. 3월 12일, 브라이턴. P. R. 디컨프랫 회장과 H. 크로머 부회장." 날짜와 크로머의 이름에는 빨간색 잉크로 동그라미가 쳐져 있었다. 그보다 더 중요한 것은 오른쪽에 서 있는 남자의 조끼를 가리키며 그려진 화살표였다. 가슴께를 가로질러 늘어진 시곗줄에 달린 열쇠가 조그맣지만 확실하게 보였다.

"3월 24일 자 《포토그래픽 저널》에서 잘라낸 사진이야. 내무부 장관께서 월요일에 이 사진을 받으셨지. 봉투에는 런던 웨스트센트럴 지구 우편국의 소인이 찍혀 있었다네. 아무런 설명도 없이 말이지."

"설명 따위는 필요 없었을 테죠. 누군가 미리엄 크로머의 진술서를 꼼꼼히 읽어보다가 이걸 기억해낸 모양이로군요. 제가 보기에는 이게 독극물 캐비닛 열쇠라는 점에는 의심의 여지가 없는 것 같습니다만." 크리브가 대답했다.

"의심의 여지가 없고말고. 내무부에서는 이 사안에 대해 상세한 조사를 벌였어. 나도 직접 확대경으로 사진을 보면서 퍼시벌의 주머니에서 발견된 열쇠와 비교해보았지. 크리브, 독일 열쇠공들은 솜씨가 보통이 아니지. 이 한 쌍의 열쇠는 그 캐비닛에 맞도록 하나하나 깎아낸 물건이야. 두 열쇠를 깎아낸 패턴이 일정하다는 건 확실해. 삼중 금속 구조에, 앞면에는 방사형 돌기가 나 있다더군. 내가 이해하기에는 너무 전문적인 용어이긴 하지만, 어쨌든 열쇠를 복제했을 가능성은 배제해도 좋아."

"흠, 크로머가 열쇠를 조끼에 매단 채 브라이턴에 갔었다면, 그의 아내는 다른 열쇠로 캐비닛 문을 연 게 틀림없군요. 퍼시벌이 열쇠를 어디 흘리고 다녔을 가능성은 없습니까?"

조잇은 고개를 저었다. "그럴 가능성은 없다고 아까 말하지 않았던가? 그가 지닌 열쇠는 다른 열쇠들과 함께 열쇠고리에 꿰여 있었어. 만약 열쇠 뭉치를 어디에 흘렸다면 퍼시벌은 그날 오전에 사진관에 들어오지도 못했을 거야. 그가 열쇠를 갖고 있었다는 점은 확실해."

크리브는 머릿속에서 여러 가능성을 꼼꼼하게 검토해보았다. "만약 그가 화학약품을 사용하는 작업을 하는 동안 재킷을 벗고 있었다면……."

"그는 열쇠를 바지 주머니에 넣고 다녔다네. 사체에서 열쇠를 발견했을 때도 거기 있었지. 그리고 미리엄 크로머가 그에게 캐비닛 열쇠를 빌려달라고 부탁했으리라는 가능성은 무시해도 좋아. 만약 그랬다면 그는 그녀의 의도를 의심해서 경계심을 품었을 것 아닌가? 독극물을 손에 넣기 위한 것 말고는 그녀가 캐비닛 문을 열어야 할 이유가 전혀 없었으니까.

크리브, 퍼시벌은 바보가 아니었다네. 그는 그녀를 협박하는 행위가 얼마나 위험을 무릅쓰는 짓인지 잘 알고 있었어. 그녀에게 자신을 파멸시킬 수도 있는 수단을 제공하기에는 지나치게 영악했지. 그리고 이 점 또한 잊지 말게. 미리엄 크로머는 퍼시벌이 점심 식사를 하러 나갔을 때를 틈타 캐비닛에서 독극물을 꺼냈다고 진술했다네. 이후 그녀가 그를 다시 보았을 때는, 이미 시체가 된 뒤였지. 만약 그녀가 퍼시벌의 열쇠를 사용해서 독극물을 구했다면, 어떻게 그가 죽은 후에 그의 바지 주머니에 열쇠를 도로 넣을 수 있었을까?"

크리브는 잠시 생각에 잠겼다. "잠시만요, 경감님. 아까 의사가 미리엄 크로머에게 독극물에 대해 물어봤을 때, 그녀는 캐비닛을 열고 청산가리병을 보여주었다고 말씀하셨습니다만. 그렇다면 그녀는 틀림없이 열쇠를 갖고 있었습니다."

조잇은 파이프를 두드려 거실에 놓인 석탄 통 안에 담뱃재를 털었다. "확실히 자네는 이 문제의 본질에 가까이 다가가고 있는 것 같군. 하지만 정답은 그게 아닌 것 같은데, 크리브 경사. 유감이구먼. 내가 알고 있는 사실이 조금 더 있지. 나는 이글 박사의 진술 기록을 읽어봤다네. 그가 청산가리에 대해 물어보자, 크로머 부인이 그 병은 잠긴 독극물 캐비닛 안에 보관되어 있다고 말했다고 단언했어. 그가 확인해봐야겠다고 말하자, 그녀가 캐비닛을 열기 위해서는 퍼시벌이 갖고 있는 열쇠가 필요하다고 대답했다는 거야. 그래서 의사가 직접 시체의 바지 주머니에서 열쇠를 꺼냈지. 청산가리병을 확인한 다음 다시 열쇠를 돌려놓은 것도 그였고. 모든 사안을 종합해보면 합리적인 설명이 도통 불가능하단 말이야."

"미리엄 크로머에게 그 지점에 대해 물어봤습니까?"

"아니."

"어째서입니까? 그녀는 유죄를 인정했습니다. 다른 사람들은 몰라도 그녀는 무슨 일이 일어났는지 알고 있을 겁니다."

"아니, 그녀에게 물어볼 수는 없어."

크리브는 그런 간단한 제안이 즉시 거절당했다는 데 놀라 턱을 문질렀다.

"그래, 그녀가 직접 이야기해줄 수도 있겠지." 조잇은 그의 말에 동의했다. "크리브 경사, 자네의 논리에 흠을 잡을 수는 없겠군. 하지만 이 시점에서 크로머 부인에게 그 질문을 하는 것은 무엇보다 부적절한 행위일 거야. 그녀의 처지를 고려해보게. 그녀는 지금부터 열흘 하고도 이틀 뒤에 교수형이 집행될 사형수라네. 그녀를 구할 수 있는 유일한 방법은 형 집행정지명령뿐이지. 그녀가 정상참작을 받을 수 있을 거라는 희망으로 서면 자백을 했다는 것은 거의 분명한 사실이야. 협박을 당한 정황에 대해 읽는 것만으로도 괴롭지 않던가? 품위 있는 여성이 우스꽝스러울 정도의 조그만 실수를 저지른 죄로 악랄한 공갈범에 착취를 당하다 못해 살인마저 저지르도록 떠밀렸던 거라네. 겉으로 보면 자비를 구할 이유가 충분해.

내가 굳이 '겉으로 보면'이라는 표현을 사용한 이유는, 그녀가 한 자백이 우리가 확보한 유일한 사건 정황이기 때문이야. 법정에서 그녀의 설명이 받아들여진 까닭은, 그녀가 유죄를 인정한데다 그 자백이 드러난 사실에도 들어맞았기 때문이고. 법정은 그녀의 유죄 여부를 결정해야 했고, 그녀는 그들의 골칫거리를 해결해준 셈이지. 왜 그랬을까? 가능한 한 그녀 자신에게 가장 호의적인 방식으로 무슨 일이 일어났는지 이야기하기 위해서였겠지. 그렇지 않다면 어째서 그녀는 유능한 변호사의 변호를 받을 권리를 포기했을까?"

"그녀가 도박을 했다는 말씀이십니까?"

"자신의 목숨을 걸고 도박을 벌인 거야. 지금 이 순간 미리엄 크로머는 사형수 감방 안에 앉아서 자신이 이겼는지 알기 위해 기다리고 있다네. 이제 어째서 그녀에게 열쇠에 대해 따져 묻는 게 논외가 됐는지 알겠나? 만약 자네나 내가 뉴게이트 교도소를 방문해서 새로운 정보가 드러났다는 사실을 알려주게 된다면 어떤 파급 효과가 일어날지 생각해보게. 그녀는 즉시 자신의 자백이 의심을 받고 있다는 결론을 내릴 거야. 그 자백에 형 집행정지명령을 받아낼 수 있는 희망이 걸려 있는데 말이지. 그렇게 된다면 최악의 결과를 낳는 셈이야. 교도관들은 사형수들의 심리 상태를 진정시키는 데 충분히 어려움을 겪고 있다네. 아니, 그 방법은 쓸 수 없어. 세부 사항을 확실히 확인하는 목적으로도 불가능해. 내무부 장관께서는 승인을 거부하실 거야."

"그런데도 제대로 된 설명을 바라시는군요."

"분명히 그분께서 가장 바라시는 것 같더군." 경감의 말투에서는 두려운 기색이 뚜렷하게 드러났다. "장관께서는 이 사진의 중대함을 이해하고 경찰청장님을 호출하셨어."

크리브는 위장을 쥐어짜이는 듯한 느낌이 들었다. 런던 경찰청장 자리를 맡고 있는 사람은 찰스 워런 경¹이었다. 이 충동적인 성격의 노련한 정치가는 일 년 전, 4천 명의 경찰 및

---

¹ 빅토리아 시대의 군인으로, 당시 런던 경찰청장은 군인 출신이 맡는 관례에 따라 1886년부터 1888년까지 런던 경찰청장을 역임하였다. 미스터리 팬들에게는 잭 더 리퍼가 등장한 시절의 무능한 경찰청장으로 알려져 있다

600명의 근위병들을 동원해서 실직자들이 벌인 시위를 진압함으로써 기사 작위를 받은 전적이 있었다. 하지만 피의 일요일[II] 같은 시위 진압 사건은 화이트홀의 정부 기관에서 벌이는 전투에 비하면 아무것도 아니었다. 그는 내무부 장관 및 런던 경찰청 재무 담당관과 여러 차례 말다툼을 벌였다. 그의 휘하 치안감인 제임스 먼로[III]는 공공연하게 그에게 반항했다. 두 사람이 서로를 낙마시키기 위해 애를 쓰고 있다는 것은 누구나 아는 사실이었다.

먼로는 런던 경찰청 범죄수사과의 총책임자이기도 했다.

"청장님을 말입니까?"

"그래, 크리브. 자네 얼굴이 창백해진 이유를 알 것 같군."

"범죄수사과에서 담당할 문제 아닙니까?"

이 모든 일을 고작 한 시간 전에 겪은 사람답게, 조잇은 한숨을 쉬었다. "그 일을 처리하기가 어렵다는 사실을 고백해야겠군. 큐 지역에서 수사를 맡은 친구는 워털로 경위였어. 그는 범죄수사과 소속이 아니야. 미리엄 크로머가 용의자일 게 명백한, 굉장히 간단한 사건이었기 때문에 우리 부서가 나설 필

[II] 여기서 언급되는 '피의 일요일'은 1887년 런던 트래펄가 광장에서 벌어진 실직 노동자들의 시위를 진압한 사건을 가리킨다.

[III] 빅토리아 시대의 변호사로, 런던 경찰청 초대 치안감을 지냈다. 워런의 후임으로 1888년부터 1890년까지 런던 경찰청장을 역임하였다. 워런과 먼로가 런던 경찰청장 자리를 두고 반목한 일화는 유명하다.

요가 없었지."

"이 문제가 드러나기 전까지는 말이죠."

"그래. 장관님께서는 퍼시벌의 사망 정황에 대해 수사를 새로 진행하라는 명령을 내리셨어. 유능한 형사가 수사를 진행하기를 바라시지만, 그 과정은 극도로 비밀리에 진행되어야 하네."

"그래서 버먼지까지 행차하신 겁니까? 먼로 치안감님의 집무실에서 이 이야기를 나눌 수 없는 이유라도 있습니까?"

"그 질문에는 대답하지 않는 편이 좋겠군." 조잇은 까다롭게 굴었다. "찰스 경께서 이 사건을 내게 배정하셨다고 말해주는 것만으로 충분하겠지. 그래서 자네 도움이 필요하네."

상황이 더이상 나쁠 수 없을 정도로 엉망이었다. 범죄수사과 총책임자인 먼로 치안감이 보고받지 못한 사건을 수사해야 하는 것이었다.

"상황이 복잡하다는 건 인정하겠네." 조잇은 붙임성 있는 말투로 말을 이었다. "자네가 떠본 대로, 현 단계에서 치안감님께는 아직 보고를 드리지 않은 상태야. 이게 얼마나 민감한 사안인지 알기 때문에, 찰스 경께는 내 입장을 분명히 밝혔다네. 나는 먼로 치안감님과 긴밀한 협력 관계를 유지하며 일해야하는 처지여서, 그분의 흥미를 끌지 않으면서 철저한 수사를 진행하는 것은 아무리 생각해봐도 무리라고 말이지. 그 결과, 우리는 범죄수사과 소속 인원 중에서 눈에 잘 띄지 않는 형사를 한 명 골라 비공식 단기 수사를 위임하자는 데 합의 했어. 그래서 자네를 추천했지."

눈에 잘 띄지 않는 형사라. 크리브는 자신에게 그보다는 더 나은 표현으로 불릴 자격이 있다고 생각했다. 그는 조잇에 게 고맙다는 인사를 하지 않았다.

"만약 먼로 치안감님께서 이 사실을 아시게 된다면 저는 어떤 입장을 취해야 합니까?"

조잇은 희미한 미소를 지어 보였다. "들키지 않도록 신경 쓰는 게 좋겠군. 자, 농담 따윈 집어치우자고, 크리브 경사." 그 는 서둘러 덧붙였다. "자네 이름이 찰스 경에게까지 올라갔으 니, 자네가 이 임무에서 몸을 사리고 싶은지 여부는 중요한 문제가 아니야. 만약 자네 입장이 위태로워진다고 생각하면 청장님께 면담을 신청해도 좋아. 하지만 청장님께서는 이 사 건을 자네와 같은 견지에서 보지 않으실지도 모른다는 사실 을 경고해두고 싶군. 만약 청장님의 집무실에서 자네가 먼로 치안감님의 이름을 올리게 된다면, 나는 그 결과에 대해서 어 떠한 책임도 질 수 없을 거야."

크리브는 화가 끓어오르는 와중에 이 사안의 본질을 깨닫 고 말았다. 런던 경찰청의 정치적인 문제에 대해서라면, 조잇 의 판단은 언제나 정확했다. 갑자기 튀어나온 이 덫에는 빠져

나갈 구멍이 보이지 않았다. 그가 이 사건 수사를 받아들이거나 아니면 경찰을 그만두거나, 둘 중 하나였다. 먼로 치안감은 범죄수사과 조직을 위해 스스로를 희생했다는 이유로 일개 변변찮은 경사에게 고마움을 느낄 사람이 아니었다. 밀리 또한 마찬가지였다. 지금 이 순간부터 크리브의 경찰 경력은 찰스 워런 경, 즉《팰 맬 가제트》에서 "단연 돋보이는 구제불능의 실패자"라고 평한 남자에게 매여버린 것이다.

"어떻게 수사를 진행하기를 바라십니까?"

조잇은 다시 한번 미소를 지었다. "그렇게 나와야지! 자, 크리브 경사, 한마디로 말하자면, 미리엄 크로머가 한 자백의 신뢰 여부를 파악해야 하네. 만약 자백 내용이 사실이 아니라면, 그녀가 대체 무슨 이유로 사형선고를 받을 게 확실한 위증을 했을까? 답을 찾을 시간은 십이 일 주어져 있네. 기한이 지나면 이 질문은 탁상공론이 되고 말 테지만, 그래도 내무부 장관께서는 상세한 보고서를 요구하실 거야. 보고는 내게 맡겨두게. 어, 그러니까 그를 위한 기초 작업은 자네 책임이라는 뜻이야. 조언이 필요하면 언제든지 넘치도록 해줄 테니 걱정 말라고. 하지만 이런저런 사정을 고려하면, 경찰청 안에서 내게 접촉하는 건 현명한 행동이 아닐 거라네. 지금으로부터 일주일 뒤에 내가 자네에게 연락을 취하는 게…… 음, 그게 더 낫겠어."

그는 무심한 시선으로 크리브의 거실을 둘러보았다. "접선하기엔 이곳이 적당할 것 같군."

편지를 쓰는 일에 있어서, 제임스 베리는 자신이 사도 바울이 될 수 없다는 사실을 누구보다도 먼저 인정한 사람이었다.[I] 철자 문제가 아니었다. 헤크먼드와이크 부인학교[II]에 다니던 시절에 그는 철자법 대회에서 상을 탄 적도 있었다. 그의 필체 또한 동판으로 찍은 것처럼 훌륭했다. 1850년대는 습자 교육이 잘 이루어진 시기였고, 알파벳의 굽은 부분을 제대로 표현하지 않으면 회초리를 맞아 손가락 관절이 빨개지기 일쑤였다. 어떤 학교에서든 공포야말로 가장 뛰어난 교사였다. 베리가 학교에서 배우지 못한 것은 화려한 어구를 구사하는 법이었는데, 이는 교과과정에 포함되어 있지 않았기 때문이다. 그는 솔직하고 담백하게 표현하는 편을 선호했다.

그가 사흘 동안 대부분의 시간을 투자

[I] 바울은 신약성서의 대부분을 집필한 사도이다. 신약성서의 대부분은 서간문 형식으로 되어 있기 때문에 서양에서 바울은 편지 하면 대표적으로 떠오르는 인물로 여겨진다.

[II] 17~18세기 영국에서 나이 든 부인이 가정집 거실이나 부엌에 어린이들을 불러놓고 주로 읽기와 예법을 가르치던 것을 말한다.

하여 고심한 끝에 작성한 편지는 그가 이제껏 써본 것들 중에서 가장 격조 높은 글이었다. 그는 편지가 손쉽게 완성되지 않으리라 예상하고 있었기 때문에 일부러 일찍 쓰기 시작했다. 문제는 균형을 유지하는 것이었다. 이 일이 비즈니스라는 사실을 명확히 해둘 필요가 있었다. 그는 상대방에게 호의를 받는 것도, 자신이 베푸는 것도 원치 않았다. 그렇다고 무례하게 보이고 싶지도 않았다. 상대방이 신사를 상대하고 있다는 사실을 알려줄 필요가 있었다.

편지 내용은 다음과 같았다.

런던 노스웨스트 지구 매럴번 로드
마담 투소의 밀랍 인형 전시관
J. 투소 사장님 귀하

친애하는 사장님 전 상서,
저는 아직 사장님을 뵐 수 있는 특권을 누리지 못했지만, 현재 제가 재직하고 있는 부처의 전임자 고 윌리엄 마우드 씨가 몇 차례 사장님을 방문해서 양측 모두에게 만족스러운 거래를 진행했던 것으로 압니다. 저는 그를 본떠 만든 밀랍 인형이 사장님의 전시관에서 영광스러운 자리를 차지하고 있으며, 대중의 관심 대상으로 자리매김했다는 사실을 들은 바 있습니다.

존경하는 사장님께 이 서신을 보내는 이유는, 최근 몇 주 사이 대중과 언론으로부터 상당한 관심을 받았던 사건에 대해 마땅히 실행해야 할 법 집행 문제와 관련하여, 21일에 런던에 출두하라는 요청이 제게 내려왔기 때문입니다. 사장님께서 '공포의 방'에 어울리는 특정 범죄자들의 밀랍 인형을 전시함으로써 일반 대중들의 흥미를 충족시키곤 하신다는 사실을 알고 있습니다. 앞서 언급한 사건에 대해 마땅한 형 집행이 이루어진 다음에는, 사장님께서는 사건의 범인을 본뜬 밀랍 인형을 전시하실 것으로 사료됩니다.

타인이 경원시하는 의무를 집행관이 수행한 이후, 사형수가 마지막으로 착용한 의복에 대한 소유권을 행사하는 것은 사형집행부서의 오랜 특권이었다는 사실은 고 마우드 씨와의 거래를 통해 잘 알고 계시리라 감히 말씀드리는 바입니다. 사장님의 전시관에 있는 특정 모형의 일부는 그들을 상징하는 것으로 유명한 실제 복장을 착용하고 있으며, 그런 모습이 대중들의 호기심을 적잖게 끌고 있다고 사료됩니다. 저는 사장님께서 흥미를 느끼실 이 사건에서 유죄판결을 받은 자의 의복을 투소 밀랍 인형 전시관에서 구매하는 건에 대해 이야기를 나눌 의향이 있습니다.

저는 20일 수요일에 런던으로 향할 예정입니다. 만약 바라신다면, 다음 날 오전에 이 문제에 대해 상의하기 위해 사장님의 사무실을 방문할 의사가 있습니다. 저를 만날 의향이 있으시다면 서신을 통해 답변을 부탁드립니다.

제임스 베리 배상

1888년 6월 14일

요크셔 주 브래드퍼드

빌턴 플레이스 1번지

제임스 베리는 '상서'나 '배상'이라는 표현을 사용하기가 망설여졌다. 그는 자선을 바라는 게 아니었다. 자신은 조건을 제시할 수 있는 위치였던 것이다. 그는 지금과 같은 기회를 오랫동안 기다려왔다. 지금까지 그의 고객들 중 투소 밀랍 인형 전시관에 들어갈 수 있는 후보자는 한 명도 없었다. 지난 사년 동안 단 한 명도 없었던 것이다. 빌 마우드는 찰리 피스, 케이트 웹스터, 램슨 박사[1]를 담당했으니 그보다 운이 좋았다. 그렇게 유명한 사람들의 생명을 끝내버렸으니, 마우드 자신이 밀랍 인형 전시관에 들어간 것도 전혀 놀랄 일이 아니었다.

어떤 문구로 편지를 마무리해야 할지 결정을 내릴 필요는

---

[1] 찰리 피스, 케이트 웹스터, 램슨 박사는 모두 19세기에 실제로 처형된 살인범들이다.

아직 없었다. 런던 행정장관에게서 확실한 이야기를 들을 때까지는 기다려야 할 터였다. 그런 다음에는 이 편지 내용을 정성 들인 필체로 공들여 옮겨 쓰고, '상서'나 '배상'이라는 표현을 남겨둘지 여부를 결정하면 될 일이었다.

그보다는 가격 책정이 문제였다. 그는 의복에 20파운드 정도를 요구할까 생각중이었는데, 이는 교수형을 집행하면서 런던 행정장관으로부터 받는 금액의 두 배였다. 수많은 사람들이 그 인형을 보면서 지불하는 돈을 생각하면 20파운드가 지나친 금액이라고는 할 수 없었다.

20파운드라면 그가 런던에서 하려고 마음먹은 일에 필요한 비용을 충당하는 것은 물론이고 잔돈도 좀 남길 수 있을 것이다.

사형수 크로머의 담당 교도관들은 그녀가 뱃속이 검은 인간이라고 단정해버렸다. 그들은 그녀가 자신이 처한 상황에 대한 진위 파악을 충분히 하고 나면 곧 문제를 일으킬 거라고 확신했다. 그런 상황에서 죄수들이 반응하는 방식은 다양했다. 처음 48시간 내에 그들이 보이는 일반적인 행동은 기절하거나 교도관을 공격하는 것이었다. 그런 사람들에게는 의사가 뭔가 처방하기 마련이었다. 만약 죄수의 상태가 더 나빠지게 되면 잠시 의무실에 입실하곤 했다. 첫 번째 고비가 지나가면, 죄수들은 하루나 이틀 동안 펑펑 울고 난 다음 자신의 판결을 받아들이려고 애쓰기 시작했다. 그들은 규정된 면회객들이 찾아와도 들뜨지 않았고, 면회 이후에도 다루기 수월했다. 마지막까지 대부분 수동적이었다. 실제로 사형을 당하는 순간까지 불평 한마디 하지 않은 죄수들도 있었다.

크로머는 정신적으로 혼란한 기색을 조금도 드러내지 않았다. 그녀는 스스로를 잘 통제하는 것처럼 보였다. 마치 뉴게이트 교도소에 수감되지 않은 것처럼 보일 정도였다. 거친 파란색 재킷과 흐물흐물한 모직 스커트, 주름 장식이 딱 달라붙은 수수한 흰색 실내모로 구성된 수인복 차림을 하고 있으면 너나없이 중죄인으로 보이기 마련이었다. 하지만 그녀는 그렇지 않았다. 그녀에게는 다른 점이 있었다.

수인복은 더할 나위 없이 잘 맞았다. 그녀는 턱 아래에 나비 모양으로 끈을 묶으라는 규정을 정확히 따라 모자를 착용했다. 금발이 한 가닥 빠져나오기라도 하면 재빨리 정돈해서 보이지 않도록 안으로 밀어 넣으라는 명령이 떨어졌다. 소매도 규정된 방식에 따라 깔끔하게 말아 입었다. 사실 수인복을 입는 방식에 대한 규정에도 개성을 표현할 수 있는 여지가 조금은 있기 마련이었지만, 그런 조짐이 드러날 때마다 교정당하곤 했다.

그녀의 이상한 면모는 교도소 규율을 위반하는 경우처럼

쉽게 설명할 수 있는 것이 아니라 좀더 규정하기 어려운 종류였다. 하지만 그런 모습은 교도관들이 통제할 수 있는 부분이 아니라는 점에서 명백하게 그들을 불쾌하게 했다. 그녀는 구속 상태는 물론이고 갖은 수모를 비롯해서 목욕용 솔로 몸을 문지르거나 요강을 사용하는 일에 이르기까지 불평 없이 받아들였으며, 교도관들이 그녀를 취급하는 방식에도 고지식하게 복종했다.

그녀는 여전히 동떨어진 존재였다. 기본적인 것마저 궁핍한 상황이었으니 그녀는 점점 더 교도관들에게 의존하게 되었어야 했다. 교도관들이 사형수의 그런 모습을 일종의 권리로서 받아들이는 건 지극히 예상 가능한 과정이었다. 그런 권리를 박탈당하자, 교도관들은 어떻게 이 사형수가 고분고분한 동시에 무심한 태도를 유지할 수 있는지 이해할 수가 없었다. 그녀의 모습에는 중압감을 느끼는 듯한 징후가 확실히 엿보였지만, 그녀는 고집스럽게 무심한 태도를 고수했다. 교도관들을 바라보는 그녀의 두 눈 속에는 감옥의 벽이나 가구를 보는 것 이상의 흥미는 찾아볼 수 없었다.

교소도장도 그런 사실을 눈치챘다. 월요일은 그녀가 뉴게이트 교도소에 들어온 지 나흘째 되는 날이었다. 그는 새로 죄수가 들어오면 으레 하던 습관대로, 그녀를 자신의 집무실로 데려오라는 지시를 내렸다. 호킨스와 벨이 그녀를 데려왔다. 이는 18세기의 유물인, 천장이 낮은 석조 통로를 지나 교도소의 반대쪽 끝까지 걸어가야 한다는 뜻이었다. 얼마 지나지 않아 철제 빗장이 걸린 문이 등장했고, 세 사람이 잠긴 문을 열고 안으로 들어서자 문이 도로 세게 닫히면서 쾅 하는 소리가 멀리 울려 퍼졌다.

문을 하나 지나고 나면 그때부터는 바닥에 돌 대신 카펫이 깔려 있었다. 그런 광경에서는 안락하다는 인상을 받기는 어려웠다. 이는 뉴게이트 교도소의 대다수 인원들에게는 지극히 생소한 광경이었고, 심지어 교도관들까지 심사가 불편해지기 마련이었다. 벨은 걸음을 내디딜 때마다 무릎이 뻣뻣해지는 것 같았다.

그들은 카펫이 깔린 통로를 지나다가 군대 표준에 맞춰 제작하고 광을 낸 놋쇠 부속들이 달린 떡갈나무 양판문 앞에서 걸음을 멈췄다. 호킨스가 문을 두드렸다.

"들어와."

교도소장의 집무실은 굉장히 넓었다. 가로 2미터, 세로 4미터인 감방이나 어느 한쪽이 길을 비키지 않으면 두 사람이 서로 엇갈려 지나갈 수 없을 정도로 좁은 복도에 비하면 광활하다고 할 수 있었다. 공간감이 흔들릴 정도였다. 벽에는 검은 판자를 덧댔고, 등받이가 높은 가죽 의자가 몇 개 놓여 있었다. 천장까지 닿는 높이의 책장 몇 개와 사냥 장면을 그린 그림 몇 점, 박제된 동물 머리 몇 개에 녹색 벨벳 커튼도 눈에 띄었다. 방 안은 따뜻해서 굳이 불을 피우지 않았다. 교도소장은 난로 가림막으로 사용하는 태피스트리를 바라보고 있었다.

"실례합니다, 소장님. 죄수 크로머를 데려왔습니다." 덜 긴장한 교도관 쪽이 문가에 서서 보고했다.

"그렇군." 그가 몸을 돌렸다. 머리는 잿빛이었고 콧수염은 밀랍으로 광을 냈으며 두 눈은 희미한 파란색이었다. "앞으로 나오게, 크로머." 그의 목소리가 카펫과 가구에 부딪쳐 변조되면서 다소 기묘하게 들렸다.

죄수는 그를 향해 두 걸음 앞으로 나아갔다.

"부디 이쪽으로 오시게. 내 장담하건대, 나는 무시무시한 사람일지는 몰라도 위험한 사람은 아니거든."

교도관들은 그녀가 그로부터 1미터도 떨어지지 않은 곳까지 다가가 그를 향해 고개를 드는 모습을 바라보았다. 그녀는 겁에 질린 모습이 아니었다. 그런 기미는 조금도 보이지 않았다.

"나는 뉴게이트 교도소에 들어오는 모든 죄수들을 만나보곤 하지." 그의 목소리는 방 저편에서 겨우 들릴 정도의 크기였다. "그리고 언제나 이 시설 및 다른 교도소들 모두 법이 요구하는 사항을 충족시키기 위해서만 존재한다는 사실을 명확히 밝히면서 이야기를 시작한다네. 그러므로 당신이 여기 수감되게 된 사건에 대해서는 조금도 언급할 생각이 없어. 그러면 재판 내용을 꺼내야 할 텐데, 당신이 그걸 다시 떠올리고 싶어 할 것 같지는 않군. 내 책임은 법에 의한 판결 내용이 제대로 이행되는지 지켜보는 것이지. 그러니까 어느 정도까지는 말이야. 궁극적인 책임은 런던 시 행정장관께 있으니까. 여왕 폐하께서 당신의 형을 확정하시면, 나는 당신이 받은 형을 마무리하기 위해 당신을 행정장관님께 인계할 의무가 있어. 이런 절차상의 문제까지 자네가 상관할 필요는 없겠지. 뉴게이트 교도소에서는 오직 당신을 구류하는 데에만 책임이 있다는 사실을 아는 게 당신에게 위안이 되지 않는다면 이야기는 다르겠지만. 무슨 말인지 알겠나?"

"예."

빌은 숨을 죽였다. 사형수가 교도소장에게 제대로 된 격식을 갖추지 않고 대답했던 것이다.

교도소장은 넥타이 매듭을 손가락으로 쓰다듬었다. "뉴게이트 교도소에서 얼마나 지낼 예정인지 알고 싶겠지. 내무부에서 규정한 기간은 이 주를 약간 상회한다네. 형이 확정된 순간으로부터 안식일이 세 번 지나야만 하지. 외부에서 아무런 개입이 없다는 가정하에……" 그는 방 안을 가로질러 자신의 책상으로 향했다. "오전 8시 전에 당신을 행정장관님께 인계해야 해. 그러니까……."

그는 서류 한 장을 집어 들어 자세히 살펴보았다.

"6월 25일 월요일입니다." 사형수가 대답했다.

방 안에 음산한 침묵이 흘렀다.

교도소장은 서류를 내려놓고 그 자리에 선 채 그녀를 바라보았다. 그의 표정에서는 그녀가 끼어든 것에 짜증이 났다기보다는 놀란 감정이 드러나 있었다. 그는 다시 벽난로 옆으로 돌아왔다.

"당신이 형 집행정지명령이 떨어지리라는 희망을 품고 있다는 건 분명하군."

그는 벽난로 선반 위에 놓여 있는 조그만 석고 흉상을 향해 시선을 돌렸다.

"폐하께서는 가끔 내무부 장관의 권고에 대해 관용을 베푸시는 것으로 알려져 있지. 그건 그렇다 치고, 내가 당신에게 해줄 조언은 그런 생각일랑 머릿속에서 지워버리라는 거야. 유쾌하지 못하게도 나는 당신과 동일한 상황에 놓인 사람들을 꽤 많이 만나는 임무를 수행해왔어. 내 경험에 따르면, 자신에게 닥친 일을 가장 잘 견디는 사람들은 주님을 배알하는 것은 자신의 운명이라고 받아들이는 자들이야. 이곳에 배속된 휴스 신부와는 이미 만난 적이 있다던데. 그분의 영적인 조언에 따르라는 충고를 하도록 하지. 당신은 영국국교회 교도라고?"

그녀는 고개를 끄덕였다.

"좋아, 그러면 그분에게 당신 영혼의 짐을 덜도록 하게."

그녀는 아무 말도 하지 않았다. 휴스 신부가 그녀를 만나러 감방으로 찾아올 때에도, 그녀는 역시 아무 말도 하지 않았다. 그가 건네준 종교에 대한 소책자는 펴보지도 않았다. 교도관들은 그 사실을 알고 있었고 교도소장도 틀림없이 알고 있으리라 생각했지만, 그는 더이상 그 문제를 밀어붙이지 않았다.

"친척들과 면회를 해도 좋아. 당신 남편이나 아버님, 어머님을 포함해서……."

"부모님께서는 돌아가셨어요."

"크로머, 내게 말할 때는 존칭 및 경칭을 붙이는 것이 관례일 텐데. 당신 부모님에 대해서는 유감이로군. 하지만 그분들이 현재의 고난을 함께 겪지 않은 것은 그나마 다행이라고 해야겠어. 혹시 형제자매가 있다면……."

"소장님." 그녀는 흔들림 없는 목소리로 입을 열었다. "이곳에서 그들을 만나고 싶은 생각은 전혀 없습니다. 제 남편만은 예외입니다. 또한 제게 변호사와 접견할 권리가 있다고 알고 있습니다."

교도소장은 마음이 심란해져 콧수염을 매만졌다. "사실 그 이야기를 할 참이었다네. 다시 한번 주의를 주지만, 사법적인 판단으로 형 집행정지명령이 나오리라는 희망을 품는 것은 그 무엇보다도 현명하지 못한 행동일 거야. 나를 들쑤시고 싶은 다른 문제는 없나?"

"지금은 없습니다, 소장님."

"어쨌든 나중에 또 이야기를 나눌 기회가 있을 걸세."

교도소장은 그 말을 마치고 교도관들에게 그녀를 데리고 가라는 손짓을 했다. 그들이 문을 닫기도 전에, 그는 찬장으로 가서 위스키잔을 꺼냈다.

6월 15일, 금요일

크리브는 잠을 제대로 이루지 못했다. 그의 뇌는 무슨 일탈을 겪었는지 얕은 망각의 바다 속에서 몇 시간 동안이나 허우적거리다가 그를 떠밀며 잠에서 깨웠다. 꿈에서 조잇이 그를 찰스 워런 경에게 소개했지만, 경찰청장은 책상에 앉아 있지 않았고 카메라가 그들을 마주 보고 있었다. 그리고 검은 천 아래에서 잿빛 머리카락 위에 왕관을 쓰고 있는 어느 조그만 여성[I]이 모습을 드러냈다.

크리브는 깜짝 놀라 침대에 일어나 앉았는데, 그 바람에 밀리를 깨우고 말았다. 그는 방금 꾸었던 꿈에 대해 말하지 않았다. 대신 차를 끓이러 밖으로 나갔다. 그는 찻잔을 들고 돌아와, 밀리에게 극장에 갈 계획을 세워보자고 말하면서 그녀의 신경이 딴 데로 쏠리게 했다. 그 말을 들으면 아내가 들뜰 것을 알고 있었다. 밀리가 고른 것은 헤이마켓 거리[II]에서 상연하는 로티 파

[I] 빅토리아 여왕을 가리킨다.
[II] 피커딜리 서커스에서 남쪽으로 이어지는 큰 도로로, 대형 극장이 모여 있다.

이퍼 주연의 〈매스코트〉라는 작품이었는데, 그의 제안에 그녀가 너무나 빠르게 응해서 두 사람 모두 박장대소하고 말았다. 잠시 후 어둠이 밀려오자 크리브는 고민에 빠지고 말았다. 밀리가 조잇이 방문한 이유를 묻지 않았던 것이다. 그는 밀리에게 무엇도 숨기지 않았기 때문에 이 상황이 더욱 불편했다. 마치 자신이 두 장의 공연 티켓으로 아내의 침묵을 사는 것만 같았다.

하지만 만약 밀리가 그 이야기를 들었다면 잘못된 결론으로 곧바로 도약해버렸을 것이다. 아내는 그가 조직 내에서 가장 뛰어난 형사이기 때문에 경찰청장이 그를 지목한 거라고 믿어버렸을 것이다. 밀리는 그 점을 단 한 번도 의심하지 않았고, 언제나 그가 승진을 목전에 두고 있다고 믿었다. 워런이 조잇을 부른 이유는 그가 먼로 휘하 경찰 중 유다 같은 존재였기 때문이며, 크리브가 선택된 이유는 얼굴이 파래질 정도로 깜짝 놀란 조잇의 입 밖으로 처음 나온 이름이 그의 것이었기 때문이라는 사실을 말해줘도 소용없는 일이었다.

크리브는 현실주의자였다. 그가 경사로 승진한 뒤 십칠 년이 흘렀으니, 그를 들뜨게 하려면 수정궁에서나 사용할 규모의 폭죽이 필요할 터였다.

그는 워털로 경사를 만나보는 일부터 시작하기로 마음먹었다. 큐 경찰서 주소를 찾아보았을 때, 그 항목에 별표가 되어 있는 것이 눈에 띄었다. 아래에 달린 주석에는 "상시 운영되는 곳은 아님"이라고 적혀 있었다. 워털루에 대한 기억이 그의 머릿속을 스치고 지나갔다. 그는 관할구역 순찰을 종종 빼먹던 순경이었다. 그는 긴 한숨을 쉬며 크로머 사건 관련 서류가 담긴 작은 여행 가방을 들고 심한 학대를 받은 듯한 눈빛으로 본청 건물 밖으로 걸음을 옮겼다.

그는 워털루 역에서 런던 앤드 사우스웨스턴 철도 회사의 기차에 올라탔다.

크리브는 큐가든스 역에서 내리는 유일한 승객이었다. 플랫폼에는 아무도 보이지 않았다. 기차표를 수거하는 사람조차 없었다. 방향을 물을 필요가 없어서 다행이었다. 주소에 따르면 경찰서는 역 진입로에 있었기 때문이다.

대합실을 나서기 전, 지역 사업체 광고 포스터 사이에서 한 이름이 그의 눈을 사로잡았다.

하워드 크로머

사진작가

큐그린 거리, 파크 로지

자연광 속에서 재현되는

최고 품질의 사진을 경험해보십시오.

예약제로 운영됩니다.

인물사진, 카비네판 또는 명함판 사진,

가족 및 결혼식 피로연 사진 전문.

누군가 그 포스터에 연필로 "장례식 상담 환영"이라는 글귀를 덧붙여놓았다.

역 진입로는 폭이 넓고 나무 그늘이 우거진 길이었다. 경찰서는 약국이 있는 건물 위층에 위치했다. 건물 옆에 있는 철제 계단을 오르자 출입문이 보였다. 크리브는 문을 열었다. 조만간 반드시 페인트칠을 해야 할 것 같은 문이었다.

"안녕하십니까, 선생님." 키가 큰 풋내기 순경 한 명이 연한 적갈색 털을 지닌 커다란 고양이 한 마리를 품에 안은 채 말했다. "오늘 날씨는 괜찮은 편이로군요. 애스컷 경마 대회가 열리기에 훌륭한 날씨 아닙니까? 무엇을 도와드릴까요?"

"워털로 경위가 안에 계시면, 통계분석과의 크리브 경사가 잠깐 이야기할 것이 있다고 전해주게."

고양이가 돌멩이처럼 아래로 굴러떨어졌다.

"통계분석과시라고요. 알겠습니다, 경사님. 잘 알겠습니다. 즉시 전달하겠습니다." 그는 책상 뒤로 나 있는 문을 고개와 어깨를 집어넣을 수 있을 정도만 열었다. 소곤거리는 불안한 말투로 대화가 오갔다. 그는 문을 닫고 다시 크리브에게 몸을 돌렸다. "경위님께서 잠시 기다리시랍니다, 경사님." 그는 이렇게 말하더니 종이 몇 장을 쥐고 분주히 움직였다.

"이건 자네 고양이인가?" 크리브가 물었다. 고양이는 그의 정강이에 몸을 기대고 있었다.

"그냥 길 잃은 녀석입니다, 경사님." 순경은 설득력 없는 태도로 대답했다. "바로 옆이 푸줏간이라 이런 고양이들이 많습니다. 경사님께서 들어오셨을 때 이름표가 있는 목걸이를 하고 있지는 않은지 확인해보는 중이었습니다."

"업무 일지에 그 일도 적어두기를 바라네." 크리브는 신랄하게 대꾸했다.

열린 문 뒤에서 벗어진 머리와 어깨가 모습을 드러냈다. 양손으로는 경위 제복의 맨 위쪽 단추를 서둘러 채우는 중이었다. "크리브, 정말 자네로군." 워털로 경위가 말했다. "왜 밖에서 기다리고 그러지? 안으로 들어오게, 친구."

고양이가 먼저 안으로 들어갔다. 고양이는 창턱에 뛰어올라, 자신의 것이라고 주장하는 듯 햇빛을 받으며 자리를 잡았다. 워털로 경위는 고양이를 쫓아내려는 생각이 없어 보였다.

그는 호리호리한 몸매에, 벗어진 머리에 대한 보상인 듯 눈썹이 무성하게 나 있었다. 그를 마지막으로 본 십 년 전 이후로 거의 변한 것이 없었다. 지나치게 길고 가는 목 위에 달린 얼굴은 여전히 뚜렷한 이유 없이 짜증스러웠다.

"스토크뉴잉턴에서였나?" 그는 공연히 옛날이야기를 끄집어냈다. "정말이지, 그때 이후로 세월이 많이 흘렀군. 정말 바쁜 나날이었어. 좀 앉지그래? 안락의자에 앉아서 숨 좀 돌리라고. 좀 쉰다고 해서 그리 시간을 뺏는 것도 아닐 테니. 지금은 어디 있나?"

의자는 조금 전까지 누가 앉아 있었던 듯 따뜻했다. "런던경찰청 통계분석과에 있습니다, 경위님." 워털로에게는 자세한 이야기를 피할 필요가 있었다.

"그러면 현장에서는 손 뗀 건가? 세상에, 다른 사람이라면 몰라도 자네가 책상머리에 앉아서 밥 벌어먹는 일을 하다니. 그러면 아직까지 경위로 승진하지 못한 건가?"

"이 년쯤 전에 표창을 두 번 받았습니다. 그뿐입니다."

"잘했군그래."

워털로 경위의 말은 크리브보다는 고양이에게 하는 것처럼 들렸다. 그는 집게손가락으로 고양이의 머리를 쓰다듬었다.

"확실히 이 조직에서 승진하기란 복권에 당첨되는 것과 마찬가지라니까, 친구. 나는 그리 대단한 경찰이 아니라는 사실을 진작에 받아들였지. 괜찮은 자리에 내 이름이 언급될 때도 마찬가지였지. 빌어먹을, 내가 해놓은 수많은 서류 작업에 대한 보상을 받아야 했다고. 나는 자네랑 헤어지고 나서 얼마지나지 않아 승진했지. 하지만 아무래도 일개 경사 계급에 머무를 생각은 없었어……" 그는 고양이에게서 손가락을 떼고는 자신의 관자놀이를 두드리기 시작했다. "그래서 청장님께 실질적인 제안을 하나 드렸지. 현장에서 경찰봉을 휘두르는 것을 포기하고 대신 그들의 제복에 경찰봉 주머니를 달아주는 일을 하겠다고 말이야. 자네도 알다시피 내가 그런 진언을 드린 것은 이 년 전이고, 그렇게 경위로 승진했던 거야."

"제게는 복권 당첨 같은 일로 들리지 않는군요."

"자네 말이 맞아. 내 창의적인 사고방식 덕택이지." 워털로는 의기양양하게 말했다.

"경위로 승진하시면서 어디로 배치되셨습니까?"

워털로는 소심하게 씩 웃었다. "중앙경찰재판소에서 근무했던 것은 정말 끔찍한 재앙이었다니까. 그후 상부에서는 나를 큐로 보냈지. 런던 중심부로 가는 것보다는 훨씬 납득할 만한 인사라는 건 분명해."

크리브는 안락의자에 앉은 채 동의한다는 내용의 말을 중얼거리며, 사람의 변화무쌍한 운명에 대해 곰곰 생각에 잠겼다.

"여긴 무슨 일로 온 거지?" 워털로는 태평스러운 말투로 물었다. "내 근무 실적에는 별 문제가 없을 텐데? 자네도 인정하겠지만, 이 동네는 사건이 그다지 많지 않거든. 왕립 식물원에서 사고가 몇 건 있기야 했지. 과수원에 좀도둑이 든다거나 하는 일 따위 말이야. 수련 공원에서 공연음란죄를 저지른 자가 하나 있었지만, 도의상 체포 건수가 많았다고는 말하지 못하겠군. 최근 몇 년 동안 가장 흥미진진했던 사건은 지난봄에 큐그린 거리에서 벌어진 독살 사건이었어. 자네도 분명 들어봤을 텐데. 내가 그 건을 직접 처리했다니까. 물론 사진사의 아내가 범인이었지. 그녀는 재판 전에 자신이 한 짓을 자백했어. 물론 사실대로 말하자면, 그때쯤에는 내가 그녀를 범인으로 지목하는 증거를 확보한 상태였지.”

"훌륭하십니다, 경위님." 크리브는 워털로를 보고 활짝 웃어주었다. 이제부터 나누는 이야기가 그가 여기에 온 진짜 목적이었다. "공교롭게도 제가 여기 온 이유도 역시 큐그린 거리에서 일어난 독살 사건 때문입니다. 본청의 높으신 분의 생각으로는, 과거 일어난 흉악 범죄에 대해 더 완전한 기록을 남긴다면 좀더 효율적으로 범죄를 수사할 수 있을 거라고 하시더군요. 아시다시피 현재 관행은 흉악 범죄의 발생 숫자를 서로 다른 분류하에 기록하는 것뿐이잖습니까? 가택 침입이나 강도, 방화 같은 식으로 말입니다. 그것도 도움은 되지만, 절도 행위가 주로 발생하는 시간대나, 어떤 계층의 사람들이 방화를 저지르는지와 관련된 정보는 알 수 없으니까요.”

"그게 중요한가?"

"유용한 정보일 수도 있습니다, 경위님. 실현 가능한 계획인지는 아직 모릅니다. 저희 통계분석과 입장에서는 골치 아픈 일이 엄청나게 늘어나는 셈이지요. 그렇기는 하지만, 개별 범죄에 대해 핵심적인 사실을 추려내고 이를 표로 정리할 수 있을지 시도해보라는 지시를 받았습니다. 통계분석과에서는 표만 똑바로 작성할 수만 있다면 무슨 일이든 해낼 수 있으니까요. 그래서 살인 사건부터 시작하는 중입니다. 제가 듣기로는 경위님께서 진행하신 큐그린 거리 사건이야말로 수사의 교본 같다고 하더군요."

워털로는 얼굴을 붉혔다. "아, 그런 말을 들을 정도는 아닌 것 같은데. 물론 자네에게 그런 말을 들으니 고맙긴 하군."

크리브는 찬사를 거듭했다. "대표적인 모범 사례라고 알고 있습니다. 저희 목적에 이상적으로 부합할 것 같군요. 혹시 지루하지 않으시다면 미리엄 크로머 부인을 체포한 이야기를 들려주시겠습니까?"

워털로는 인자한 말투로 대답했다. "내가 진행한 사소한 수사 과정이 중요하게 여겨진다면 나로서도 기쁜 일이지."

"제 생각에는 저희 일의 주춧돌이 될 것 같습니다." 크리브는 워털로가 소화할 수 있는 아첨의 양에는 한도가 없는 게 아닐까 하는 생각이 들었다. "괜찮으시다면 메모를 해도 될까요?"

"괜찮고말고. 어디서부터 시작하면 좋을까?"

"신고를 받은 경찰이 그 집으로 출동한 시점부터 하면 좋겠군요. 선배님께서 현장에 최초로 출동하셨다고 알고 있습니다만."

"그래, 내가 처음부터 사건을 담당했지." 그의 말을 확인해주는 워털로의 목소리는 마치 훌륭한 이야깃거리가 있다고 뽐내는 듯한 이야기꾼처럼 들렸다.

"3월의 어느 월요일 오후였어. 5시가 거의 다 된 시각이었는데, 날씨가 좋았던 것으로 기억해. 아직 날이 밝기도 했고. 나는 우리 집 앞뜰의 생목 울타리를 다듬던 중이었어. 자네가 아는지 모르겠는데, 내 집은 메이즈 로드에 있고, 나는 보통 월요일 오후에 밀린 정원 일을 하곤 했거든. 고맙게도 이 경찰서는 사람이 항시 대기하지 않아도 되는 곳이라서 말이지. 그때 나는 쥐똥나무를 다듬고 있었는데, 하녀 복장을 한 여자애가 길을 따라 달려와 파크 로지에 큰일이 났다며 어서 와달라고 하는 거야. 다행히도 내 평소 습관을 아는 이글 박사가 하녀를 곧장 우리 집으로 보내 퍼시벌이라는 남자가 죽었다는 소식을 알리려 했던 거지. 메이즈 로드에서 큐그린 거리까지는 고작 이삼 분 거리라, 나는 즉시 그곳으로 향했지.

내가 도착했을 때, 이글 박사는 크로머 부인과 함께 그녀의 방에 있었어. 그녀는 살인 사건의 충격으로 기절한 것 같았지. 나는 곧장 시신이 발견된 암실로 갔어. 크리브, 내가 경찰 생활 동안 시신을 마주 볼 일을 그리 많이 겪지는 않았지만 퍼시벌이 편히 숨을 거두지 못했다는 사실만은 즉시 알 수 있었어. 그 친구는 고통 때문에 신발도 한 짝 내팽개치고 옷까지 찢어발긴 상태였다니까. 게다가 카펫도 온통 휘저어놓고 의자까지 쓰러뜨려놓았지. 나는 그가 쓰러진 바닥 옆에서 와인잔을 하나 발견하고는 독살일 가능성이 있다는 생각을 했어. 심지어 이글 박사가 들어와 진단 내용을 말해주기도 전에 내린 판단이었지. 자네도 알다시피 그는 노련한 의사라 고등 빼먹는 핀처럼 날카로웠어. 그가 이렇게 말했지. '그 잔을 계속 들고 계시죠. 그 안에 청산가리가 있다는 데 제 명예를 걸겠습니다.' 그는 나를 독극물 캐비닛으로 데려가 청산가리가 담긴 병을 보여줬지. 반 정도 비어 있더군."

"캐비닛 문은 잠겨 있었습니까?"

"그래. 그 빌어먹을 문을 열기 위해 죽은 사람의 주머니에서 열쇠를 꺼내야 했다니까. 그런데 이글 박사는 캐비닛을 이미 한 번 열어보았다고 하지 뭔가. 그가 청산가리 냄새를 맡자마자 미리엄 크로머에게 청산가리를 보관해둔 곳이 어딘지 물어봤다는 거야. 그래서 그녀가 그 캐비닛을 알려주었지. 그는 퍼시벌의 바지 주머니에서 열쇠를 꺼내 그녀더러 캐비닛 문을 열도록 했어. 그런데 그때 이상한 생각이 퍼뜩 들더라니까. 자살하려는 사람이 독약이 든 병을 다시 캐비닛 안에 넣고 문을 잠글 리가 없지 않나? 어쨌든 이글 박사는 캐비닛 속의 내용물을 확인한 뒤, 병을 다시 캐비닛 안에 넣고 문을 잠근 다음 열쇠를 다시 주머니 속에 넣었다는 거야. 범죄 현장을 자신이 발견했던 그대로 보존하고 싶어서 말이지. 자네도 알겠지만, 나로서는 다행이었어."

"자살이라고 추정하셨던 겁니까?"

워털로가 언짢은 듯 대답했다. "자네도 나와 같은 생각을 했을 거야, 크리브 경사. 퍼시벌은 오후 내내 사진관 안에 혼자 있었으니까. 하지만 자네가 만드는 표에 이걸 꼭 적어두도록 해. 내가 와인잔을 보관하고 있었기 때문에 독극물을 분석할 수 있었던 거라고. 그리고 나중에 밝혀졌듯이, 가장 중요한 것은 세 개의 디캔터였어. 자네도 알다시피 그렇게 눈에 띄는 장소에 있지 않았으니까. 문이 잠긴 작은 찬장 안에서 그 디캔터를 발견한 사람이 나였거든. 법정에서는 그걸 수납장이라고 부르던데 말이야. 이틀 후, 마데이라 와인에 청산가리가 섞여 있었다는 분석 결과를 전해 들었지. 그 소식은 내 수사 방향을 완전히 바꿔놓고 말았어. 그때까지는 퍼시벌이 자살했다고 여기고 있었기 때문에 그의 금전 문제에 대한 증거를 수집하느라 바빴지. 그는 죽는 순간까지도 경마에 깊이 빠져 있었어. 다소 오차는 있겠지만 70파운드 정도 빚을 지고 있었지. 그 친구의 반년 치 봉급에 상당했어."

"제 봉급도 그 정도 됩니다."

워털로는 자신의 이야기에 지나치게 푹 빠져 있어서 크리브의 고백에 담긴 의미를 알아차리지 못했다.

"그보다 더 적은 돈 때문에 자살하는 사람도 많아. 배심원들은 이런 설명에 만족했던 것 같아. 하지만 일단 디캔터에 독이 들어 있었다는 이야기를 듣자, 나는 그 사실이 의미하는 것이 무엇인지 자문해봐야 했어. 내 이야기가 너무 빠른가?"

"잘 따라가고 있습니다. 그래서 그의 죽음에 다른 사람이 개입되어 있다는 사실을 깨달으신 거로군요."

"바로 그렇지. 만약 퍼시벌이 스스로 독을 마셨다면, 굳이 디캔터에 청산가리를 넣지 않았을 테니까. 그보다는 와인잔에 직접 독을 탔겠지. 그 점에 대해서는 의심의 여지가 없어, 크리브. 나는 살인 사건을 담당하게 됐던 거야. 자네도 경찰서를 하나 맡아서 운영하게 되면 알겠지만 골치 아픈 일들이 계속 튀어나온다니까. 책임질 일은 그 외에도 많이 있는데다 다른 도움은 거의 기대할 수도 없어. 범죄수사과에 지원 요청을 해야 했는지도 모르지만, 젠장, 런던 경찰청에 내 업무를 빼앗기는 건 바라지 않았어. 솔직히 말해서, 나는 그 사건을 직접 처리할 수 있다고 생각했지.

내가 보기에 살인범은 파크 로지 사람 중 한 명인 게 분명했거든. 살인 사건이 일어난 날에는 손님이 한 명도 없었다는 사실을 이미 확인했으니까. 하워드 크로머 씨는 브라이턴에 있었고, 그가 떠나기 전에 디캔터에 손을 댄 것이 아니라면, 그런 짓을 한 사람은 그의 아내나 하인들밖에 없었어. 나는 파크 로지를 방문하려고 일정을 잡으면서, 그 집의 모든 사람들에게 진술을 받을 수 있도록 그날은 외출하지 말라고 요청했어." 워털로는 한숨을 쉬었다. "돌이켜 생각해보면, 그들에게 내가 방문한다는 사실을 알리지 말았어야 했을지도 몰라."

"누가 자리를 비우기라도 했습니까?"

"아니, 모두 집에 있었지만, 그 가족의 고문 변호사인 앨링엄도 있었거든. 그가 오기 전에 좀더 많은 일을 처리했어야 하는데 말이지. 젊은 친구가 자신이 해야 할 일을 잘 알고 있더라고. 살인 사건이 일어났던 날 이미 그를 만난 바 있었지. 그는 내가 미리엄 크로머에게 처음 사정 청취를 할 때에도 동석했어. 이글 박사가 그를 부른 게 분명해. 아무래도 교활한 노인네란 말이지. 흠, 그 자리에서 앨링엄은 이의를 수없이 제기하면서, 내 임무 수행을 방해하는 데 거의 성공할 뻔했어. 내말을 믿기 어려울지도 모르지만, 누가 그 빌어먹을 디캔터에 와인을 채웠는지 알아내는 것만 한 시간이 넘게 걸렸다니까. 그리고 그게 언제였는지도 말이야."

"미리엄 크로머였습니까?"

워털로는 고개를 끄덕였다. "내가 정보를 캐낼 수 있었던 것은 순전히 내 고집 덕분이었어. 그녀는 월요일 오전 중에 와인이 배달되면 자신이 디캔터에 와인을 채우곤 했다고 인정했지. 그녀 표현으로는 자신이 책임자였다고 하더군. 금요일쯤 되자 와인이 바닥나서, 언제나 주문하는 와인 가게에 다시 주문을 넣었다지. 그리고 살인 사건이 일어난 날 정오에 와인이 배달되자 그녀는 평소처럼 와인을 들고 사진관 안으로 들어갔어.”

“퍼시벌은 사진관에서 일하고 있었습니까?”

“그녀는 그렇게 말하더군. 옆방에 있는 암실에서 일하고 있었는데, 독극물 캐비닛도 거기 있었지. 거기서 그가 일하는 동안에는 그녀가 청산가리를 꺼낼 수 없었으리라는 건 명백했지. 그녀의 말이 사실이었다면 말이야. 퍼시벌은 죽어버렸기 때문에 그녀의 진술을 제대로 확인할 방도가 없었거든. 참 영악한 행동이었지. 빌어먹을 변호사는 그녀가 더이상 아무 말도 하지 않도록 입단속을 했거든. 그 외 다른 것들은 끈질긴 수사 활동을 통해 알아내야만 했지.”

“다른 사람들도 신문하셨습니까?”

“그래. 크로머는 그날 회합에 참석하기 위해 브라이턴에 가 있었다는 말은 이미 했지. 세 명의 하인은 모두 여자였는데, 퍼시벌이 경련을 일으키며 낸 소음을 더이상 무시하지 못하겠다는 생각이 들 때까지 위층에 올라와볼 엄두를 내지 못했어. 크로머는 고용인들이 사진관 손님들의 눈에 띄는 것을 원치 않아서 아래층에만 있으라는 지시를 내렸거든. 그들이 퍼시벌을 발견했을 때는 이미 독 때문에 온몸이 마비되어 아무 말도 할 수 없을 지경이었던 거야. 그들이 서로의 알리바이를 입증해준 걸 제외하면, 그 정도가 그들에게서 받은 진술의 전부였어. 아, 와인 판매상을 제외하면 그날 하루 종일 아무도 찾아오지 않았다는 사실을 확인해준 것도 그들이었지. 내가 도출할 수 있는 결론은 단 하나, 바로 미리엄 크로머가 살인범이라는 것이었지."

워털로는 극적인 효과를 노리며 말을 잠시 멈췄다.

"내가 얼마나 궁지에 몰렸었는지 상상할 수 있을 테지, 크리브? 상류층의 점잖은 기혼 여성, 혹은 그에 준하는 인물이 범인이라니. 이웃들은 케임브리지 공작 부인 같은 사람들이었다고. 그들 옆집에는 육군 소장이 살았고, 왕립 식물원장이 사는 곳도 지척이었어. 그런 신분의 사람들에게 평소와는 다른 이상한 점을 느꼈는지 물어볼 수 있겠나?"

"다시 그 집 하녀들에게 돌아가셔야 했을 테죠."

"그래, 그 이야기를 하려던 참이었다니까." 워털로는 짜증을 내며 말을 이었다. "분명히 말하겠는데, 그 가족들에게 한 치의 의혹도 심어주지 않고 그 일을 해냈다고 말할 수 있을 것 같군. 하녀들 중 두 명은 그 집에 살고 있었지만, 열세 살 먹은 마거릿 부스라는 하녀는 브렌트퍼드에 거주했어. 지금 와서 그 불결한 거리를 떠올려보면 '거주'라는 표현은 어울리지 않겠지만, 그건 중요한 문제가 아니지. 마거릿은 어떤 경찰에게든 한마디라도 하면 일자리가 위태로울 수 있다고 앨링엄으로부터 단단히 경고를 받은 상태였지."

그는 껄껄 웃음을 터뜨렸다.

"마거릿은 어린애라, 집으로 돌아왔을 때 응접실에서 그녀의 아버지 옆에 앉아 기다리고 있던 나를 갑작스레 맞닥뜨릴 대비가 되어 있지 않았지. 그녀의 아버지는 항만 노동자로 일하고 있다고 했어. 개인적인 생각이지만, 그가 정기적으로 찾는 부두는 브렌트퍼드 즉결 심판소가 있는 곳에 위치한 항만이었을 거야. 그는 상습적인 주정뱅이였으니까. 한번은 모퉁이 술집에서 그를 체포했던 적이 있는데, 그때 그가 위계질서에 약한 인간이라는 사실을 알게 되어 다행이었어. 딸 마거릿이 집에 돌아올 때쯤에는, 나는 그가 정신을 바짝 차리고 겁을 집어먹도록 해두었지. 그의 아내 역시 마찬가지였어. 두 사람 모두 내게 협조하지 않으면 그가 족히 삼 개월은 감옥에서 썩게 될 거라고 믿었지. 마거릿의 저항은 오래가지 못했어. 그녀는 내가 듣고 싶은 이야기를 해줬는데, 미리엄 크로머 및 그녀와 조사이아 퍼시벌의 거래에 대해 웬만큼 괜찮은 설명을 들을 수 있었지."

"그렇다면 그녀는 협박 건에 대해 알고 있었던 겁니까?"

"맙소사, 아니야. 그렇게까지 도움이 됐겠나. 그녀 말에 따르면, 크로머 부인이 퍼시벌을 극도로 증오한다는 사실을 아래층에서 모르는 사람이 없었다는 거야. 그 이유는 누구도 정확히 몰랐지만, 최근 몇 주 사이에 그러한 분위기는 점점 더 심해졌다지. 크로머 씨가 외출하고 나면 위층에서 때때로 말다툼이 벌어지곤 했는데, 퍼시벌이 싸움에서 이기는 것 같아서 하녀들이 깜짝 놀랐다는군.

그들이 보기에 그들의 안주인은 심지가 강철 같은 사람이어서 퍼시벌 같은 사람은 상대도 안 될 거라고 생각했는데 말이야. 하녀들이 있는 장소에서 그들이 나누는 대화가 정확히 들리지는 않았지만, 목소리가 점점 높아진데다가 나중에 크로머 부인의 눈을 보면 누가 봐도 눈물을 흘렸던 흔적이 남아 있어서 무슨 일이었는지 짐작할 수 있었던 거야. 그 정도가 위층에서 일어난 일에 대해 마거릿 부스가 말해준 이야기이긴 한데……."

워털로는 자축하는 듯 활짝 웃었다. "나는 그녀를 설득해서 다른 하녀들에 관한 이야기도 들을 수 있었지."

크리브는 감명을 받은 것처럼 보이려 애를 썼다. 과거 워털로는 스토크뉴잉턴에서 근무했던 그 누구보다도 순찰을 도는 시간이 적은 경찰이었다. 똑똑하고 젊은 경찰이라면 누구나 순찰을 나가 문간에서 대화를 나누며 자연히 흥미로운 소문을 습득하곤 했지만, 이건 워털로가 여지껏 경험해보지 못한 일이었다. 그는 다른 집에 초대받아 토끼 고기 파이를 한 조각 얻어먹는 것과 같은 경험을 한 적이 평생 단 한 번도 없었다. 따라서 마거릿 부스를 구슬려 몇 가지 비밀을 캐낸 것은 그로서는 엄청난 업적이었다.

크리브는 그의 말을 들으며 가끔 메모를 했다. 크리브는 가정부가 어떻게 장부에서 횡령을 했는지, 혹은 식사 시중을 드는 하녀가 식료품점 심부름꾼 소년과 어떤 관계인지에 대해서는 별다른 흥미를 느끼지 못했다. 그가 알고 싶은 대상은 미리엄 크로머였다.

그녀는 어떤 사람일까?

그가 그녀의 자백에서 흠을 찾아내지 못하는 한, 이 여성은 교수대에 매달릴 운명이었다. 어느 일반적인 수사였다면 그는 그녀를 신문하면서 그 사람에 대한 인상을 형성하는 것부터 시작했을 터였다. 수사 과정에는 단서와 진술을 확보하는 것 이상의 일이 따르는 법이었다. 그 과정에는 사람들이, 그들의 야망과 두려움, 순수함과 죄책감이 수반되기 마련이었다. 진실을 밝히기 위해서는 탄탄한 증거가 필요하지만, 사람들과 서로 얼굴을 맞대는 과정에서 많은 것들을 직감적으로 알 수 있었다.

그날 오후에 파크 로지에서 일어난 일이 무엇이든, 크리브가 품고 있는 의문은 '과연 미리엄 크로머는 자신이 주장한 대로 행동했는가'였다. 그의 수사 초점은 그녀에게 맞춰져 있었지만, 상부에서는 그가 그녀를 만나는 것은 부적절하다고 여겼기 때문에 뜻을 이룰 수 없었다. 어쩔 수 없이 그는 자만심이나 편견에 의해 윤색되었을 다른 사람들의 기억으로로부터 간접적으로나마 그녀에 대한 정보를 수집해야 했다. 그중 워털로가 첫 번째였다.

"그날 저녁 내가 얻은 정보를 활용하기 위해 그 저택을 방문했을 때 말이지……." 자화자찬이 계속해서 쏟아져 나왔다. "나는 당연히 상인들이 드나드는 뒤쪽 현관으로 들어갔어. 위층에서는 내가 파크 로지를 두 번째로 찾아왔다는 사실을 전혀 알지 못했지. 하녀들이 위층에 떠벌리는 것을 막으려고 내가 아는 수단을 써먹은 거라네."

"그 집 가정부가 무슨 말을 해줬습니까?" 크리브는 인내심이 줄어드는 것을 느끼며 물었다.

워털로는 입맛을 다셨다. "가정부는 내가 용건을 말하기도 전에 겁에 질려버리고 말았어. 정말이야, 크리브. 그녀에게서 뭘 알아냈겠나? 그래, 내가 필요한 바로 그 정보였지. 크로머 부인이 사진관으로 가서 퍼시벌과 이야기를 나누다가 두 사람의 목소리가 아래층까지 들릴 정도로 높아졌던 날이 정확히 언제였는지 말이야. 그녀는 정확히 날짜를 알고 있었어.

두 사람이 다툰 날짜는 하워드 크로머가 하루 종일 집을 비워 저녁 늦도록 돌아오지 않을 예정이었던 날이었기 때문이야. 가정부는 고용주의 식사를 제때 준비하기 위해 그가 외출하는 날짜를 메모해두곤 했어. 주방에 둔 달력에 주인이 외출하는 날을 표시해두었더군. 10월에서 3월 사이에 크로머 부인과 퍼시벌이, 그녀의 표현에 따르면 '야단법석'을 떨었던 것은 총 네 번이었어. 나는 그 날짜를 신중하게 수첩에 옮겨 적었지."

"그 야단법석이란 게 구체적으로 어떤 것이었습니까?"

"그 점에 대해서는 서로 의견이 갈리던데. 하녀들 구역에 있던 사람들은 모두 두 사람이 목소리를 높였다는 데 동의했고, 식사 시중을 드는 하녀는 크로머 부인이 눈물을 흘렸다고 말했지만, 가정부는 그녀가 우는 소리는 절대로 들리지 않았다고 주장했지. 그녀는 안주인이 분노로 눈이 충혈된 거라고 말했어. 나는 가정부의 말이 옳다고 생각하네. 미리엄 크로머가 레이스 달린 손수건으로 눈가를 두드리는 건 상상이 되질 않더군. 자네는 어떤가?"

"저는 그 여성을 만나본 적이 없습니다."

워틀로는 그의 말에 고개를 끄덕였다. "음, 내가 말했듯이, 나는 가정부의 말에 더 신뢰가 갔어. 하지만 식사 시중을 드는 하녀가 내게 유용하게 사용할 수 있는 정보를 일부 제공했지. 그들이 말다툼을 벌인 날로부터 며칠 후에 안주인이 오전 산책을 나서는 모습을 두 번 목격했다는 거야. 자네에게는 별로 놀랄 만한 정보가 아닐지도 모르겠군. 하지만 이는 평소 습관과는 다른 행동이었어. 그녀는 건강을 위해 매일 식물원으로 산책을 다녀오는 습관이 있었다는군. 여기야말로 현지 지식을 유용하게 활용할 대목이었지. 식물원은 내 관할구역의 일부기 때문에 오전에는 문을 열지 않는다는 사실을 알고 있었거든. 식사 시중을 드는 하녀에게 크로머 부인이 어느 방향으로 길을 나섰는지 보았느냐고 물었지. 하녀는 거실에서 그 모습을 목격했다고 대답했어. 꽤 흔치 않은 일이라고 생각해서 흥미가 동했다는 거야. 크로머 부인은 큰길을 따라 올라가다가 큐 브리지가 있는 오른쪽으로 방향을 틀었거든."

워털로는 다시 한번 씩 웃었다.

"템스 강변을 산책할 생각이었을까? 오리에게 먹이도 주면서? 절대 그랬을 리가 없지. 그녀는 전당포에 장신구를 맡기러 브렌트퍼드에 갔던 거야. 내가 그 사실을 입증했지!"

"어떻게 알아내셨습니까, 경위님?"

"영리한 수사를 벌였지. 조금 전 말했던 것처럼, 퍼시벌은 사망했을 당시 마권 업자에게 빚을 져 곤란한 상황에 처해 있었어. 음, 적어도 일 년 이상 빚에 시달리는 중이었지. 가끔 신뢰를 보여주기 위해 일부를 상환하기도 했고. 그는 리치먼드에 있는 해리 코브스라는 회사와 거래를 했어. 나는 그 회사를 찾아가서 그의 상환 기록을 찾아 날짜와 액수를 적어 왔지. 그런 다음 그 날짜를 가정부가 알려준 날짜들과 비교해봤는데, 이게 웬걸, 딱 들어맞는 게 아닌가! 무슨 연결 고리가 있는 게 분명했다니까. 퍼시벌은 빚 탕감을 도와달라고 크로머 부인을 설득했던 거야. 그 설득이 그의 의도와는 다르게 흘렀다는 게 문제였지만. 내가 가정부에게서 알아낸 바에 따르면, 그 집 안주인은 수중에 현금이 거의 없었다는군. 필요하지 않았을 테니까. 그녀 정도 되는 신분의 여성은 현금을 쓰지 않는 법이거든. 그런 사람들은 보통 장부를 쓰고, 남편들이 분기별로 정산을 하는 식이지. 비상용으로 몇 실링 정도 지갑에 넣고 다니기도 하지만, 퍼시벌이 요구했던 십 몇 파운드의 금액에는 미치지 못하는 액수였을 테고. 그 정도로 많은 돈을 마련하려면 은행이나 사채업자에게 가야 했을 테지. 나는 그녀에게 자신의 명의로 된 계좌가 없다는 사실을 확인했어."

워털로는 한 손을 활짝 편 채 좌우로 흔들었다.

"그래서 그녀는 빚을 낼 수밖에 없었는데, 또다시 현지 지식이 빛을 발할 지점이었지. 가장 가까운 전당포는 브렌트퍼드 중심가에 있었거든." 그는 손가락을 접으며 수를 헤아렸다. "그녀는 전당포를 네 차례 방문했어. 각각 10월, 12월, 1월, 2월이었지. 모두 전당포 주인이 확인해줬는데, 매번 장신구를 맡겼다는군. 좋은 물건이기도 해서 값을 더 올려 부를 수도 있었는데, 그녀는 그가 처음에 제시한 금액을 기꺼이 수락했지. 전당포 주인은 기소 측의 훌륭한 증인이 됐을 거야. 그가 내게 그녀의 플러시 천으로 만든 모자나 갈색 단추가 달린 부츠에 이르기까지 그야말로 훌륭한 묘사를 해주었거든."

"그래서 퍼시벌이 그녀를 협박하고 있었다고 판단하신 겁니까?"

"입증한 거지." 워털로가 대꾸했다. "심지어 법정에 제출할 수 있도록 전당표까지 회수했다니까. 단 하나 내가 헤아리지 못한 건, 퍼시벌이 그녀를 협박한 수단이었지. 그 천박한 사진들에 대해서는 전혀 생각하지 못했다고 인정할 수밖에 없군. 그러니까 그런 사진이 고교회파 신자인데다 큐그린 거리에 집이 있는 사람과 어디 들어맞아야지. 전혀 아귀가 맞지 않는다니까."

"그래서 더욱 협박하기 손쉬웠을 겁니다."

워털로는 마지못해 크리브의 지적에 동의했다.

"하지만 햄프스테드 마을 대표의 여식에게서 기대할 수 있는 행동은 아닐 거야." 그는 계속 말을 이었다. "점잖은 집에서 자란 여자에게 비밀이 있다면, 열에 아홉은 애인 문제일 텐데. 수사를 계속 진행하려면 가설을 하나 세워야 하는 법이지, 안 그런가? 그녀가 식물원 쪽으로 산책을 나섰다는 사실이 내 흥미를 끌었어. 그녀가 철쭉 덤불 속에서 애인과 밀회를 나누었다는 데 돈을 걸 수도 있었지. 사실 나는 밀회 상대가 그 젊은 변호사 앨링엄이라고 거의 확신하고 있었어. 나이 차가 꽤 나는 그녀의 남편에 비해 그녀와 더 비슷한 연령대였으니까. 그녀가 크로머보다 열여섯 살 더 어리다는 사실을 알고 있었나?

앨링엄과 그 가족과의 접점은 몇 년 전으로 거슬러 올라가는 것 같더군. 그들 부부가 결혼 전에 몸담고 있었던 사교계 모임에 그도 속해 있었지. 그들이 계속해서 연락을 유지했던 사람은 그가 유일했는데, 내 생각에는 아무래도 직업상의 연줄 때문인 것 같더군. 그런데 내게는 여전히 사이먼 앨링엄이 한 가족의 고문 변호사로서의 역할 이상으로 미리엄 크로머에게 깊은 관심을 보이는 것처럼 보여. 그 집 가정부는 눈치가 빠른 여자던데, 그녀 또한 같은 생각인 것 같더군. 그렇지만 명백한 증거랄 것은 아무것도 없었어. 그저 그들 사이에 오가는 눈길과 그녀가 내 질문에 대답하는 것을 방해하려고 그가 자신의 손을 그녀의 팔에 얹는 모습 정도였지."

워털로는 어깨를 으쓱했다.

"그 점에 대해서는 살짝 잘못 판단했다는 사실을 인정하지 않을 수 없겠군. 말했듯이, 그의 진짜 협박 수단을 알고 깜짝 놀랐다니까."

그는 자신의 불완전성을 인정하며, 스스로에게 면죄부를 주었다.

"그건 중요한 문제가 아니지. 그게 아니어도 우리가 확보한 증거에 대해 확신을 얻었을 거라는 점은 분명하니까. 기소 과정에서 협박 내용을 상세히 설명할 필요는 없었어. 사실, 그 일에 대해 깊이 생각했다간 사건에 악영향을 끼쳤을 수도 있었지. 대체적으로 봐서, 내가 한 일에 대해 법정으로부터 표창을 기대해도 좋다고 봐."

크리브는 인내심이 한계까지 도달한 상태였지만, 아직 결정적인 질문이 하나 남아 있었다. "궁금해서 여쭙습니다만, 미리엄 크로머는 어떤 사람입니까?"

워털로는 눈을 깜빡거리며 생각의 흐름을 따라갔다. "자네는 이 일을 진지하게 여기는 것 같군, 크리브. 통계 자료와 관련해서 내게 문의하러 온 거라고 생각했는데 말이지."

크리브는 싹싹하게 굴려고 애를 쓰며 말했다. "경위님 말씀을 듣다 보니 이 사건에 흥미가 생기는데요. 그 점은 부인할 수 없겠군요, 경위님. 미리엄 크로머는 매혹적인 연구 대상일 겁니다. 살인을 저지르는 여성은 희귀한 존재니까요."

"희귀하다…… 아이고, 그렇지." 워털로 경위는 책상 끄트머리에 걸터앉아 고양이를 무릎 위에 올려놓고 쓰다듬으며 말을 이었다. "정말 아름다운 여성이거든. 자신을 완전히 통제하는 사람이기도 하고. 무슨 질문을 던져도 흔들리지 않았을 거야. 그녀가 법정에 서서 자신에게 사형선고를 내린 콜벡 판사를 마주 보던 모습이란. 정말이지, 판사 쪽이 더 하얗게 질렸다니까. 어떻게 생각해봐도 놀라운 여성이야. 솔직히 말해서, 나는 내무부 장관이 무기징역 정도로 감형해주지 않을까 하는 희망을 남몰래 품고 있다니까. 미리엄 크로머는 교수대 밧줄에 매달리게 내버려두기에는 지나칠 정도로 놀라운 사람이야. 일이 년쯤 전에 리치먼드에서 고용주를 살해하고 그 시체를 세탁용 구리 솥에 넣고 삶아버린 괴물과 그녀 같은 여성 사이에는 엄청난 차이가 있지."

"케이트 웹스터[1]를 말씀하시는 겁니까? 어디 비교 대상이나 되겠습니까?"

"나는 아직도 대체 무엇 때문에 미리엄 크로머가 자백을 했는지 이해할 수가 없어. 내가 풀어낸 사건이 변호하기 지극히 어렵다는 건 인정하네. 하지만 가족들이 비용을 감당할 수만 있다면, 찰스 러셀 같은 변호사에게 형 집행정지명령을 끌어내는 데 도움이 될 방법을 찾아내게 할 수도 있었을 텐데. 지금으로선 그저 그녀의 자백이 다야. 그녀가 긴 재판 과정을 견디지 못했으리라고는 생각하기 어렵군. 그녀가 어떤 사람이

---

[1] 19세기 영국에서 가장 끔찍한 살인 사건으로 알려진 리치먼드 살인 사건의 범인이다. 이 사건은 1879년에 일어났으며, 작품 속 시점인 1888년과는 십 년 가까운 시간 차이가 있다.

든 간에, 최소한 겁쟁이는 아니니까."

"자백함으로써 교수대에서 빠져나올 수 있다고 생각했을 가능성도 있습니다. 솔직하게 죄를 인정하면 피고에게 유리하게 작용할 수도 있으니 말입니다." 크리브가 의견을 밝혔다.

"법적인 견지에서 보면 그렇지 않아. 그녀가 밝힌 범행의 세부 사항은 사형을 면하기 어려울 정도였으니 말이지. 이건 충동적으로 저지른 범행이 아니라 계획적인 범행이었어. 만약 미리엄 크로머가 예상한 것처럼 청산가리를 마신 피해자가 즉사했더라면 그녀가 용의선상에서 교묘히 빠져나갔을 거라는 점에는 의심의 여지가 별로 없어. 집으로 돌아온 그녀는 사진관으로 들어가서 침착하게 독이 든 디캔터를 비우고 신선한 마데이라 와인을 채웠을 테니까. 좀더 확실히 하기 위해 청산가리병을 시체 옆에 놓아둘 수도 있었을 거야. 그녀가 냉혹하게 살인을 저질렀다는 건 부정할 수 없어, 크리브. 판사가 판결을 내리면서 그 점을 확실히 밝혔지 않나.

그녀를 만나보니, 어떻게 그녀가 살인 계획을 짜고 실행했는지 이해할 수 있을 것 같더군. 만약 그녀가 어떤 점에서 다른 여성들과 다른지 묻는다면, 그녀에게는 연민의 감정이 없다고 대답하겠어. 그녀는 빌어먹을 정도로 지극히 냉정한 사람이라 다른 사람이 어떤 감정을 느끼는지 상상하지 못할 거야. 나는 몇 번이나 그녀에게 진술을 받았지만 그녀는 피해자에 대해 털끝만큼도 동정을 표하지 않더군. 심지어 사형수 감방에 들어가서도 그녀가 퍼시벌에 대한 생각은 단 한 번도 하지 않으리라는 데 전 재산을 걸겠어."

"사람들 말을 들어보면 퍼시벌은 죽어 마땅한 인간이더군요. 미리엄 크로머야말로 그녀의 희생자보다 훨씬 더 흥미로운 사람처럼 들립니다. 경위님과 마찬가지로, 저 역시 어째서 그녀 같은 성격의 여성이 자백을 했는지 이해하기 어렵습니다. 그녀는 경위님께 자백했습니까?"

"아니, 그녀는 뉴게이트 교도소에서 재판을 기다리던 도중 자백을 했어. 그녀는 앨링엄 변호사와 함께 진술서를 작성한 다음, 치안판사 앞에서 선서를 하는 단계를 거쳤지. 다들 깜짝 놀라고 말았어. 속았다는 기분이 들었다고도 할 수 있을 거야. 모든 면에서 금세기에 길이 남을 재판 중 하나가 될 수 있는 자격을 충분히 갖춘 사건이었으니까."

기소 과정에서 핵심 참고인으로 활약한 윈즈워스 분서의 워털로 경위의 이름과 함께 말이지. 크리브는 속으로 투덜거리다가 이내 입을 열었다. "그렇겠군요, 경위님. 경위님께서 모든 일을 맡아 처리하셨는데, 굉장히 난처한 일이었을 테죠. 서면 진술로 된 자백 내용을 보다 보니, 경위님께서 몇 주에 걸쳐 인내심 있게 찾아내셨을 증거들이 하나하나 떠오르는군요. 잔혹한 일입니다." 그는 침통하게 고개를 저었다. 그런 다음 좀더 명랑한 말투로 말을 이었다. "하신 일이 쓸모없지는 않았다고 생각합니다. 그후에도 그녀의 자백이 사실인지 확인하셔야 했을 테니까요."

"그리 어려운 일은 아니었어. 그녀가 한 진술 내용은 모두 증거에 의해 검증됐지. 자네가 흠을 잡을 수는 없을 거야."

"그건 분명합니다." 크리브는 말을 멈췄다. 위험을 감수하고 민감한 영역으로 발을 들여놓을 작정이었던 것이다. "그런데 협박 수단을 알고 나서 놀랐다고 하셨죠?"

"외설적인 사진 말인가? 그랬지."

"퍼시벌의 소지품을 살펴보셨을 때 혹시 그런 사진을 좀 찾으셨습니까?"

워털로는 교활한 미소를 지었다. "보고 싶은가 보지? 아니, 크리브, 찾지 못했어. 그는 그녀에게 사진을 팔아넘겼고, 그녀는 그 사진을 없애버렸을 테니 말이야. 혹시 기억나나? 그녀의 자백 내용을 보면 그가 원판을 넘기는 대가로 150파운드 정도를 요구했다고 하지 않았나?"

"퍼시벌의 숙소에서 사진이나 원판은 찾지 못한 겁니까?"

"없었다고 대답했을 텐데. 그건 중요한 게 아니라고." 워털로는 계속 말을 이었다. "구체적인 협박 내용은 중요하지 않아. 협박했다는 사실이 명백히 드러났고, 이를 뒷받침하는 증거가 여럿 되니까. 내가 브렌트퍼드에 있는 전당포에 발을 들여놓는 순간부터, 미리엄 크로머는 우리 손아귀에 놓여 있었던 거야.”

"그녀가 자백한 것도 당연하군요." 이제 요점이 분명해졌기 때문에 크리브는 기꺼이 상찬을 재개했다.

"일이 끝나자 유감이라는 생각이 들었지. 이곳 큐에서는 도전을 할 기회가 별로 없지만, 내게는 그런 난관이 닥쳐도 처리할 수 있는 능력이 있거든. 괜찮다면 본청 사람들에게 그 이야기를 잘해달라고. 본청에서 통계 자료나 수집하고 있는 사이, 우리처럼 분서에서 일하는 사람들은 거리에 나가 시시각각 발생하는 범죄에 대처하고 있으니까.”

크리브가 자리에서 일어나자 워털로가 의자를 차지하고 앉았다. 당연하게도, 크리브는 밖으로 나가면서 곰곰 생각에 잠겼다. 그가 도착했을 때와 마찬가지로 큐 지역의 거리에는 사람이 한 명도 보이지 않았다.

"저는 미리엄 크로머 부인을 대리하는 앨링
엄이라고 합니다."

교도소장은 펜을 내려놓고 변호사를 바
라보았다. 변호사의 나이는 스물일곱을 넘
지 않은 듯했다. 그는 옅은 회색 정장 안에
보라색 조끼를 걸치고, 그에 어울리는 크라
바트를 맨 말쑥한 차림이었다. 다리에는 검
은 부츠를 신고 흰 단추가 달린 각반을 찼
으며, 모자와 작은 여행 가방은 손에 들고
있었다. 담황색 머리카락은 가르마를 타 머
리에 바짝 붙여놓았다. 얼굴은 지적이었고
눈은 파란색이었으며, 면도를 깨끗이 했지
만 표정에는 명백히 적의가 드러나 있었다.

"앨링엄 씨, 좀 앉으시겠습니까? 무슨 일
이 일어난 건 아니겠죠?"

"크로머 부인을 방문하고 오는 길입니
다."

"그녀가 잘 지내고 있는 모습을 확인하
셨습니까?"

"생활환경만 고려하자면 그렇습니다."

"그동안 지켜본 바에 따르면 그녀는 스

스로를 잘 통제하고 있는 것 같더군요, 앨링엄 씨. 연약한 몸이라는 것을 잊을 정도로 정신력이 대단한 듯 보입니다."

"소장님, 접견 시설에 대해 항의하고 싶습니다. 제 의뢰인의 어깨 너머로 두 명의 교도관들이 지키고 있는 와중에 쇠창살 너머로 대화를 진행하기란 아무래도 불가능하군요."

그의 불만 사항은 곧 개선될 것이다. 런던 행정장관이 발행한 영장이 도착하면 죄수는 사형수 감방으로 이감될 테고, 그곳에서는 면회실이 아닌 감방에서 접견하는 것이 규칙이었다. 앨링엄의 태도에서 정중한 태도가 조금이라도 엿보였더라면 교도소장은 즉시 그렇게 설명해줬을 것이다. 대신 그는 이렇게 말했다.

"불편을 끼쳐드려 죄송합니다. 일반적인 면회 절차가 그래서 말입니다. 우리에게는 준수해야 할 규칙이 있습니다, 앨링엄 씨. 제 책임 아래 약 이백 명의 죄수가 있고, 그들 모두 비슷한 환경에서 면회객들과 접견하고 있습니다. 정확히 어떤 점이 문제입니까?"

앨링엄은 초조한 듯한 말투로 대답했다. "제 의뢰인은 사형선고를 받은 여성입니다. 당연히 변호사와 상담할 권리가 있습니다. 의뢰인과 의논하고 싶은 서류가 있습니다. 검토할 서류를 창살 아래로 넘겨주는 것조차 여의치 않단 말입니다."

"정확히 어떤 서류입니까?"

"내무부 장관께 제출할 탄원서 사본입니다. 그리고 어제자 《더 타임스》 한 부도 있습니다."

"이 사건에 관련해서 《더 타임스》에 뭔가 특별한 기사라도 실렸습니까?"

"재판과 관련된 서신이 두 통 실렸습니다. 제 의뢰인에게 그 편지들을 보여주고 싶었습니다."

교도소장도 그 편지들을 소개하는 기사를 읽었다. 두 통 모두 피고가 받은 판결에 대해 항의하는 내용이었다. 한 통은 하워드 협회라는 자선단체로부터 온 편지였다. 다른 하나는 모건 브라운이라는 남자가 쓴 것이었는데, 그는 여성에게 사형선고 판결이 날 때마다 신문사에 편지를 보내는 사람이었다.

"재소자들에게는 신문 열람 행위가 허용되지 않습니다, 앨링엄 씨."

"제기랄, 제 의뢰인은 밖에서 사람들이 자신을 위해 어떤 일을 하고 있는지 알아야 한단 말입니다."

"당신이 언젠가는 의뢰인에게 알려줄 게 아닙니까? 접견 시설에 관한 문제라면, 다음엔 언제 방문하실 생각입니까?"

"내일입니다. 저는 매일 옵니다."

"감방에서 재소자와 접견하시겠다면 그것도 충분히 가능할 겁니다. 내일이나 모레쯤 되면 말입니다."

앨링엄은 상대방의 승복을 이끌어냈다는 듯한 표정으로

고개를 끄덕였다. "교도관 문제는요?"

"그 부분은 어쩔 수가 없습니다. 내무부 규정상 재소자는 주야를 가리지 않고 두 명의 교도관이 감시해야 합니다."

"의뢰인 말로는 밤에도 감방 불을 끄지 않는다고 하더군요. 그녀는 도통 잠을 이루지 못하고 있는 상태입니다."

교도소장은 고개를 끄덕였다. "그 이야기는 들었습니다. 불행하게도 그 또한 교도소 규정이기 때문에 어떻게 해드리기 어렵습니다. 그녀에게는 잠자리에 들고 싶을 때 어두운 색 손수건으로 눈을 가리라고 권했습니다. 제 말을 믿으십시오, 앨링엄 씨. 그녀에게 과도한 고통을 안겨주며 굴복시키려는 생각은 전혀 없습니다. 교도소 배속 신부님과 이야기를 나누도록 그녀를 설득할 수 있다면 상당히 도움이 될 겁니다. 그녀는 고해를 극도로 꺼리는 것 같더군요. 신부님은 사형을 앞둔 죄수들에게 기운을 불어넣어주는 일에 상당한 경험이 있는 분이신데, 그녀가 굉장히 다루기 힘든 사람이라고 제게 말씀하셨습니다. 만약 당신이나 남편분이 부인에게 말을 전해주실 수 있다면……."

"그런 식으로 말하면 우리가 희망을 포기했다는 뜻으로 들리지 않겠습니까!" 앨링엄은 충격받은 목소리로 말했다.

"그와는 반대입니다. 구원에 대한 희망을……."

"형 집행정지명령에 대한 희망입니다." 앨링엄이 그의 말을 잘랐다. "그녀는 그 때문에 절망 속에서 버틸 수 있는 겁니다."

몇 초가량 침묵이 흘렀다.

"충고를 좀 해드려도 괜찮으시다면 말입니다……." 교도소장은 젊은 청년에게 입을 열었다. "당신 의뢰인에게 그런 기대를 품도록 격려하는 것은 전혀 도움이 안 됩니다. 현실을 받아들이는 순간만 늦출 뿐입니다. 늦춰질수록 그 순간이 닥쳤을 때 한없이 감당하기 어려워집니다. 그녀는 지금부터 아흐레 후에 맞이할 상황에 대비해서 마음을 다잡는 데 이 시간을 사용해야 합니다."

앨링엄의 얼굴에서 핏기가 가셨다.

"제 의뢰인은 죽지 않을 겁니다. 감히 그녀를 교수대에 보내지 못할 거란 말입니다."

"지금까지 판결을 거스르는 상황이 일어날 것 같은 조짐은 느끼지 못했습니다, 앨링엄 씨."

변호사는 의자에서 벌떡 일어나 책상에 다가와 한 손으로 모서리를 움켜쥐었다. 그는 뭔가 말하려는 듯하다가 이내 생각을 고쳐먹고 손을 뗐다.

교도소장은 두 사람 사이에 내려앉은 어색함을 해소하기 위해 입을 열었다. "내무부로부터 무슨 소식이라도 듣게 된다면 반드시 알려드리겠습니다."

앨링엄은 입술을 꼭 깨문 채 대답했다. "조만간 연락하시게 될 겁니다, 소장님. 분명히 그렇게 될 겁니다."

문을 마주 보는 벽의 상당 부분을 차지하고 있는 가장 큰 사진 속에서, 그녀는 아무런 무늬도 없는 배경을 등지고 서 있었다. 그 안에는 그녀가 손을 얹을 시골집 울타리의 출입문도, 등받이가 달린 의자도 없었다. 카메라 앞에서 자세를 잡은 그녀의 모습은 무릎께까지 찍혀 있었는데, 검은 드레스의 단추를 목까지 채운 금욕적인 차림이었다. 등은 똑바로 펴고 있었으며, 두 손은 앞에 모아 가볍게 쥐고 고개는 살짝 기울인 채 두 눈은 카메라 렌즈 위쪽을 향해 초점을 맞추고 있었다. 그녀의 왼쪽 얼굴에는 그림자가 드리워져 있어 이목구비가 날카롭게 두드러졌다. 백번 양보해서 말해도, 사진 속 그녀의 모든 면이 아름답다는 사실은 부정할 수 없었다.

크리브는 그녀의 얼굴을 자세하게 살펴보았다. 벽에 붙여놓은 다른 여섯 장의 사진들은 이미 재빨리 훑어본 뒤였다. 그 사진들에서는 그녀가 찍혀 있다는 사실을 확인하는 것 이상의 의미가 없었다. 그녀가 세

심하게 취한 자세들은 제각기 로열아카데미의 화풍을 따른 것이었다. 각각의 사진들 아래에는 '실연', '지난여름의 기억', '편지를 기다리며' 같은 제목을 붙여도 좋을 듯했다. 모델보다는 사진작가에 대해 더 많은 것을 알려주는 사진들이었다.

이 커다란 인물사진만은 별개였다. 실내에서 촬영한 사진이었으니 편안해 보이지 않는 것도 무리는 아니었지만, 그렇다고 해서 억지로 찍은 느낌이 들지도 않았다. 크리브는 무의식적으로 이 사진 속에서는 인물의 진짜 모습이 드러나는 것 같다고 느꼈다. 그녀의 두 눈 속에는 불안감이 뚜렷하게 드러나 있었다. 경계를 풀지 않으면서도 상대를 신뢰하고 싶은 시선이지만, 동시에 실망할 것을 각오하는 눈빛이기도 했다. 아름다운 모양의 입술은 마치 삐죽 내민 것처럼 보였고, 관능적이면서도 도전적이었다. 자신감과 불안감, 냉정과 열정이 절묘한 균형을 이루고 있었다. 이런 표정이야말로 살인자의 특징이라고 할 수 있을까?

크리브는 사전에 연락을 취하지 않고 파크 로지에 찾아왔다. 그는 이 가족의 고문 변호사를 끼고 대화를 진행할 생각이 없었다. 파크 로지는 큐그린 거리 북쪽 면의 부유층 거주지에 위치한 삼 층짜리 단독주택이었다. 그가 자신의 이름을 밝히자, 하녀는 꼭대기 층에 있는 거주 공간으로 그를 안내했다. 그가 안내받은 곳은 자단나무 가구로 훌륭하게 꾸며놓은 응접실로, 구석 자리에는 슈타인바이에서 제조한 그랜드피아노가 한 대 놓여 있었다.

하녀는 크로머 씨가 사진관에서 몇 가지 작업을 마치는 중이며, 곧 올라올 거라고 말했다. 크리브는 기꺼이 사진과 함께 응접실에 혼자 남았다. 사진 한 장이 신문을 대신할 수는 없지만 어떤 의미에서는 그녀와 접촉할 수 있는, 즉 적어도 몇 초 동안은 그녀가 과거 어떤 인간이었는지 살펴볼 수 있는 기회를 제공해줄 것이다. 카메라는 객관적이었다. 카메라가 전달할 수 없는 것도 많지만, 적어도 그것이 하는 진술은 정직했다. 카메라가 여기서 해주는 말은 '여인이 한 사람 있다'이지 '살인자가 한 사람 있다'가 아니었다.

객관성을 유지하는 쪽은 사진뿐이었다. 그는 사진을 주관적인 방식으로 이용했다. 그녀에게 살인죄를 자백하도록 유도할 수 있었던 것은 과연 무엇일까 자문하는 것이 시작이었다. 그는 그 비범한 자백의 세부 사항이 머릿속으로 기어들어오도록 내버려두었다. 그녀가 공갈과 협박을 당한 이유라고 주장했던 그 부적절한 사진에 관한 일화를 떠올렸다. 그는 스무 살인 그녀의 모습을 그려볼 수 있었다. 활기차고 충동적이며, 결국 살인을 저지르는 것으로 끝나리라고는 꿈에도 생각하지 못하고 싸구려 속임수에 넘어간 시절. 퍼시벌이 처음으로 공갈을 치며 금전을 요구했을 때, 그녀의 두 눈에 떠오른 분

노의 감정도 상상할 수 있었다. 그녀는 공갈범의 덫에 걸려 육체적으로 수치를 당한 끝에 그를 파멸시킬 방법을 고심하도록 떠밀렸을 수도 있었다.

그녀의 사진을 보면 그런 가정을 더욱 신뢰할 수 있을 것 같았다.

그가 쉽사리 받아들일 수 없는 것은 논란의 여지가 없는 단 하나의 사실, 그녀가 자백했다는 사실이었다. 그녀는 공갈범에게 굴복하기를 거부했다. 그런데 왜 법 앞에서는 굴복했을까?

그 자백이 논란의 중심이 되었다. 열쇠를 지니지 않은 상태에서 독극물 캐비닛을 열 수는 없었다. 만약 자백 내용의 상당 부분이 사실이라면, 어째서 열쇠에 대해서는 솔직하지 못했을까?

그녀가 누군가 다른 사람을 교수대에서 구해내기 위해 애쓰고 있을 가능성도 있었다. 공범일 것이다. 그녀와 하워드 크로머가 함께 살인을 계획한 것은 아니었을까? 그러나 한 남자가 자신은 무사히 달아나는 대신 아내가 교수대에 매달리는 상황을 용납했다고 믿기는 어려웠다. 아름다운 여성이 협박받았다는 사실을 털어놓으면 형 집행정지명령을 받아낼 수 있을지도 모른다고 믿은 것일까? 그러나 사형을 면해도 평생에 걸친 노역이 기다리고 있을 뿐이었다. 한마디 말도 허용되지 않고 형벌용 쳇바퀴를 돌리거나, 선박의 틈을 메우기 위해 타르 먹인 밧줄의 올을 푸는 일로 일생을 보내게 된다.

크리브는 그녀의 날씬한 손을 바라보았다. 검은 드레스 천에 대비된 손은 창백해 보였다.

그녀가 이 범행에서 결백하다는 것은 거의 있을 수 없는 일이 아닐까? 누군가가 그녀를 설득하거나 강요해서 거짓 자백을 하도록 만들 수 있었을까? 이 또한 믿기 어려운 일이었다. 사진 속 여성은 머리가 둔한 사람이 아니었다. 용기가 부족한 사람도 아니었다.

그는 다가오는 발소리를 듣고 몸을 돌렸다.

하워드 크로머는 검은 벨벳 재킷과 빨간 보타이 차림이었다. 핏기가 없는 얼굴에는 깊은 주름이 진 채였다. 머리카락에는 새치가 희끗희끗 드러났다. 그는 서둘러 위층으로 올라온 듯 헐떡거리며 입을 열었다.

"어서 오십시오. 기다리시게 해서 죄송합니다. 일단 암실에서 작업을 시작하고 나면, 결과물을 손상시키지 않고 일찍 작업을 끝내는 것은 불가능해서 말입니다. 크리브 형사님이라고 들었습니다만, 그것 말고는 아무것도 전해 듣지 못했습니다."

"크리브 경사입니다." 그는 사진사를 예리한 시선으로 바라보았다. "런던 경찰청 범죄수사과 소속입니다."

그는 갈색 눈을 크게 떴지만, 목소리에는 불안한 기색이 없었다. "솔직히 이제 더이상 파크 로지에서 경찰을 만날 일은 없을 거라고 생각했습니다. 워털로 경위님께서 보내셨습니까?"

"그렇지 않습니다. 좀더 윗선에서 보냈다는 것만 말씀드리겠습니다." 크리브가 대답했다.

크로머의 눈썹이 반응을 보였다. "아, 중요한 일입니까?"

"제가 선생님이라면 전혀 중요하게 생각하지 않을 겁니다. 상부에서는 세부 사항에 주의를 기울이길 좋아해서 말입니다. 그뿐입니다. 저는 부인의 진술 내용을 한 번 더 검토해보라는 명령을 받았습니다. 이 숙녀분이신가 봅니다."

하워드 크로머는 사진을 향해 다가가더니 마치 사진을 처음 본 사람처럼 잠시 서서 응시했다.

"작년에 찍은 겁니다, 경사님. 두 번째 결혼기념일을 축하하기 위해서였죠. 숨이 멎을 만큼 아름다운 사람이지 않습니까?"

그는 손수건을 꺼내 한쪽 눈가를 두드렸다. 그러는 와중에 그의 시곗줄이 흘러내렸는데, 거기엔 작은 은색 열쇠가 툭 튀어나와 있었다.

"이 년 반이었습니다! 둘이 함께 보낸 시간은 그게 전부란 말입니다. 매 순간이 소중했습니다. 제 연배의 남자가 이런 말을 하는 게 경사님께는 이상하게 들릴지도 모르지만, 저는 그녀에게 사로잡히고 말았습니다. 그야말로 완전히 사로잡히고 말았던 겁니다. 그녀를 바라보는 것 이상의 행복은 없었습니다. 무시무시한 감옥 안이라도 아내의 아름다운 얼굴을 한번 흘끗 보기라도 하면 주변의 모든 것들이 사라져버리고 맙니다. 용서를 빌어야겠군요. 끊임없이 아내에 대한 이야기만 늘어놓고 말았으니까요."

"그러실 필요 없습니다, 선생님. 저는 부인에 대해 여쭤보러 온 것이니까요."

"그렇다면 앉으시죠." 그는 크리브를 등받이가 한쪽에만 솟은 소파로 안내한 후, 근처 테이블에서 커다란 책자 한 권을 집어 들었다. "이걸 보시죠. 저보다 훨씬 객관적으로 말해줄 겁니다." 그는 그 책을 크리브의 손에 찔러 넣었다. 모로코 가죽 정장에 자개 장식을 입힌 사진첩이었다. "모두 여기에 있습니다. 저희가 함께 한 이야기 말입니다. 모두 기록되어 있습니다. 제 가장 소중한 보물이죠."

크리브는 사진첩을 열어보았다. 평소에는 사진첩을 보면 지루하기만 했지만, 이번에는 아니었다.

첫 번째 쪽에는 카비네판 크기의 가족사진이 실려 있었다. 그녀의 아버지는 턱수염을 기르고 살집이 있는 사람이었고, 그 옆에 앉아 있는 어머니는 꽃으로 장식한 커다란 모자를 쓴 우아한 여성이었다. 그들 뒤에는 키가 큰 젊은 남자 세 사람이 서 있었고, 미리엄은 흰색 드레스와 밀짚모자 차림으로 아버지의 발치에 놓인 이동식 발판 위에 앉아 있었다. 그녀 옆 바닥에는 여동생이 앉아 있었다.

하워드 크로머가 말했다. "킬패트릭 일가가 모인 모습입니다. 1885년 4월 1일 오후에 이 집에 방문했지요. 일곱 명이나 되는 사람들이 이 가족사진을 찍기 위해 햄프스테드에서 여기까지 왔죠."

크리브는 적절히 대답했다. "사진사로서 명성이 굉장히 높으셨군요."

크로머는 고개를 끄덕였다. "킬패트릭 씨는 《태틀러》에 실린 제 사진을 보시고는 다른 사진사에게는 사진을 찍어달라고 할 수 없겠다고 생각하셨습니다. 미리엄이 나중에 이야기해주기로는, 《태틀러》에 실린 작품들을 들이밀며 아버지의 관심을 끈 사람은 자신이었다고 하더군요. 안타깝게도 장인께서는 이 사진을 찍고 여섯 달 뒤에 돌아가셨지만, 이 가족사진을 굉장히 마음에 들어 하셨을 거라고 생각합니다. 제법 괜찮게 나온 사진 아닙니까? 뒤에 서 있는 세 남자는 그녀의 형제들입니다. 이쪽에 머천트테일러스 사립학교의 교복 재킷을 입고 있는 사람은 현재 인도에서 공무원으로 재직하고 있는 윌리엄이고, 그다음이 캐나다에서 잠시 돌아와 머물고 있던 장남 제럴드, 그리고 이쪽은 같은 해에 독감으로 사망한 에드거입니다. 참으로 잔혹한 운명입니다. 장모님께서는 지난 겨울에 돌아가셨습니다."

그는 한숨을 쉬며 한 장을 넘겼다. 그곳에는 미리엄을 찍은 명함판 사진이 두 장 있었는데, 그중 한 장은 앉아 있는 모습이었다. 장노출로 촬영한 사진 속 그녀의 시선은 엄숙해 보였다.

"그다음 주에 찍은 사진들입니다." 크로머가 말했다. "숭고할 정도로 아름답지 않습니까? 저는 그녀를 보고 마음을 뺏긴 나머지, 용기를 내어 그녀의 부친께 그녀의 독사진을 찍을 수 있을지 여쭤봤습니다." 그는 미소를 지었다. "물론 그 말을 하기 전에 부모님께 마데이라 와인과 과일 케이크를 대접했죠. 저는 미리엄이야말로 완벽한 피사체라고 말했습니다. 그녀는 얼굴이 마데이라 와인처럼 빨개지더니 독사진은 찍고 싶지 않다고 대답했습니다. 그녀의 모친께서는 그녀에게 너무 예민하게 굴지 말라고 하시면서, 그녀가 훌륭한 피사체라면 마땅히 사진을 찍어야 할 의무가 있다고 말씀하시더군요. 저는 장모님께서 하셨던 말을 기억합니다. '크로머 씨에게 있어 네 존재는 그저 사진 건판 속에 담아둘 대상에 지나지 않아. 꽃이 꽂혀 있는 화병처럼 말이지. 이 이야기를 더 끌면서 너를 우쭐거리게 만들 생각은 없단다. 다음 주에 아버지께서 널 데리고 여기 와주실 거다.' 장인어른의 의견은 들어보지도 않고 내린 결정이었습니다."

"여성들은 그들끼리 문제를 해결하는 방식이 있기 마련이지요." 크리브가 한마디 거들었다. 그는 삼 년 전에 이미 나체로 사진을 찍은 그녀가 그렇게까지 뒤로 빼는 모습을 보여주는 것은 왠지 이상하다고 생각했지만, 지금은 그 이야기를 할 때가 아니었다.

크로머는 사진첩을 넘겼다. "아, 결혼 전에 찍은 사진들이 몇 장 있습니다. 이건 햄프스테드히스 파크에서 축제가 열렸을 때입니다. 1885년 성령강림절 다음 월요일이었죠. 베네치아식의 흰색 드레스를 입은 미리엄이 보이시죠? 그녀의 허리에 팔을 두르면서 사진사가 실수하도록 만들려는 사람이 우리 가족 고문 변호사인 사이먼 앨링엄입니다. 그 시도는 성공한 모양이로군요. 보시다시피 노출 과다로 지나치게 밝게 나왔으니까요." 그는 다시 한 장 넘겼다.

미리엄이 결혼하기 몇 달 전에 찍은 사진들은 크리브의 흥미를 끌었다. 방 안 액자에 걸려 있는 인물사진과는 달리 이들에게서는 쾌활한 분위기가 느껴졌기 때문이다. 소풍을 간 사진도 있었고, 강가로 유람을 간 사진도 있었으며, 오후에 테니스를 치는 사진도 있었다. 상황은 달랐지만 매번 똑같은 젊은이들이 등장했다. 크리브는 앨링엄이 미리엄의 곁에서 절대로 떨어지지 않는다는 사실을 눈치챘다. 그는 숱 많은 직모와 눈부신 미소를 지닌 앨링엄을 쉽게 찾아낼 수 있었다.

"그와 알고 지낸 지 얼마나 됐습니까? 앨링엄 변호사 말입니다."

"사이먼이요? 십 년은 됐을 겁니다. 그가 변호사 시험에 합격하기 전부터 알고 지냈으니까요. 우리는 하트퍼드셔에서 함께 사냥을 했습니다. 멋진 친구죠. 독신주의자이기도 하고요. 사이먼은 이 사진에 나온 사람들 중 아직까지도 계속 연락하는 유일한 친구입니다. 그는 지난 끔찍한 몇 개월 동안 믿고 의지할 수 있는 존재가 되어주었습니다."

크리브가 다음 장으로 넘기려는데, 뒷장이 앞장에 붙어 함께 들리고 말았다.

"제가 좀 볼까요?" 크로머는 지체 없이 말했다. 그가 호주머니에서 작은 주머니칼을 꺼냈다. "서로 붙어 있는 면을 억지로 떼어냈다가는 돌이킬 수 없는 손상이 남게 될 겁니다." 그는 종이 사이로 칼날을 밀어 넣은 다음, 적절한 위치를 찾아 칼날을 비틀어 분리했다. "자, 됐습니다. 딱히 손상을 입은 것 같지는 않군요. 판에 풀이 살짝 묻은 모양입니다."

크리브는 두 장이 서로 붙어 있었다는 것은 사진을 사진첩에 넣은 이후 한 번도 펼쳐본 적 없다는 사실을 의미한다는 생각을 머릿속에서 지워버릴 수가 없었다. 그가 이 사진첩을 두고 자신의 가장 소중한 보물이라고 표현했던 것을 감안하면 이상한 일이었다. 그리고 그 면에 바로 결혼사진이 있다는 점은 더욱 이상했다.

크로머는 재빨리 너털웃음을 터뜨렸다. "미리엄은 제가 나온 사진은 오직 이것뿐이라면서 불평하곤 했죠. 퍼시벌에게 이 사진을 찍어달라고 했습니다. 곧 눈치채시겠지만, 사진 배경에는 교회 벽만 가득하지 하객은 별로 나와 있지 않습니다. 하지만 그걸로 충분합니다. 1885년 9월이었는데, 그때는 퍼시벌을 고용한 지 얼마 되지 않았던 때였으니까요."

"9월이라고요? 그러면 교제 기간이 길지 않았군요?"

"열정적으로 바쁘게 만난 기간이었습니다." 크로머가 대구했다. "경사님께서 보시는 사진들 속에는 당시에 있었던 일들의 일부만 나타나 있을 뿐입니다. 우리는 다섯 달 동안 삼 년은 족히 걸릴 일들을 하고 다녔던 것 같습니다. 연극, 오페라, 애스컷 경마 대회, 헨리 로열 레가타[1], 런던 북부에서 열리는 모든 사교계 데뷔 축하 파티……. 아시겠지만, 당시 제 나이는 마흔이었습니다. 미리엄은 고작 스물셋이었고요. 관례상으로는 약혼 기간을 더 길게 잡았어야 했을지도 모르지만, 상황이 그렇지 않아……." 그는 두 손을 앞으로 내밀었다.

---

[1] 1839년 이래 매년 7월 템스 강에서 열리는 조정 경기 대회.

"자신의 감정이 어떤지 알기에는 충분한 연배셨을 겁니다." 크리브는 그의 태도에 동의했다.

"전적으로 맞는 말씀입니다. 그리고 미리엄 또한 자신의 감정을 알고 있었죠." 크로머는 힘주어 말했다. "그렇지 않았다면 전 주저했을지도 모르겠습니다. 저는 처음부터 그녀에게 넋이 나갔습니다. 심미안이 있는 남자라면 누구든 그러지 않았겠습니까? 하지만 제가 괜찮은 남편감이 되리라는 자신을 가질 필요가 있었습니다. 그녀는 이 세상 남자들 중에서 그녀가 결혼을 고려할 만할 사람은 저뿐이라고 납득시켜주었습니다. 제 귀에는 그녀의 말이 마치 음악처럼 들렸습니다. 제 평생 놀랍도록 아름다운 얼굴을 바라보며 셀 수도 없는 장소에서 그녀의 아름다움을 늘 새롭게 발견할 수 있다는 걸 알게 됐기 때문입니다. 햇빛 아래에서든, 가스등 아래에서든, 달빛 아래에서든요. 그 이상은 감히 바랄 수도 없었습니다. 저를 다시 젊은 남자로 만들어주었으니까요. 제 모닝코트 차림이 그리 나쁘지는 않죠?"

"마흔으로는 보이지 않군요."

"그렇게 말씀해주시니 감사합니다. 저기 사이먼이 제 들러리를 맡아주었습니다. 미리엄은 숨이 막히도록 아름다워 보이지 않습니까? 저 드레스는 에밀 펭가¹가 디자인하고 퍼케일 천으로 지었는데, 크림색 레이스와 진짜 진주 단추를 달았습니다. 부친께서는 이전에 햄프스테드 마을 대표를 지내셨을 정도로 부유한 분이셨습니다. 그분께서 굉장히 훌륭한 피로연을 열어주시고, 또 신혼여행 비용도 부담하셨습니다. 신혼여행은 보름 동안 트루빌로 다녀왔습니다."

그는 좀더 빠른 속도로 사진첩을 넘기기 시작했다.

"저는 라우치에서 나온 휴대용 카메라 유리카를 가져갔습니다. 제가 바라는 만큼 사진이 선명하게 찍히지는 않았지만요. 이쪽은 산책을 하는 미리엄을 찍은 사진입니다. 이건 도빌에서 열린 경마 대회에 갔을 때입니다. 이건 카지노 건물 밖에서 찍은 사진이고요. 저희는 거의 매일 저녁 카지노가 문을 닫을 때까지 슈만드페르 카드 게임을 했습니다. 이 사진은 유람 마차에 탄 미리엄입니다."

크리브는 그 면을 넘기지 못하도록 손가락으로 눌렀다. 벽에 걸린 인물사진에서 느꼈던 불만스러운 표정을 이 사진첩 속에서 처음으로 발견한 것이다. 그는 그 점에 대해 언급하지 않고, 계속 사진첩을 넘기도록 내버려두었다. 야외에서 찍은 사진들이 줄어들더니, 대신 사진관 촬영실에서 미리엄을 찍은 사진들이 줄지어 등장했다. 사진 속의 그녀는 매번 다른 옷을 입고 있었다.

| 19세기 프랑스의 의상 디자이너로, 당시 여성 드레스의 최신 유행 경향을 이끌었다.

"부인께서는 드레스가 굉장히 많으셨군요."

"부족한 게 없는 사람이었죠." 크로머는 무미건조한 말투로 대답했다. "여성들이 좋아할 만한 물건을 아내에게 선물하는 게 제 습관이었습니다." 그는 싱긋 웃었다. "보시는 것처럼, 결국에는 사진을 찍을 때마다 다른 옷을 입게 되었죠. 부채나 모자, 보석류 같은 장신구도 계속해서 바뀌는 게 보이실 겁니다. 집 안 어딘가에 작은 선물을 놓아두고 우연히 발견하게 해서 그녀를 놀라게 하는 게 제 소소한 즐거움이었습니다. 초콜릿 상자나 자개 브로치, 은제 목걸이 장식물 같은 것들 말입니다."

크리브는 여기서 맞장구를 쳐야 할 것 같았지만 적당한 말을 떠올릴 수가 없었다. 그의 따분한 화법은 이런 상황에 어울리지 않았기 때문이다. 지금도 크로머는 미리엄을 향한 애정을 스스로 증명해 보였던 것만큼 자유롭고 거침없이 이야기를 쏟아내는 중이었다. 그에 대한 그녀의 반응이 어땠는지 알 수 있다면 흥미로울 터였다. 만약 사진 속에 그녀의 기분이 일부 드러나 있다면, 그녀의 반응은 호의적이기만 한 것은 아니었다.

크로머는 계속 말을 이었다. "그녀는 제게 영감을 주는 존재였습니다. 제 최고 작품들은 모두 여기에 있습니다. 일부는 확대 인화해서 제 침실에 걸어두었는데, 그걸 보고 있으면 얼마나 즐거운지 모릅니다. 한 사진에서는 그녀 모습을 오려내어 실물 크기로 확대하기도 했습니다. 사실, 경사님께서 도착하셨을 때 그녀의 손을 찍은 사진을 현상하던 중이었습니다. 어느새 작업하는 데 온통 마음을 빼앗기게 되더군요. 분명히 말씀드리지만, 개인적인 작업일 뿐입니다. 비극적인 일이 일어난 이후 촬영 의뢰는 모두 거절하고 있습니다."

"불행한 사건 때문에 사업도 어려워지셨을 테죠."

그는 한숨을 쉬었다. "유감스럽지만 그런 것 같습니다. 그래도 지금 당장은 자금이 부족하지 않습니다. 장인께서 돌아가시면서 상당한 유산을 남겨주셨는데, 아직 거기까지 손을 대지는 않았거든요."

만약 그녀가 유죄를 인정하지 않았더라면……. 크리브는 생각에 잠겼다. 변호사에게 수수료를 지급하기 위해 유산의 일부를 헐었을 수도 있었다.

"선생님께서는 이 사진관을 온전히 혼자 힘으로 일구셨다고 들었습니다."

"틀림없는 사실입니다." 크로머의 얼굴에 뿌듯해하는 듯한 표정이 희미하게 스치고 지나갔다. "저는 자수성가한 사람입니다. 저희 사진관은 이 일대에서 제일가는 명성을 갖고 있습니다. 아니, 이 일이 일어나기 전에는 그랬지요. 과장 한마디 하지 않고, 영국 귀족 연감에 실릴 분들의 사진을 질릴 때까지 보여드릴 수 있습니다. 리전트 스트리트에 분점을 낼 계획도 있었습니다."

"사업을 포기하지는 않으실 거죠?"

크로머는 기분이 상한 것 같았다. "저는 사업이라는 표현을 사용하지 않습니다. 아니, 이건 제 예술 작업이고, 계속해서 이어나가야 할 일입니다. 저는 지난 이십 년 동안 사진계에서 꽤 많은 성과를 거두었습니다. 제가 1860년대에 이 일을 시작할 때만 해도, 습판을 사용하는 명함판 사진용 카메라 애호가들의 전성시대였습니다. 당시 신사분들은 판지로 만든 기둥에 기대어 실크해트를 한 손에 들고 다리를 꼰 자세로 사진을 찍어야 한다고 고집을 부렸습니다. 삼십 초라는 긴 노출 시간을 견디기에는 몹시 고통스러운 자세였기 때문에, 사진마다 그토록 불편한 기색이 드러났죠.

그건 다 사진사들의 경험이 부족했기 때문이었습니다. 하지만 당시 사진사들의 사정은 훨씬 고됐습니다. 사진을 찍는 사람들의 자세를 고정하기 위해 철제 머리 받침대가 필요하다거나, 붉은 머리는 검정색으로 나오기 때문에 머리카락을 부풀려야 한다거나, 눈을 깜빡거려서 사진이 잘못 나왔다거나 하는 설명을 일일이 해줘야 했으니까요. 저는 차라리 조만간 사형집행인으로 전업하는 게 더 나을 거라는 말을 종종 입에 담곤 했었죠."

크리브는 마지막 말에 대한 평가를 삼갔다. 사형집행인에 대한 크로머의 발언은 크리브가 그의 일을 사업이라고 지칭한 것만큼이나 경솔했던 것이다.

"지금까지 쭉 큐에 거주하셨습니까?"

"이사 온 지 사 년밖에 되지 않습니다. 여기 제 사진관은 세일러복을 입은 악랄한 꼬마들의 사진을 여러 해에 걸쳐 찍어온 지루한 일상이 낳아준 곳이죠." 그는 웃음을 터뜨렸지만, 그 웃음에는 생기가 하나도 없었다. "제가 렌즈 뚜껑을 열었을 때 녀석들의 조그만 머리가 돌아갔다는 이유로 망쳐버린 사진 건판이 얼마나 되는지 상상도 못 하실 겁니다. 그 건판들은 고작 1톤에 몇 실링 정도만 받고 유리상에 팔아넘겼습니다. 한때는 워딩에 있는 산책로 위에 지은 목재 헛간을 작업실 삼아 사진을 찍기도 하기도 했었는데, 이건 비밀입니다, 경사님. 지금 제 고객들이 그 과거는 몰랐으면 하니까요. 저는 이 일을 하던 초창기부터 교외 지역을 꽤 많이 돌아다녔습니다. 베스널그린, 투팅벡, 크리클우드 등의 지역을 오가면서 재산을 꽤 불릴 수 있었습니다."

"당시에는 조수를 고용할 여유가 없으셨을 것 같군요."

"맙소사, 바로 맞히셨습니다. 수 년 동안 혼자서 일을 처리했죠. 직접 감광지를 준비하고 건판을 만들었습니다. 접수 담당, 촬영 기사, 현상 기사, 인화 기사, 사진 수정에 조수 노릇까지 전부 혼자 맡았습니다."

"주무실 시간이나 있으셨는지 궁금할 정도군요."

크로머는 씩 웃었다. "젊었을 때야 잠이 그다지 중요하지 않았습니다. 먹는 문제가 더 큰일이었죠. 계란 노른자만 먹고 살기도 했습니다. 인화지에 입힐 인화액을 만들기 위해서는 계란 흰자가 어마어마하게 많이 들어가거든요."

"조사이아 퍼시벌이 선생님의 첫 번째 조수였습니까?"

"사실은 두 번째 조수였습니다. 하지만 사진에 관한 지식이 있는 조수로는 첫 번째가 맞습니다. 퍼시벌은 신^{Sheen} 지역에 살던 시골 청년이었는데, 제가 여기 이사 온 지 얼마 안 되어 그를 채용했습니다. 제 인생 최악의 실수였죠."

하워드 크로머는 사진첩을 덮어 가슴에 꼭 끌어안았다.

"그 독사 같은 놈을 제가 미처 알아보지 못했습니다. 그는 조수로서 일도 능숙했고 꽤 성실하기도 했거니와 손님들에게도 싹싹하게 굴었거든요. 가끔씩 건방지게 굴기도 했다는 점은 알고 있었습니다. 예를 들어 그가 마음대로 와인을 마시곤 한다는 사실은 저도 알고 있었고, 개인적인 편지를 쓰는 데 제 편지지를 사용했던 것 같기도 합니다. 처음부터 그렇게 하지 못하게 했어야 하는데 말입니다. 그때는 지나치게 무르게 대했던 것 같습니다. 저는 사람들의 장점만 보고 결점은 무시하곤 하니까요. 그가 미리엄에게 해코지를 하고 있었다는 것은 상상 밖의 일이었습니다. 만약 제가 아주 조그마한 의혹이라도 느꼈더라면……." 그는 천천히 고개를 저었다. "그 불쌍하고 순진한 사람이 그런 고통을 혼자 겪었다니. 그녀는 그에 대해 한마디도 하지 않았습니다, 경사님. 단 한 마디도요."

"부인께선 어째서 그러셨을까요?"

크로머는 깊은 한숨을 내쉬었다. "제 자신에게 수없이 반복해서 물어본 질문입니다. 제가 그녀에게 의지가 되지 못했다는 사실을 인정할 수밖에 없었습니다. 제게 솔직히 털어놓기가 겁났을 테죠. 제가 아내를 진심으로 사랑하고 있는데도!" 그가 사진첩을 꽉 움켜쥐자 그의 손가락 관절에서 핏기가 가셨다. "그녀의 자백 내용을 읽으니 제 영혼을 불에 지지는 것 같았습니다. '남편에게 사실을 털어놓는 것도 해결책이 되지 못했습니다'라니요. 그녀는 고통에 시달리면서도 제게 의지할 수 없었던 겁니다."

"결혼 생활에는 대개 비밀이 있기 마련입니다." 크리브는 조심스럽게 입을 열었다. 미리엄 크로머에게 동정심이 조금 일었다. 이 남자에게 있어 그녀는 아내라기보다는 일종의 사진 속 인물이라고 보는 게 더 현실에 가까운 해석일 것이다.

"그녀는 그저 어린아이 같은 사람이었을 뿐입니다. 그런 사람이 가질 수 있는 비밀이 과연 무엇이었겠습니까?" 크리브보다는 크로머 자신에게 던지는 말이었다. "이 일에 대한 책임은 모두 제게 있습니다. 제가 쉽게 흥분하는 성격이다 보니, 퍼시벌이 저의 명예와 생계 수단을 무너뜨릴 작정이라는 사실을 알게 되면 어떻게 반응할지 미리엄은 두려웠던 거죠. 아내에게는 제게 사실을 털어놓는 것보다 그자에게 돈을 내놓는 편이 더 쉬운 일이었을 겁니다. 그리고 놈의 요구를 더이상 참을 수 없게 되자 자기 나름대로 그 일을 해결하려고 애를 썼을 테고요. 불쌍한 어린아이처럼 말입니다."

크리브는 벽에 걸려 있는 사진을 흘끗 바라보았다. 전혀 어린아이의 눈으로는 보이지 않았다.

"그녀가 선생님을 두려워했다고는 믿기 어렵군요. 말씀해주신 대로라면, 그녀가 선생님을 두려워할 이유는 없었을 텐데요."

"맙소사! 당연히 아닙니다! 미리엄과 대화하면서 화를 냈던 적은 한 번도 없단 말입니다."

"두 분 사이에 무슨 오해가 있었던 것은 아닐까요? 결혼 일이 년 차에는 그리 드문 일도 아닙니다."

"오해요?" 크로머는 반문하더니 잠시 생각에 잠겼다. "그럴 만할 일은 아무것도 없었습니다. 아내가 결혼이라는 두 사람의 결합에 적응하는 데 다소 어려움을 겪었다는 말씀을 드려야 온당하겠지만, 그건 처음 육 개월 정도뿐이었던데다 전적으로 제 잘못이었습니다. 제 배려가 부족했던 거죠. 그녀의 인생에 어떤 변화가 일어났는지 알아챘어야 했습니다. 조금 전 말씀드린 바와 같이, 저희는 몇 달 동안 극도로 활동적인 사교 생활을 했습니다. 기운이 넘치는 젊은 사람들 사이에 끼어, 사교 행사 일정에 따라 모든 행사에 참여하곤 했습니다. 아니, 그 이상이었죠. 결혼식을 올린 후, 저는 미리엄을 독점하고 싶었습니다. 집 안에서 그녀를 바라보고 그녀와 대화를 나누며 그녀의 사진을 찍는 것이 제가 바라는 전부였습니다. 저는 이 집이 우리의 필요를 완전히 충족시킬 수 있도록 만들려고 애를 썼습니다. 제가 예측할 수 없었던 것은 바로 제가 일을 하고 있을 때, 그러니까 제가 어쩔 수 없이 일을 해야 할 때 그녀가 권태를 느끼게 되었다는 겁니다.

저는 그녀를 위해 가정부를 한 명 들였습니다. 폴리 씨는 육십 대의 품위 있는 여성으로, 바느질과 음악, 여러 카드 게임에 조예가 깊었습니다. 그런데 얼마 지나지 않아 미리엄이 제게 그녀를 해고해달라고 부탁하더군요. 저는 마지못해 그녀의 말을 들어주었습니다. 그건 해답이 아니었던 겁니다. 저는 미리엄이 집 안에서 하녀의 업무를 침해하지 않는 선에서 할 수 있는 일을 찾기 위해 애를 썼습니다. 그녀는 사진관에 놓을 꽃을 관리하고 디캔터에 와인을 채우는 일을 하는 데 동의했습니다. 숙녀가 하기에 적당한 일이었지만, 여전히 아무런 할 일이 없는 때가 하루에도 몇 시간이나 됐습니다. 그녀는 왕립 식물원으로 혼자 산책을 다니기 시작했습니다. 사실 저는 그게 내키지 않았습니다. 젊고 아름다운 아내를 잃을 것을 두려워하는 중년 남편의 전형적인 사례 아닙니까? 하지만 저는 끝내 승낙해주었고, 그 결과 그녀는 좀더 행복해하는 것 같았습니다. 하지만 이제 다 부질없는 것처럼 보이는군요."

"결혼하신 이후로는 이전 친구들과의 교류를 다 끊어버리셨습니까?"

"사이먼을 빼면 그렇습니다. 그와는 계속해서 이 주에 한 번 정도 저녁 식사를 함께 했습니다. 솔직히 말씀드리자면, 저는 그녀가 저에게 싫증이 나서 좀더 어리고 좀더 재미있는 사람을 찾지 않을까 걱정이었습니다. 저는 질투심과 소유욕이 강한 남자라서요. 예, 그건 부정할 수 없는 사실입니다."

"하지만 아내분을 신뢰하셨고요?"

"그녀는 어린아이 같은 사람이었습니다." 크로머는 같은 말을 반복했다.

"아내분의 순진한 면을 소중히 여기셨군요?"

"지극히 소중히 여겼습니다."

크리브는 고개를 끄덕였다. 하워드 크로머에게 결혼 생활의 실질적인 측면에 대해 조언하는 건 그가 할 일이 아니었지만, 그는 이 젊은 아내의 눈에 엿보이는 상처를 이해할 수 있었다. 그녀가 자신의 비밀을 털어놓을 수 없다고 판단한 이유를 알 수 있을 것 같았다.

"무슨 일이 일어나도 그녀를 향한 제 일편단심은 흔들리지 않았을 겁니다. 경사님, 만약 그녀를 잃게 된다면……" 그는 그럴 가능성을 생각조차 할 수 없다는 듯 입을 다물었다. "혹시 풀려날 가능성이 있을까요? 어떻게 생각하십니까?"

크리브는 고개를 저었다. "내무부 장관님께서 흉중에 무슨 생각을 품고 계시는지는 알 수 없습니다. 혹시 큰 방해가 되지 않는다면 사진관을 둘러보고 싶습니다."

크로머는 즉시 자리에서 일어섰다. "부디 마음껏 둘러보시죠. 사진관은 1층에 있습니다."

두 사람이 카펫이 깔린 계단을 따라 아래층으로 내려가는 사이 크리브가 질문을 던졌다. "퍼시벌이 사망하던 날, 선생님께서는 어디에 계셨습니까?"

크로머는 그에게 날카로운 시선을 던졌다. "브라이턴에 있었습니다, 경사님. 인물사진작가협회의 연례 회합이 열리고 있어서 말입니다. 저는 협회 부회장입니다."

"참, 그러셨죠. 제가 기억하고 있었어야 했는데 말입니다. 부인께서 작성하신 자백 진술서에서 그 내용을 읽었습니다." 크리브는 말을 멈추고 창문 밖을 바라보았다. "그날 선생님께서 집을 나선 시각은 몇 시였습니까?"

"아침 일찍이었습니다. 정확한 시각은 기억나지 않습니다."

"특정한 열차에 타려고 하신 겁니까?"

"그런 건 아닙니다. 잘 아실 테지만, 브라이턴행 열차는 자주 있으니까요."

"회합이 시작된 시각은 언제입니까?"

"11시 정각이었습니다, 경사님."

"그렇다면 굉장히 일찍 출발하셨겠군요. 가장 빠른 열차라 해도 여기서 브라이턴까지 두 시간은 족히 걸렸을 테니 말입니다. 정시에 도착하셨겠죠?"

"열차야말로 가장 신뢰할 수 있는 교통수단 아니겠습니까?" 크로머는 문을 밀어젖히며 대답했다. "여기가 응접실입니다. 1층 공간을 전부 사진관으로 개조해놓은 상태입니다."

크리브는 기껏해야 의자가 일렬로 줄지어 있고 잡지가 한 무더기 놓여 있으리라 예상하며 안으로 들어갔다. 그러나 그는 순식간에 사진관이란 곳이 치과나 이발소와 어떻게 다른지 깨닫고 말았다. 이곳은 평범한 응접실이 아니었다. 천장은 높고 널찍하고, 벽에는 양단처럼 보이는 분홍색과 흰색 벽지를 발랐다. 그런 디자인은 루이 14세 양식의 소파와 의자에서 다시 엿볼 수 있었다. 소파와 의자에 씌운 연한 파란색과 노란색의 직물 커버에는 음각으로 새긴 금박 무늬가 드러났다. 호화로운 모습은 유리에 무늬를 새긴 샹들리에 한 쌍과 흑단으로 색을 입힌 보조 테이블, 고급 도자기를 진열한 장식장으로까지 이어졌다. 벽을 따라 배열되어 있는 액자 속 사진 안에는 강한 흥미가 동한다는 요지의 발언을 하려고 막 일어선 것처럼, 결의에 찬 표정의 남자들이 프록코트 차림으로 등받이가 높은 의자 옆에 서 있었다.

"좌우로 난 문은 탈의실로 통합니다." 크로머가 설명했다. "숙녀분들은 가능한 한 마지막 순간까지 분첩을 손에서 놓지 않으려 하시고, 신사분들은 타이를 똑바로 하지 않고서는 렌즈 앞에 나서지 않으시니까요." 그는 팜파스 풀을 꽂은 키가 큰 꽃병들 옆에 난 문을 양쪽으로 밀어젖히며 소개했다. "여기가 제 촬영실입니다, 경사님."

큐가든스 역 대합실만큼이나 넓은 공간이었다. 한때는 널찍한 응접실로 사용되었을 이 방은, 북쪽 벽을 허물고 공간이 정원까지 이어지도록 개조해서 원래 크기보다 두 배 이상 넓어진 상태였다. 이런 확장 공사는 추가로 공간을 확보하는 것 외에도, 자연광을 가능한 한 많이 받아들이기 위해 설계된 게 분명했다. 왜냐하면 실내의 상당 부분이 유리로 이루어져 있었기 때문이다. 그중 가장 눈에 띄는 것은 널찍한 채광창이었는데, 여기에는 블라인드가 달려 있어 도르래에 연결된 끈을 조작해서 빛을 완전히 차단할 수도 있었다.

"여왕 폐하께서 사용하셔도 되겠습니다!" 크리브가 경탄하며 외쳤다. 그는 방 한가운데로 성큼성큼 다가가, 마부가 걸터앉을 수 있을 정도로 거대한 카메라를 자세히 살펴보았다. 카메라 앞쪽으로는 무대가 있었는데, 이곳에서 손님들이 계단 모양의 사다리, 교회의 첨탑, 노를 젓는 배같이 윤곽을 살린 소도구 앞에서 적절한 모습으로 자세를 취할 수 있었다.

"저는 사진에는 문외한입니다만……." 그는 스스럼없는 태도로 말을 이었다. "사진의 가능성을 과소평가하지는 않습니다. 상습 범죄자들의 사진을 찍어서 범죄를 탐지하는 데 도움을 받기도 한다는 사실을 알고 계십니까? 아시겠지만, 코의 모양을 기록하기 위해 상체 측면 사진을 찍는데, 그러면 자연스럽게 복장도 함께 찍히기 마련입니다. 저희가 찍은 사진들이 선생님 작품들과 견줄 수 있다고는 생각하지 않습니다. 저희는 사진에 찍히는 사람들에게 이런저런 자세를 취하게 하려고 애를 쓰거나 사진 원판을 수정하지도 않지만, 피사체의 특징은 확실히 나타납니다. 물론 예술적인 기교는 전혀 없습니다만." 그는 교묘하게 한마디 덧붙였다.

크로머는 이미 방을 지나 다른 문 쪽으로 가버린 후였다. 그는 안내원 역할을 가능한 한 빨리 끝내고 싶어 하는 것 같았다.

"선생님 좌측에 있는 찬장 말입니다, 혹시 와인을 보관해두는 곳 아닙니까? 찬장 위에 잔이 몇 개 놓여 있어서 말입니다." 크리브가 말했다.

"아, 정말 죄송합니다. 먼저 한잔 대접해드렸어야 했는데 말입니다." 크로머는 몹시 당황하더니, 크리브가 가리킨 마호가니로 만든 찬장으로 향하기 시작했다. "셰리 와인을 드시겠습니까, 아니면 마데이라 와인이 입에 맞으시겠습니까?"

크리브는 급히 손을 들어 거절의 의사를 표했다. "고맙습니다만 근무중에는 곤란합니다. 그런데 괜찮으시다면 안쪽을 좀 보고 싶습니다."

크로머는 주머니에서 열쇠를 하나 꺼내 찬장의 한쪽 문을 연 다음, 크리브에게 유리에 무늬를 새겨 만든 두 개의 디캔터를 보여주었다.

"독이 들어 있던 디캔터 하나는 아직도 경찰이 보관하고 있습니다. 언젠가는 돌려줄 거라는 말은 들었습니다."

"그 디캔터는 언제나 여기 넣고 문을 잠가둡니까?"

"아, 아닙니다. 손님께서 오시면, 저는 디캔터를 꺼내 찬장 위에 올려놓고 와인을 권하곤 합니다. 손님들의 긴장을 푸는 데 도움이 되니까요. 사진을 찍는 것은 익숙하지 않은 사람들에게는 어마어마한 경험입니다, 경사님."

"그렇다면 예약한 손님이 없을 때는 디캔터를 이 안에 넣고 잠가두신다는 거죠?"

"그렇습니다. 내놓는다고 해서 다른 사람들을 유혹에 빠뜨릴 거라고 생각하지는 않습니다만."

"그러니까 하인들 말씀이시죠?"

크로머는 고개를 끄덕였다.

"누군가 몰래 술을 마신다고 해도, 주범은 제 조수라는 사실을 확신하고 있었으니까요. 퍼시벌은 마데이라 와인을 굉장히 좋아해서, 그가 사진관에서 혼자 일하도록 내버려둘 때마다 디캔터에 채워놓은 와인이 줄어든다는 걸 알고 있었죠."

"그러면 그는 찬장 열쇠를 갖고 있군요?"

"그에게도 열쇠가 하나 있어야 했습니다. 그가 촬영을 진행하는 경우도 종종 있었으니까요."

"알겠습니다. 그리고 부인께서는 매주 월요일마다 디캔터에 와인을 채우신다고 알고 있습니다. 디캔터 하나당 와인이 얼마나 들어갑니까? 한 병 반 정도 되나요?"

"그 정도 될 겁니다."

"일주일 동안 마시는 양치고는 꽤 많군요."

"손님이 많으니까요."

"그런데 퍼시벌이 사망한 날에는 예약이 하나도 없었죠. 맞습니까?"

"그렇습니다. 그날은 제가 브라이턴에 갈 예정이었습니다. 퍼시벌은 원판을 수정하고 사진을 판지에 붙이는 작업 때문에 바빠서, 그날 하루는 예약을 받지 않았습니다."

"그러면 그런 이유로 디캔터를 찬장 위에 올려놓지 않고 안에 넣어둔 겁니까?"

"그렇습니다."

"그런데 퍼시벌이 그날 와인을 꺼내 마셨을 거라고 확신하시나 봅니다?"

"굳이 따지자면 그렇죠. 혹시 다른 방도 보고 싶으십니까?" 그는 에틸에테르 냄새가 흘러나오는 문을 열었다. "이곳은 암실입니다. 오전에 여기서 작업을 하느라 지저분해서 죄송하다는 말씀을 드려야겠군요."

기다란 방 가운데에는 테이블이 하나 놓여 있었고, 책상 하나와 찬장도 몇 개 보였다. 구석 자리에는 납으로 만든 개수대가 있었다.

"그는 여기서 사망한 겁니까?"

크로머는 카펫이 깔린 바닥 위 어느 지점을 향해 손을 모호하게 흔들었다.

"하녀들이 들어왔을 때 그는 여기 누워 있었습니다. 의자는 저기 책상 옆에 쓰러진 채였고, 와인잔은 그 근처에 떨어져 있었습니다."

크리브가 책상 쪽으로 다가가자, 크로머는 입술에 침을 바르며 신경질적인 걸음으로 뒤로 물러났다.

"제 생각에는, 주방은 우리가 서 있는 곳 바로 아래쪽인 것 같군요." 크리브가 말했다.

"그렇습니다." 크로머가 얼굴을 찌푸렸다. "어떻게 아셨습니까?"

"배관 위치를 보고요. 어느 쪽이 독극물 캐비닛입니까?"

크로머는 오른손 집게손가락을 들어 크리브의 좌측 방향을 가리켰다. 크리브는 캐비닛을 향해 다가갔다. 그 캐비닛은 이 방 안에 있는 다른 찬장들처럼 흰색이었다. 그는 손가락 마디로 캐비닛을 두드려보았다.

"단단한 소리가 나는군요. 안을 살펴봐도 되겠습니까?"

"그 청산가리병은 이제 없습니다만."

"그래도 보고 싶군요."

크로머는 조끼 앞섶을 서투르게 더듬었다.

"굉장히 훌륭한 발상이로군요, 선생님. 시곗줄에 열쇠를 꿰어 다니는 것 말입니다. 열쇠를 어딘가에 흘리고 다닐 위험이 없으니까요." 그는 크로머가 자물쇠 구멍에 열쇠를 끼워 넣는 모습을 바라보았다. "굉장히 튼튼한 자물쇠처럼 보이는군요. 제가 열어봐도 되겠습니까?"

크로머는 어깨를 으쓱하며 조끼에 달린 시곗줄을 푼 다음 옆으로 자리를 비켰다.

크리브는 열쇠를 돌렸다. 그는 열쇠가 부드럽게 꼭 들어맞는 것으로 보아, 이 자물쇠는 모자 고정용 핀 따위를 구부려서 오 분 안에 열 수 있는 종류는 아니라고 판단했다.

152

안쪽에는 병이 대략 십여 개 정도 들어 있는 듯했다. 크리브는 그것들을 흘끗 본 다음, 열쇠를 빼고 문을 밀어 닫았다.

"아, 자동으로 잠기는 자물쇠로군요."

"독일제입니다. 이곳으로 이사했을 때 특별히 뤼베크에서 수입해 왔죠." 크로머가 설명했다.

"값이 좀 나갔겠군요."

"독극물을 보관하는 곳이다 보니 사고를 방지하기 위해 가능한 한 모든 예방책을 강구할 의무가 있습니다. 딱 하나 장담할 수 있는 것이 있다면, 이곳에서 일어난 비극은 부주의 탓에 일어난 것이 아니라는 사실입니다. 저희들 모두 청산가리의 치명적인 효과를 잘 알고 있었습니다."

"청산가리는 사진 작업에서 어떤 용도로 사용됩니까?"

"청산가리는 습판을 사용하는 과정에서 훨씬 많이 사용되지만, 현재 저희는 건판을 사용하고 있습니다. 그래서 지금은 주로 건판 수정용 약품으로 사용하지만, 아직도 원화의 농도를 낮출 때에는 없어서는 안 될 물질입니다. 저희가 그 위험성을 충분히 고려하고 있다는 사실은 믿어주시기 바랍니다. 청산가리가 기화한 가스에도 질식사할 수 있죠. 저희는 청산가리로 작업을 할 때면 언제나 충분히 환기를 시키는 데 만전을 기하고 있습니다."

크리브는 다시 한번 자물쇠를 열어보았다. "이 캐비닛 열쇠는 단 두 개 있다고 들었습니다만. 선생님께 하나, 그리고 퍼시벌에게 하나. 맞습니까?

"그렇습니다." 크로머는 다음 질문을 어느 정도 예상하고 있었다는 듯한 태도로 대답했다.

"퍼시벌이 살해당한 날, 선생님께서는 브라이턴에 계셨다고 하셨죠. 선생님께서 갖고 계신 열쇠는 어디 있었습니까?"

크로머는 조끼 앞섶에 손을 올려 더듬어보다가, 시곗줄이 없다는 사실을 알아차렸다. 잠깐 동안이었지만 그의 눈이 휘둥그레졌다.

크리브는 시곗줄을 그에게 내밀었다. "잘 썼습니다, 선생님."

"퍼시벌이 죽은 날, 열쇠는 제 수중을 떠난 적이 없습니다." 크로머는 시곗줄을 다시 제자리에 달며 말했다. "열쇠에 무슨 문제라도 있습니까?"

그가 질문하는 태도는 지나칠 정도로 무심했다. 크리브는 차분한 목소리로 대답했다. "아닙니다. 제가 아는 한 아무 문제도 없습니다."

그는 테이블 위에 놓인 사진을 한 장 들고 흘끗 바라본 다음 뒤집어 보았다. 나팔을 불고 있는 두 명의 천사 사이에는 고리와 소용돌이가 얽힌 복잡한 모양의 활자로 "큐 지역 큐그린 거리, 사진작가 하워드 크로머"라고 인쇄되어 있었다.

"부인의 사진을 하나 빌렸으면 하는데, 괜찮으시겠습니까?"

크로머의 표정이 한결 편안하게 풀어졌다.

"기꺼이 드리겠습니다. 이 집에는 미리엄의 사진이 굉장히 많으니까요."

"잘됐군요. 주머니에 넣고 갈 수 있을 정도의 판형이 있다면, 위층 응접실에 걸려 있는 사진과 똑같은 것을 가져가고 싶습니다. 아까 들어오셨을 때 제가 보고 있던 사진 말입니다."

7시가 조금 지나자 우체부가 우편물을 배달하러 왔다. 베리는 면도를 하던 중이었다.

"두 통이에요. 런던에서 온 거네." 그의 아내가 알려 왔다.

"선반 위에 놔둬요."

"지금 열어보지 않을 거예요?"

"나중에 때가 되면 열어볼게요, 여보. 지금은 바쁘니까."

아래층으로 내려오자, 그가 먹을 계란과 베이컨이 차려져 있었다. 베리는 아침 식사를 하는 도중에 다른 일을 하지 않는다. 그가 식사를 하는 사이, 아내가 선반 위에 놓아둔 편지를 가져와, 육필로 적힌 편지 봉투를 다시 한번 바라보며 접시 옆에 내려놓았다.

흘끗 보니, 한 통은 런던 행정장관으로부터 온 편지였다. 그는 덮개에 문장을 새긴 갈색 봉투를 익히 알고 있었다. 아직은 그 편지를 개봉할 이유가 없었다. 분명 업무에 관한 서신일 테고, 어떤 내용인지도 알고 있었다.

그는 다른 편지에 더 흥미를 보였다. 흰 봉투에 동판으로 찍은 활자가 보였다. 그는 현재 일하는 곳에 출근하기 시작하면서부터 꽤 많은 편지를 받아봤지만, 대부분은 별난 인간들이 보낸 것이었다. 그는 봉투에 주소가 적힌 방식을 보고 그런 사람들이 보낸 편지를 구분하는 법을 터득했다. 그런 편지에는 '요크셔 주, 사형집행인 제임스 베리' 같은 형식으로 주소가 적혀 있고, 철자가 틀린 경우가 많았다. 그에게 무사히 도착한 것이 신기할 정도였다. 우체국의 일 처리가 굉장히 훌륭한 덕일 것이다. 그런 편지들은 대부분 불태워버렸다.

"오늘 아침 차가 나오는 거요, 마는 거요?"

아내가 부엌 안으로 사라지자마자 그는 흰 봉투를 개봉했다. 마담 투소의 밀랍 인형 전시관에서 보낸 것이었다. 그는 일평생 이렇게 놀라본 적이 없었다. 그가 지난주 대부분의 시간을 할애해서 작성한 편지는 여전히 그의 주머니 속에 들어 있었기 때문이다. 그는 제대로 확인해볼 필요를 느끼고, 주머니에서 편지를 꺼낸 다음 봉투 위에 적힌 주소를 살펴보았다. 그는 뉴게이트 교도소에서의 일이 확정될 때까지 편지를 보내지 않기로 마음먹고 있었다. 그는 편지를 도로 집어넣었다. 이제는 보낼 필요가 없을 듯했다.

그들이 원하는 것은 그의 밀랍 인형을 만드는 것이었다.

편지의 내용은 이러했다.

분명 알고 계시겠지만, 사형집행부에서 귀하의 전임자였던 고마우드 씨께서는 특정 기간에 한정하지 않고 영구히 그의 인물 모형을 전시할 수 있는 영광을 허락해주셨습니다. 저희가 영광스럽게 맞이해온 영국 왕실 인사들과 전 세계 여러 국가의 국왕 및 지배자 사이에서도, 그분의 인형은 저희의 후원자들로부터 변함없는 관심을 이끌어내는 존재였습니다. 귀하께서 저희를 위해 모델이 되어주시고, 또 전시관에 귀하를 본뜬 인형을 전시하는 것을 허락해주신다면, 저희는 이 일을 영광스럽게 생각할 것입니다.

귀하께서 향후 몇 주 안에 런던을 방문할 것을 고려하고 계신다면, 저희 전시관을 방문할 수 있도록 일정을 조율해주시면 감사하겠습니다. 만약 모델이 되기를 허락해주신다면, 언제라도 귀하께서 편하신 시각으로 약속을 잡겠습니다. 전시될 인형들을 제공하는 데 있어, 마담 투소의 밀랍 인형 전시관은 이제껏 최고 수준의 예술적 감각을 준수해왔다는 사실을 분명히 알려드리는 바입니다.

　

이 편지만 봐도 그들의 예술적 감각은 확실했다. 구절구절 멋지게 다듬은 표현들이었는데, 마우드 노인네가 버크나 헤어, 찰리 피스처럼 범죄의 연대기 속에서도 가장 사악한 악당들로 기록되어 있는 자들과 함께 공포의 방에 전시되어 있다는 사실은 털끝만큼도 언급하지 않았던 것이다. 하지만 베리는 그런 점에 딱히 불만을 지닌 것은 아니었다. 밀랍 인형 전시관에서 교수대 밧줄 매듭을 일부는 묶고 일부는 푼 채 악당들 옆에 서 있는 것이 불명예스러운 일은 아니었으니까. 그는 밀랍 인형 전시관에 딱 한 번 가봤을 뿐이었지만, 살인자들이 피고인석처럼 만들어놓은 곳에 일렬로 서 있던 모습은 기억에 남았다. 마우드의 인형은 다소 떨어진 곳에서 밧줄 매듭을 묶을 준비를 마친 채 그들을 마주 보고 있었다. 그 인형이야말로 '후원자들로부터 변함없는 관심을 이끌어내는 존재'였던 것이다.

아내가 차를 가지고 오기 전, 그는 그 편지가 아내의 눈에 띄지 않도록 자신이 처형한 살인범들의 사진이 붙어 있는 거실 액자 뒤에 숨겼다. 그녀가 제대로 살펴보지 않는 유일한 장소였다.

그는 다시 식사를 하기 시작했다. 런던 행정장관이 보낸 갈색 봉투는 여전히 테이블 위에 놓여 있었다. 그는 흥분한 나머지 그 봉투를 열어보는 것을 깨끗이 잊어버리고 말았다.

"팔팔해 보이는데, 크로머!"

벨 교도관은 사형선고를 받은 여성이 눈가에서 손수건을 떼며 고개를 돌리는 모습을 보며 이렇게 말했다. 회색 옥양

목 침대 시트 위로 풍성한 머리카락이 움직이며 희미하게 빛났다.

"교도소장님을 뵈러 가야 해. 9시 정각이야."

"소장님께서 만나자고 하시던가요?" 마치 저녁 식사에 초대를 받은 것 같은 말투였다.

"내가 그렇게 말하지 않았나? 이제 일어나. 씻고 옷도 갈아입고 밥도 먹어야 하니까. 그전에 먼저 감방 청소를 하고 침대를 정리하도록 해."

그녀는 한마디 대꾸도 없이 교도관의 말에 따랐다. 벨의 사고방식으로 그녀의 행동은 부자연스러웠다. 마치 뉴게이트 교도소라는 곳 자체에 무관심한 것처럼 굴었다. 그녀를 보고 동정심을 느끼는 것은 불가능했다. 그녀는 이곳에 들어온 날 이후로 눈물 한 방울 흘리지 않았고, 교도관들에게 불편함을 호소한 적도 없었다. 벨은 그녀가 감사할 줄만 안다면 관대하게 편의를 봐줄 생각이 있었다. 그녀는 어떤 상대에게든 좀더 낙관적인 마음 상태를 가지라고 타이를 수도 있는 사람이었다. 하지만 이 죄수는 편의를 봐달라는 그 어떤 요청도 한 적이 없었다.

교도관들은 휴게실에서 이 점에 대해 논의했다. 호킨스는 이 여자는 가정교육을 철저히 받아 감정을 억누를 수 있도록 훈련이 되어 있는 거라고 말했다. 그 의견에 벨은 여자들은 대화를 하도록 교육을 받는 게 당연한 것이 아니냐고 대꾸했다.

호킨스는 이렇게 대답했다. "우리 같은 신분하고는 다르지."

그 대답은 벨의 마음에 맺히고 말았다. 특별할 것 없는 살인자 주제에 자신들에게 그렇게 거만하게 구는 이유가 대체 무엇이란 말인가? 크로머는 냉혹한 살인자고, 피해자가 그녀를 협박했다고 해서 그 사실이 달라지지는 않았다. 벨의 관점에서는 질이 더욱 나빴다. 그런 공갈을 당한 원인이 무엇이란 말인가? 바로 외설적인 사진을 찍은 탓이었다.

벨은 호킨스에게 이렇게 대꾸했다. "저런 게 숙녀라면, 대체 매춘부는 어떻단 말이야?"

8시 45분, 두 사람은 그녀를 이끌고 조명이 어두운 통로를 지나 교도소장의 집무실로 향했다. 그들은 문 옆에 서서 성묘 교회의 종이 정각을 알리기를 기다렸다.

벨은 자신도 모르게 위로의 말을 속삭이기 시작했다. "소장님이 사실은 그렇게 매정한 분은 아니야. 호킨스랑 나는 그분을 여러 번 뵈었는데, 천생 신사라니까."

"굉장히 멋진 분이지." 호킨스도 맞장구를 쳤다.

두 사람은 굳이 귀찮은 일을 할 필요가 없었다. 미리엄 크로머는 그들이 하는 말을 들었다는 내색조차 하지 않았던 것이다. 그러나 그녀가 앞으로 일어날 일을 전혀 의식하지 않는 것은 아니었다. 9시를 알리는 교회 종이 울리자 그녀는 긴장한 듯 살짝 몸서리를 쳤다.

호킨스가 문을 두드렸다.

교도소장은 사형수를 맞이하며 그녀를 "크로머 부인"이라고 불렀다. "앞으로 나오시오."

그는 한 손에 종이 한 장을 들고 있었다.

"이제는 좀 편하게 잠을 이루고 있습니까? 뉴게이트 교도소에 들어온 지 얼마나 지났습니까?"

그녀는 또렷한 목소리로 대답했다. "재판이 끝난 직후 들어와 오늘로 열흘째입니다, 소장님."

"열흘이라." 그는 무심코 그녀의 대답을 반복하더니, 들고 있던 종이를 내려다보았다. "부인을 보자고 이유는 부인과 관련된 연락을 한 통 받았기 때문입니다."

벨은 사형수가 갑자기 주먹을 꽉 쥐는 모습을 눈치챘다.

교도소장은 계속 말을 이었다. "부인이 내 집무실에 처음 들왔을 때, 내가 법정에서의 판결을 인정하고 순순히 받아들이라고 주의를 주었던 것을 기억할 겁니다. 그 충고를 따르려는 노력은 하고 있을 테죠?"

"그렇습니다, 소장님." 그녀의 목소리에서는 기대감이 살짝 묻어났다. 어서 본론이 나오기를 기다리며 안달복달하는 듯한 태도였다.

"이것은 런던 행정장관님께서 보내신 문서입니다. 부인의 사형집행명령서입니다. 사형은 오늘부터 일주일 후, 오전 8시에 집행될 겁니다."

어쩌면 저렇게 자상하게 말씀하실까. 벨은 속으로 생각했다. 그는 마치 라이시엄 극장 입장권을 몇 장 구했다는 듯한 어투로 그녀에게 말하고 있었다.

그녀는 망연자실한 모습으로 서 있었다. 벨은 아주 잠시 그녀의 몸이 휘청거릴 것 같다는 생각을 했다.

"좀 앉겠습니까?" 교도소장이 그녀에게 물었다.

그녀는 고개를 저었다.

"이것은 그저 법적 절차를 밟는 과정에 불과합니다." 그는 계속 말을 이었다. "부인에게 직접적으로 관련 있는 이야기만 하자면, 부인은 이제 교도소 내 다른 건물, 다른 감방으로 이송될 겁니다. 부인을 감독하는 교도관들은 동일할 겁니다. 원한다면 교도관의 입회하에 운동을 할 수도 있습니다. 감방 안에서 남편이나 변호사와 접견을 할 수도 있습니다. 하지만 그들에게 어떤 형태로든 선물을 받거나 신체적으로 접촉하는 것은 규정에 의해 금지되어 있습니다. 이해했습니까?"

그녀는 두 눈을 감은 채 그대로 서 있었다.

"내가 한 말을 제대로 들었습니까, 크로머 부인?"

그녀는 고개를 끄덕였다.

"나는 매일같이 부인의 감방을 방문할 예정이니, 무슨 곤란한 일이라도 생기면 나나 교도소 배속 신부에게 말하면 됩니다. 전능하신 주님께 부인의 영혼을 맡기라고 다시 한번 충고하겠습니다. 주님께서는 자신의 죄를 회개하는 사람들을 받아주시니까요." 그는 교도관들에게 신호를 보냈다.

두 사람은 앞으로 나와 그녀의 두 팔을 강하게 붙들고 그녀를 밖으로 데리고 나갔다.

벨은 함께 걸음을 옮기다가 사형수에게 한마디 해주고 싶은 유혹을 느꼈다. 만약 그녀가 감옥 생활을 잘 아는 자신들에게 속내를 털어놓고 싶은 생각이 있다면, 자신들은 지금껏 겪은 경험을 통해 그녀의 고통을 함께 나눌 수 있을 것이라고. 하지만 벨은 그런 충동을 자제했다. 이런 인간에게는 그런 말도 사치일 터였다. 차라리 사형수 감방에서의 생활이 미리엄 크로머에게 어떤 영향을 미치는지 살펴보는 편이 더 생산적일 것이다.

"이 위층이야."

그들은 뉴게이트 교도소에 있는 여러 철제 계단 중 하나를 올랐다. 벨이 앞장서서 사형수 구역으로 통하는 열린 문 안으로 들어갔다.

"자, 이쪽이야, 마님. 혹시 좀 둘러보고 싶다면……." 그들은 지나치게 좁은 창문 앞에서 걸음을 멈췄다. 그 창문에는 창살까지 달려 있었다. "운동장을 보고 갈 수도 있어."

사형수는 어두운 그늘에 잠긴, 조그맣고 자갈이 깔린 광장을 내려다보았다.

벨이 그녀에게 말했다. "네가 쓸 곳이야. 전용 운동장이라니까. 내키기만 하면, 우리는 언제든 저기로 널 데려가서 산책을 시키도록 되어 있어. 하이드 파크랑은 전혀 다르지만 어쨌든 산책은 할 수 있잖아, 안 그래?"

사형수는 시선을 돌렸다.

"마음에 안 들어?" 벨이 물었다. "새 감방을 보고 싶어 안달이 난 모양이네. 그러면 이리로 와."

그들은 열려 있는 두 개의 감방 문을 지나쳐 그다음 감방 안으로 들어갔다.

안에는 회칠이 되어 있고, 밝은 양철 갓을 씌운 가스등이 하나 걸려 있었다. 테이블과 그에 딸린 나무 의자 세 개도 보였다. 오른편에 있는 좁은 철제 침대에는 속을 채운 매트리스가, 그 위에는 담요 몇 장이 접힌 채 놓여 있었다. 한쪽 구석을 가로질러 놓인 선반 위에는 놋쇠 대야 하나와 식기, 성서 한 부가 있었다. 반대편 구석 자리에는 수도꼭지가 하나 달려 있었다. 그 아래에 있는 것은 요강이었다.

호킨스가 문을 닫았다. 문을 닫는 소리가 건물 전체에 울려 퍼졌다.

교도관들은 사형수를 바라보며 그녀의 반응을 기다렸다. 때때로 사형수들이 비명을 그치지 않아서 의사를 호출해야 하는 경우도 있었다.

"이전 감방보다 넓네요."

"넓어야 할 이유가 있지. 우리 셋이 함께 지내는데다 가끔은 손님도 올 테니." 벨은 자신이 앉을 의자를 끌어당기며 말했다. "앞으로도 우리가 교대로 너를 감시할 거야. 한 번에 두 명씩, 밤낮없이 말이지. C. C.[1]에 들어와도 달라지는 건 하나도 없어."

"그런데…… C. C.가 뭔가요?"

그 순간 호킨스가 평소답지 않게 말을 꺼냈다. "카드 게임 할래, 크로머? 여기서 함께 카드 게임을 해도 된다고 허락을 받았거든. 네가 무슨 게임을 알고 있든, 벨이랑 나는 셋이서 하는 카드 게임은 다 할 줄 알아. 나폴레옹이나 러미, 포커, 크리비지 같은 것들 말이야. 시간을 죽이는 데 카드 게임만 한 게 없거든."

"고맙지만 괜찮아요." 그녀는 벨에게 고개를 돌렸다. "제 질문에 답을 아직 안 하셨어요, 교도관님."

건방진 년 같으니! 그녀가 입에 올리는 '교도관님'이라는

---

[1] 'condemned cell'의 약어로 사형수 감방을 의미한다.

표현에는 존경의 의미가 전혀 드러나지 않았다. 벨은 주머니에서 카드 한 벌을 꺼내 섞기 시작했다.

"정말로 알고 싶다면 말해주지. 그건 이 감방에 우리가 붙인 이름이야. 두 번째 C는 감방^{cell}을 뜻하지. 여기까진 알겠지? 그렇다면 첫 번째 C는 카드^{cards}를 뜻하는 게 아니겠어? 그런데 카드 게임은 별로 내키지 않는 것 같은데, 그렇다면 대신 체커 게임^{draughts}을 하는 건 어때? 그러면 여기를 D. C.라고 부를 수 있을 텐데. 이 이름은 어때, 응?" 그녀는 명랑하게 웃음을 터뜨렸다.

크리브는 월요일 내내 경찰청 문서 속에 기록된 진술 내용을 확인하기 위해 브렌트퍼드 및 큐 인근을 돌아다니며 보냈다. 원래 이런 일은 말단 순경이나 하는 일이었다. 하지만 이 사건에 배정된 순경은 한 명도 없었기 때문에 그가 직접 이 일을 하는 수밖에 없었다. 그가 자초한 일이기도 했다. 크리브는 워털로 경위가 진행한 신문 기록에 의존하는 게 내키지 않았다. 그래서 그는 미리엄 크로머와 거래를 했던 브렌트퍼드의 전당포 주인과 이야기를 나누었고, 이글 박사의 진료소로 찾아가 그를 만나보기도 했으며, 파크 로지에서 두 시간 동안 하녀들에게 질문을 던지기도 했다. 중요한 단서는 전혀 나타나지 않았다. 사실을 인정하려니 의기소침해지는 것은 어쩔 수 없었지만 워털로의 일 처리는 흠 잡을 데 없었다.

저녁이 되어 혼자 맥주를 한잔 마시면서, 크리브는 이 수사의 결론이 어떻게 나든 자신에게 이득이 될 일은 전혀 없을 거라 결론을 내렸다. 만약 미리엄 크로머가 거짓 자백을 했고 그녀가 저지르지 않은 범죄 때문에 유죄판결을 받았다는 사실을 깨끗하게 입증한다면 사법부와 내무부, 그리고 경찰은 상상하기조차 어려운 난관에 봉착하게 될 터였다. 영국 전체가 벌집을 건드린 것처럼 시끄러워지고, 그에게 감사하는 사람은 아무도 없을 것이다. 만약 그의 수사 결과가 법정에서 내린 판결을 뒷받침하게 된다면, 그저 워털로의 수사가 철저했다는 사실을 강조하는 데 그치고 말 터였다. 조잇 경감이 이 사건을 그에게 넘긴 것은 그야말로 굉장히 더러운 수작이었다고 밖에 할 수 없었다.

화요일 아침, 그는 스트랜드 대로에 있는 인물사진작가협회 사무실 앞에 서 있었다. 살인 사건 당일 하워드 크로머의 행적을 독자적으로 검토해보기로 결심했던 것이다.

협회 사무실은 한 보험중개인 사무소와 함께 건물 3층에 입주해 있었다. 크리브가 문을 두드리자, 근심스러운 얼굴을 한 직원이 문을 열었다. 그가 입고 있는 얇고 검은 정장은 색이 바랬고 옷깃이 너덜너덜했다.

"무슨 일이십니까?"

"여기가 인물사진작가협회 사무실입니까?"

"그렇습니다."

"잘 찾아왔군요. 그런데 누구십니까?"

"월리스라고 합니다. 여기 직원입니다."

"아, 월리스 씨, 들어가도 되겠습니까?"

"하지만 그건 제가……."

"저도 회원입니다만. 회원이 들어가겠다는데 설마 막지는 않겠죠?" 크리브는 그럴듯한 억지를 부렸다.

"여기는 그저 사무실일 뿐입니다." 월리스는 단호하게 문을 붙잡으며 말했다. "회원들은 보통 벌링턴 미술 클럽에서 만나곤 합니다. 협회가 그 클럽 소속이니까요. 건물은 새빌 로에 있습니다."

"이렇게 나오시면 곤란합니다. 제게 도움을 주실 수 있을 것 같은데요. 여기에 연례 총회 회의록이 있지 않습니까?"

"어딘가에 있긴 할 텐데, 그건 제가 어떻게……."

"그러면 제발 보여주지 않겠습니까? 시간이 별로 없단 말입니다."

직원은 깊은 한숨을 내쉬었다. "오늘 오전에는 정말 안 됩니다."

"안 된다고요?" 크리브는 충격을 받은 목소리로 말했다. "협회 회원이 연례 총회 회의록을 열람할 수 없다니요? 당신, 협회 규정을 알고나 있는 거야?"

잠시 후, 그는 사무실 안에서 회의록 사본을 볼 수 있었다.

회의록을 읽어나갈수록 크리브가 최근 이틀 동안 조심스럽게 쌓아 올린 가설은 잘못되었다는 사실이 점점 더 확실해졌다. '1888년 3월 12일, 브라이턴 메트로폴 호텔, 연례 총회. 회장의 몸 상태가 좋지 않아 부회장이 회의를 주재함. 부회장이 회의 개최를 선언하며 참석한 63명의 회원들에게 환영사를 함.'

그는 월리스에게 질문을 던졌다.

"당신도 올해 브라이턴에 갔었습니까?"

"그렇습니다."

"여기에 부회장이 회의를 주재했다고 적혀 있는데요. 그게 사실입니까?"

"분명한 사실입니다."

"회의는 오전에 시작되었다고 알고 있습니다. 개회 시각이 늦춰지지는 않았습니까?"

"늦춰진 사실은 없습니다. 11시 정각에 시작했죠."

하워드 크로머가 11시 정각에 연례 총회 개최를 선언한 게 맞는다면, 그는 그날 오전 9시쯤 큐를 떠났어야 했다.

"회의는 얼마나 걸렸습니까?"

"회의록에 적혀 있을 겁니다. 제 기억으로는 네 시간이 조금 넘었던 것 같습니다. 물론 점심 식사를 하는 동안에는 휴회를 했습니다. 점심시간은 1시부터 2시 30분까지였죠."

"크로머 씨가 처음부터 끝까지 회의를 진행했습니까?"

월리스는 얼굴을 찡그렸다. "크로머 씨요?"

"하워드 크로머, 부회장 말입니다."

"아뇨, 크로머 씨는 회의를 진행하지 않았습니다."

크리브는 회의록을 내밀었다. "여기에는 부회장이 회의를 진행했다고 확실히 적혀 있습니다만. 그러면 크로머 씨가 부회장이 아닙니까?"

"그분은 확실히 부회장이 맞습니다. 하지만 연례 총회가 시작될 시점에는 아니었죠. 혹시 당시 안건을 기억하신다면, 마지막 안건 중 하나는 새 위원회를 선출하는 것이었습니다. 크로머 씨는 그때 부회장으로 선출되었습니다. 전 부회장이었던 다딩턴피셔 씨가 그날 회의를 진행했죠. 새 위원회는 오후 늦어서야 선출되었습니다."

크리브는 재빨리 회의록을 읽어 내려갔다. '1888/1889년 위원회 선거 결과, D. C. 터너 씨(회장), H. 크로머 씨(부회장), W. 홀링허스트 씨(총무)가 만장일치로 선출되었음. J. 템플턴 씨와 P. 하틀리스미스 씨는 회계 담당 후보로 지명되었으며, 템플턴 씨가 47표 대 31표로 당선되었음.'

그렇다면 하워드 크로머는 살인 사건이 일어난 날 오후에는 브라이턴에 있었던 것이다. 그런데 그게 정말일까?

"이 후보자들은 총회 이전에 미리 정해졌습니까?"

"당연히 그렇습니다. 협회 규정을 기억하신다면……."

"후보자들은 모두 총회에 참석했습니까?"

"틀림없습니다." 윌리스는 단 한 마디로 크리브의 가설을 무너뜨렸다.

"확실합니까?"

"크로머 씨가 참석했느냐고 물어보신 거라면, 총회가 끝났을 때 제가 그분과 직접 대화를 나눴습니다."

크리브는 혀를 차며 다시 회의록을 읽기 시작했다. 그는 무엇이라도 좋으니 그날 오전에 크로머가 브라이턴에 있었다는 증거를 찾고 싶었다.

"이상한 점이 하나 있습니다." 그는 이내 입을 열었다. "회계 담당은 47표 대 31표로 선출되었습니다. 윌리스 씨, 제 암산이 정확한지 확인해주시겠습니까? 47에 31을 더하면 63이 넘지 않습니까? 회의가 막 시작되었을 때 연례 총회에 참석한 회원들의 수는 63명이었다고 기록되어 있습니다만."

"오전에 참석한 인원은 63명이었습니다. 상당수의 회원들은 일이 바빠서 오전 중에는 참석할 수 없었습니다. 선거는 보통 오후를 훌쩍 넘기기 마련이었으니, 오후 늦게 참석하더라도 투표권을 행사하는 데 지장은 없다는 사실은 다들 알고 있었습니다."

크리브는 다시 가능성이 생겼다고 느끼며 질문을 던졌다.

"늦게 온 사람들이 누구였는지는 기억 나지 않으시겠죠?"

윌리스는 고개를 저었다. "제 기억력으로는 3월에 있었던 일까지 모두 기억하기는 어려워서요." 그는 서류함에 손을 뻗었다. "그 회원이 오전에는 참석할 수 없다고 총무에게 편지로 알리지 않았다면 알아내기 어렵습니다."

크리브는 직원이 서류 내용을 자세히 살펴보는 동안 잠자코 기다렸다.

"이 편지들의 상당수는 그저 불참에 대한 양해를 구하는 서신입니다. 선생님께서도 한 통 보내셨을 테죠. 자, 여기 핀으로 묶어놓은 편지들이 있군요. 제 생각에는 이게……."

"제가 직접 봐도 될까요?"

크리브는 직원의 손에서 얼마 되지 않는 편지 다발을 빼앗아 획획 넘겨 보았다.

"아하."

새로운 증거의 첫 번째 조각이 드러났다. 파크 로지라는 문구가 인쇄된 편지지에 적힌 날짜는 1888년 3월 11일 일요일이었다. 하워드 크로머가 쓴 내용은 다음과 같았다.

친애하는 손,

불행하게도 다른 약속이 생겨 내일 열리는 연례 총회 오전 회의에 참석하지 못한다는 사실을 알리기 위해 이 편지를 씁니다. 이에 대해 사과를 드리는 동시에, 저는 점심 식사 후에는 회의에 참석할 것이며 위원회 후보 자격은 계속 유지하고 싶다는 의사를 확실히 밝히는 바입니다.

하워드 크로머

"이건 제가 가져가도 될까요?" 크리브는 이렇게 말하며 이 편지를 주머니에 넣고, 다른 편지들은 돌려주었다.

"잠깐만요, 선생님!"

"유감스럽게도 지금은 왈가왈부할 시간이 없습니다. 안녕히 계십시오, 월리스 씨."

다시 스트랜드 대로로 나온 그는 휘파람을 불기 시작했다. 이 일 자체는 생색을 낼 수 없는 결과물이었지만 워털로가 빠뜨린 단서를 찾아낸 것은 기분 좋은 일이었다. 프라우드 피콕 펍 근처에 다다르자, 잠깐 들러서 좋아하는 맥주를 한잔 마시는 것도 괜찮겠다는 생각이 들었다.

그는 창문 아래에 놓인 테이블 앞에 홀로 앉아 편지를 꺼내 다시 읽어보았다. 그는 의기양양해할 자격이 있었다. 수사가 한 발짝 진전된 것이다.

'불행하게도 다른 약속이 생겨…….' 경찰청에 보관된 하워드 크로머 관련 문서에는 그에게 다른 약속이 있었다는 사실은 언급되어 있지 않았다. 이 정보만으로 그에게 혐의를 씌울 수 있는 건 아니지만 그가 갖고 있던 알리바이는 무너졌다.

살인 사건이 일어난 날 오전에 그는 브라이턴에 없었다. '다른 약속'이라는 순수하게 들리는 표현 속에는 뭔가 사악한 의미가 담겨 있을 수도 있었다.

하워드 크로머가 살인자의 역할을 맡는 데 아무런 장애물도 없는 듯했다. 미리엄이 제시한 범행 동기는 그에게도 공평하게 적용될 수 있었다. 만약 그녀가 마음을 굳히고 퍼시벌이 몇 달 동안이나 자신을 협박했다는 사실을 남편에게 털어놓았다면, 그가 살인이라는 수단으로 문제를 해결하려 하는 것도 이상하지는 않은 일이었다. 아내에 관한 추문을 퍼뜨려 크로머의 사업 및 앞으로의 경력을 망치겠다고 협박하는 것은 그의 아픈 곳을 정면으로 찌르는 행위였다. 야망과 맹목적인 헌신이 결합하면 위험한 법이다. 크리브의 판단으로는, 하워드 크로머는 무자비한 방식으로 문제를 해결할 수 있는 사람이었다.

만약 그가 살인을 저질렀고 범행 사실을 들키지 않았다면, 미리엄이 그 사건의 원인으로 스스로를 책망하면서 거짓 자백을 하는 데 동의했을 가능성도 있었다.

이제 젊고 순진한 여성들을 속여 옷을 벗게 하고 부적절한 사진을 찍었다는, 공갈 원인으로 지목되었던 이야기의 진위 여부를 검토해볼 시간이었다. 그와 관련된 거래가 홀리웰 스트리트 한복판에서 이루어졌다는 사실은 경찰은 물론이고 일반인들까지 알고 있는 이야기였다. 홀리웰 스트리트는 그가 앉아 있는 곳에서 오 분 거리였다. 완곡하게 표현해서 소위 '예술 작품'을 공급하는 가게는 대여섯 곳이 있었다. 그 가게들을 먹여 살리는 사람들은 엇나간 남학생들이나 시골뜨기, 혹은 좀더 자각해야 할 신사들이었다. 런던 경찰청의 모저 경감은 그들의 열정들을 잠재우면서, 중앙경찰재판소 치안판사들로부터 정기적인 칭찬을 받곤 했다.

미리엄 크로머는 자백 내용에 홀리웰 스트리트라는 지명을 언급했지만, 크리브는 그 점을 그리 대수롭게 여기지 않았다. 그녀의 자백을 완전히 믿는다면 그 정보는 퍼시벌이 그녀에게 해준 이야기에서 나온 것일 텐데, 그가 자신의 협박 대상에게 사진의 진짜 출처를 발설했을 것 같지는 않았다. 그가 홀리웰 스트리트라는 지명을 언급한 이유는 그녀에게 겁을 주기 위함이었을 가능성이 높았다. 그녀의 사진이 그 동네에서 공공연하게 팔리고 있다고 알리는 것만으로도 점잖은 여성의 협조를 얻어내기에 충분했을 것이다. 따라서 여전히 확실하게 조사해봐야 할 문제였다.

그곳은 스트랜드 대로 개선 대책의 일환으로 철거가 예정되어 있는 슬럼가였다. 좁은 포장도로에는 가대가 어수선하게 널려 있고 그 주변을 말 없는 남자들 무리가 둘러싸고 있어서 극도로 비장한 결심을 한 사람이 아닌 이상 흘끗 시선을 던지기만 해도 대번에 기가 꺾여버릴 듯했다. 사실 이곳에서 이루어지는 모든 거래가 유해한 것은 아니었다. 보석상 하나와 담배 가게 두 곳이 그 거리에 발을 들이는 게 그리 무모한 행동은 아니라고 주장할 수 있는 좋은 구실이 되어주었다.

크리브는 자신이 기대한 질문이 날아들 때까지 보드빌 극장 배우들의 사진이 담긴 상자를 꼼꼼하게 살펴보았다.

"뭐 특별히 찾는 거라도 있습니까, 손님?"

그는 고개를 돌려 가게 주인을 흘끗 바라보았다. 억양으로 보아 중부 유럽 출신 같았고, 허름한 옷차림에 천으로 만든 슬리퍼를 신고 수정유리 안경을 쓰고 있었다.

"뭐, 내 취향에는 별로 맞지 않는군요. 좀더 예술적인 사진에 관심이 있는데. 혹시 레이턴 공의 화풍과 비슷한 것은 없습니까?"

"레이턴 공이라. 무슨 말씀인지 알 것 같군요. 고전 신화속 도해 작품 같은 것 말씀이시죠? 안으로 들어오시면……"

주인이 그에게 보여준 상자 속에는 대략 예순 장 정도의 색 바랜 사진들이 들어 있었다. 사진 속 여인들은 모두 훤히 비치는 천으로 몸을 잘 감싸고 있었는데 런던 시장의 날[1] 연회 자리에 입고 나갈 차림으로는 보이지 않았다. 이후 이십

---

[1] 중세부터 런던에서 매년 11월 초에 열리는 행사로, 런던 시장을 비롯한 각계각층의 사람들이 참가하는 가두 행진이 펼쳐진다.

분 동안, 그는 여러 상자를 차례로 거쳐서 마침내 "조형적 자세"라는 딱지가 붙은 상자에 이르렀다. 그 안에서 두꺼운 살색 타이츠 차림에 무기력해 보이는 모델들의 사진이 줄지어 모습을 드러냈다.

크리브는 가게 안쪽으로 시선을 돌리며 물었다. "더 없습니까? 이것들보다 좀더 예술적인 사진 말입니다."

가게 주인은 고개를 저었다 "지금은 없습니다, 선생님. 물론 구해다 드릴 수는 있습니다만. 다음 기회에 다시 한번 찾아주신다면……."

크리브는 이 말을 듣자 다른 방식으로 접근해야 할 필요를 느꼈다. 통상적인 방식을 따랐다가는 홀리웰 스트리트에서 신용을 얻는 데 일주일은 족히 걸리기 때문이었다.

길을 따라 좀더 올라가니 "미술품 갤러리, J. 브로드스키(주인)"라는 문구가 적힌 녹색 차양을 자랑스럽게 드리운 상점 하나가 보였다. 크리브는 곧장 가게 안으로 들어가 J. 브로드스키라는 사람을 찾았다.

"조용히 이야기할 수 있는 곳이 있나?"

그는 뒤편에 있는 한 사무실로 안내를 받았다. 그 안에는 책상 위로 낡은 신문과 더러운 도자기 들이 빼곡하게 쌓여 있었다. 퀴퀴한 시가 연기 냄새가 풍겼다.

브로드스키는 뚱뚱하고 턱수염을 길렀으며 치아 상태가

나빠 보였다. 그는 두 눈을 가만히 두지 못한 채 초조한 기색을 드러냈다.

"내가 누구인지 알겠나?" 크리브가 을러댔다.

브로드스키는 속삭이듯 대답했다. "경찰이십니까?"

크리브는 자신의 신분증을 흔들어 보였다.

"모저 경감님께서 지난달에 오셨습니다만." 브로드스키는 경계하는 듯한 목소리로 항변했다. "그러니 좀 살려주십시오. 정말입니다. 금요일에는 중앙경찰재판소에까지 불려 갔단 말입니다. 25파운드 벌금까지 먹었습니다."

"25파운드라고!" 크리브는 웃음을 터뜨리기 시작했다.

"대체 뭐가 그렇게 우스운지 말씀해주시죠."

크리브는 그가 좀더 허둥대도록 내버려두었다. "겨우 벌금 25파운드 냈다고 징징대고 있지 않나!"

브로드스키의 이마에 땀이 송골송골 맺히기 시작했다.

"나는 경범죄 따위는 취급하지 않아." 크리브는 '경범죄'라는 말에 경멸스럽다는 느낌을 확실히 담아서 말했다. "내가 네놈이 이 책상 서랍 안에 꽁꽁 숨겨둔 외설적인 사진 쪼가리 따위에 흥미를 가질 거라고 생각했나? 어디 여왕 폐하를 홀딱 벗겨서 호랑이 가죽 깔개 위에 놓아보라지. 어림 반 푼어치나 신경 쓸 줄 알고. 내가 수사하고 있는 사건에서 네놈은 평생 동안 감옥에서 썩게 될 수도 있단 말이다, 브로드스키.

그것도 네놈이 교수형을 면할 수 있다면 말이지만."

브로드스키의 안색이 가게 밖에 걸어놓은 차양과 같은 색으로 변하고 말았다. "제발 부탁입니다. 이 상황이 하나도 이해가 가지 않습니다." 그는 목이 졸린 것 같은 목소리로 애원했다.

"당연히 이해하고 있을 텐데." 크리브는 입술을 꼭 깨문 채 말했다. "남자가 한 명 죽었어, 브로드스키. 살해당한 거지. 그는 지난겨울에 이 여자의 사진을 사려고 여기 왔었지." 그는 미리엄 크로머의 사진을 꺼내 책상 건너편으로 밀었다.

"정말로, 저는 제 평생 이 숙녀분을 본 적이 없습니다!" 브로드스키는 신경질적으로 소리쳤다. "저는 이 일에 대해 아는 게 전혀 없습니다. 그게 아니라면 주님께서 천벌을 내리실 겁니다."

"거짓말하지 마!" 크리브는 으르렁대며 말했다. "그는 사진을 구입했어. 적어도 석 장에서 넉 장. 그중 한 장은 〈시녀를 거느린 아프로디테〉라는 제목이 붙어 있었지. 그는 3월에 다시 와서 원판을 사겠다고 했어."

"아닙니다, 아니에요! 맹세합니다. 저는 절대 그런 사진을 판 적이 없습니다. 뭔가 잘못 아신 겁니다. 제발 믿어주십시오."

크리브는 과장된 태도로 험상궂은 표정을 지으며 의자에

앉았다.

"제 말을 믿지 못하시겠습니까?" 브로드스키는 주저앉고 말았다.

"한마디도 믿지 않아."

이 뚱뚱한 남자의 목소리가 다시 한번 점점 높아지기 시작했다. "저희 가게가 홀리웰 스트리트에서 유일하게 사진을 파는 곳도 아닙니다. 네다섯 곳은 족히 있단 말입니다. 그 남자가 다른 곳에 갔을 수도 있습니다. 그렇지 않습니까?"

크리브는 고개를 저었다.

"이제 어떻게 되는 겁니까? 저를 어떻게 하실 겁니까?" 브로드스키는 자포자기해서 물었다.

"봉투나 한 장 내놔. 깨끗한 놈으로."

브로드스키는 잠겨 있던 책상 서랍을 열고 안을 뒤지기 시작했다. 혼란에 빠진 채 행동하는 바람에 밖에 드러난 사진만으로도 그는 몇 개월은 족히 감옥에 있을 수 있었다.

크리브는 런던 경찰청 본부, 자신의 앞으로 주소를 적었다.

"네놈에게 딱 한 번 기회를 주지, 브로드스키. 우리는 살해당한 남자에게 이 여자의 사진을 판 가게가 홀리웰 스트리트에 있다는 사실을 알고 있어. 네놈 이웃을 밀고하라고 요구하는 게 아냐. 누가 사진들을 취급하는지는 내 관심 밖이니까. 네놈에게 원하는 건 사진을 공급하는 자의 이름과 주소야. 사진을 현상한데다 원판까지 갖고 있는 놈 말이지. 내 말 알겠나? 이 사진을 가져가서 이 거리의 다른 녀석들에게 보여줘. 그런 다음 그 정보를 알아내서 사진 뒤편에 적도록 해."

그는 시계를 꺼내 뚜껑을 튕겨 올렸다.

"2시 30분이 거의 다 됐군. 네놈에게 세 시간 삼십 분의 시간을 주지. 사진을 이 봉투 안에 넣은 뒤 채링크로스 우체국에서 6시 정각 마감 시간까지 보내도록 해. 그러면 저녁 8시 마지막 우편배달을 통해 본청에 있는 내게 도착할 거야. 브로드스키, 만약 그때까지 편지가 오지 않으면 내가 그 즉시 여기 다시 나타날 테니 기대하고 있으라고. 그때는 고작 25파운드 정도로 끝나지 않을 거야."

편지는 8시 정각 마지막 배달 시간에 도착했다. 당직 순경이 우편물이 도착했다는 사실을 알기 전에, 크리브는 우편물을 가져와 자세히 살펴보았다. 그가 이 정도의 열의를 보이는 것은 이례적인 일이었다. 평소 같았으면 그는 편지를 개봉하지도 않고 다음 날 아침까지 내버려뒀을 것이다. 하지만 이번 일은 평소 하던 수사가 아니었다. 평소와 다를 바 없는 것은 시간이 계속 흐르고 있다는 사실뿐이었다.

그는 봉투를 찢어 개봉한 다음, 미리엄 크로머의 사진을 꺼냈다. 사진을 뒤집기 전에 그녀의 얼굴이 얼핏 드러났다. 화려한 장식체로 인쇄된 하워드 크로머의 이름 아래, 브로드스키의 전갈이 삐뚤삐뚤하게 적혀 있었다.

"크리브 경사님, 제발 믿어주시기를 바랍니다. 모든 가게에 물어봤지만, 그 숙녀분을 아는 사람은 아무도 없었습니다. 브로드스키 드림."

크리브는 입술을 깨물었다. 그는 브로드스키의 말을 믿었다. 아까 그는 심하게 겁에 질려 있었고, 할 수만 있다면 공급책의 이름을 하나 알려주었을 것이다. 이웃들이 그에게 솔직하게 대답했는지에 대해서는 그렇게까지 확신할 수 없었지만, 그렇다 한들 크리브가 그 점을 알아낼 도리는 없었다. 그가 쓴 책략은 실패했다. 그는 모자를 집어 들고 본청 건물을 나섰다.

그는 버먼지에 있는 집까지 5킬로미터 가까이 되는 길을 걸어가기로 마음먹었다. 현재의 기분으로는 밀리와 함께 있는 게 바람직하지 않을 듯했다.

내일은 수요일이었다. 형 집행정지명령이 떨어지지 않는 한, 사형 집행은 월요일 오전에 이루어질 것이다. 지금쯤이면 사형집행인이 소환장을 받았을 것이다. 미리엄 크로머는 교수대까지 가능한 한 적게 걸을 수 있도록, 뉴게이트 교도소의 사형수 감방으로 이송되어 있을 것이다.

'형 집행정지명령이 떨어지지 않는 한'이라……. 이런 절차는 내무부 장관이 여왕에게 권고하고 여왕이 승인하는 방식으로 이루어지는 법이었다. 언젠가 한번 들었던 이야기가 머릿속을 스치고 지나갔다. 여왕 폐하는 자신과 같은 성별을 지닌 범죄자들에게는 인정사정없는 분이어서, 지금까지 한 번도 명령서에 쉽게 서명한 적이 없다고 한다. 그러니 한 여성이 살인을 자백하고 유죄를 인정해서 사형선고를 받았다면, 교수대에서 그녀를 구하기 위해서는 약간의 의구심 이상의 증거가 필요할 터였다. 영국 사법제도의 불변의 원칙, 즉 무죄추정의 원칙은 이 사건에 더이상 적용될 수 없었다. 미리엄 크로머는 무죄라는 사실이 입증되기 전까지는 유죄였다.

크리브에게는 실질적으로 사흘의 시간이 남아 있었다. 형 집행 취소를 받아낼 수 있는 근거가 드러난다 해도, 주말이 되기 전까지 그 사실을 내무부 장관에게 보고해야 했다. 증거의 무게를 따져보고 협의 과정을 거친 다음 결론에 도달해야, 여왕 폐하에게 권고안을 올리는 일이 가능할 것이기 때문이다.

사흘이라.

그가 헝거퍼드 브리지 위로 걸음을 옮기는 사이, 어둠이 밀려들었다. 피처럼 붉은 템스 강 위로 그늘이 희끗희끗 밀려오고, 강물은 소리 없이 다리 아래로 흘렀다. 채링크로스 역을 향해 달려가는 기차의 증기기관 리듬에 맞춰 다리 위에 깔린 널빤지가 흔들렸다. 자욱하게 피어오른 수증기가 그의 몸을 완전히 감쌌다.

증기가 사라지기 전, 그는 수요일 오전을 어떤 일로 보내야 할지 결정을 내렸다.

그는 모저 경감의 신뢰를 얻는 것부터 시작할 계획이었다. 경찰청 안에 보관되어 있는 압수된 판화와 사진을 보여달라고 요청하면서, 사사로운 욕망을 충족시키려는 의도가 아니라고 분명히 못을 박아둘 생각이었다. 또한 모저 경감을 몰아내고 홀리웰 스트리트의 재앙 역할을 맡는 데에는 별 관심이 없다는 말도 할 작정이었다. 그는 오직 협박의 증거를 찾는 데에만 흥미가 쏠려 있었다.

모저 경감은 좀처럼 납득하지 않았다. 그는 자신에게 동료 경찰관들이 타락하지 못하도록 보호해야 하는 책임이 있다고 믿었다. 그는 몰수한 사진들을 본청 건물 내 자신의 집무실에 보관해두지 않고, 공문서 상자 안에 담아 내무부 건물 지하에 있는 보관소에 인계했다. 보관소는 시력은 나쁘지만 꺾이지 않는 경계심을 갖춘 경비원이 상시 지키고 있었다. 모저는 크리브를 그곳에 데리고 가서 그를 소개해주었다. 이제 시간은 10시가 되었다. 그가 보관소에 접근할 허락을 받는 데 사십오 분이 걸린 셈이었다.

크리브는 경비원이 잠긴 상자들 안에서 꺼낸 사진들을 보고 그리 충격을 받지는 않았다. 그가 끈질기게 모저에게 설명했던 것처럼, 이십 년 정도 경찰 일을 하다 보면 성적 행위에 관한 지식의 범주에는 한계가 없어지기 마련이었다. 그보다는 그를 압박하는 엄청난 양의 사진들 때문에 더욱 중압감을 느꼈다. 지난 열두 달 사이에 홀리웰 스트리트에서 회수된 사진 모두를 착실하게 살펴보려니, 집중력을 유지하는 것은 보통 어려운 일이 아니었다. 그는 눈앞에 미리엄 크로머의 사진을 놓아두었다. 그 사진을 흘끗거리면서 모저가 몰수한 사진 속 인물과 조금이라도 비슷한 점이 있는지 확인할 때마다, 그녀의 책망하는 듯한 시선과 마주칠 뿐이었다.

두 시간 삼십 분이 지나서야 그는 일을 마무리했다. 머리가 지끈거리고 먼지 때문에 입과 손이 바짝 말라버렸지만 아무것도 발견하지 못했다.

그는 그 자백의 처음 부분이 꾸며낸 내용이라는 데 돈을 걸 수도 있었다. 하지만 그에게는 아무런 증거가 없었다. 그가 발견한 것들은 모두 큰 도움을 주지는 못했다. 하워드 크로머는 살인 사건이 일어난 날 아침에 브라이턴에 없었다. 브로드스키는 사진 원판의 출처를 추적하는 데 실패했다. 모저 경감이 홀리웰 스트리트에서 압수한 어마어마한 양의 사진 중에서 미리엄 크로머의 사진은 단 한 장도 나오지 않았다. 결정적인 증거는 아무것도 없었다.

그는 내무부에서 돌아오는 길에 곧장 그레이트스미스 스트리트에 있는 공중목욕탕으로 가서 샤워를 했다. 그런 다음 토트힐 스트리트에 있는 프린스 오브 웨일스 펍에서 언제나 마시는 맥주와 파이를 즐기다가, 오후 1시 15분이 되어 빅토리아 스트리트에서 증기 버스에 올라탔다. 버스는 그를 태우고 하이게이트로 향했다.

그 지역 경찰서에 그가 아는 사람은 없었다. 당직 경사는 기물 파손에 대한 항의를 처리하느라 바빴기 때문에, 크리브는 이제 갓 면도할 나이가 된 순경과 짧게 대화를 나눈 다음, 지역 안내 사전을 집어 들고 대충 훑어보았다. 여러 클럽과 단체 사이에서 하이게이트 문학예술협회가 언급된 부분은 찾을 수 없었다. 또다시 증거를 찾는 데 실패했다.

그는 혹시 그런 단체의 존재를 알고 있는지 순경에게 물어보았다. 그 역시 알지 못했다. 하지만 경찰서 저편에서 당직 경사가 크리브의 질문 끄트머리를 알아들었다.

"잠시 기다려주시겠습니까? 이 일을 처리하고 나면 그 단체에 대해 조금이나마 말씀드리겠습니다."

크리브는 이십 분 동안 기다렸다. 뉴게이트 교도소에서 한 여성의 목숨이 경각에 달려 있다는 사실을 언급할 수는 없는 노릇이었다. 이곳에서는 사우스우드 레인에서 유리창이 몇 장 깨진 일이 우선이었다.

"그런 이름의 단체가 예전에 있었습니다." 크리브는 마침내 관련된 이야기를 들을 수 있었다. "이삼 년쯤 전에 회원들 간에 의견 충돌이 생겨 모임은 와해되고 말았죠. 그들 중 한 무리가 다른 단체를 설립했지만 한두 달 이상 지속되지 못했습니다. 대버넌트 부인이 없으니 잘될 리가 없죠. 부인은 혼자 힘으로 단체를 이끌었던 분입니다. 연사를 섭외하고 장소를 예약하고 기부금을 모으고 비용을 지불하는 일 모두 혼자 해치웠죠. 그 단체에는 위원회 같은 게 필요 없었습니다."

"그분께서는 아직 살아 계십니까?"

"맙소사, 물론이죠. 돌아가셨다면 우리가 모를 리가 있겠습니까! 지금은 자율방범대를 꾸려나가고 계십니다."

"혼자서 말입니까?"

"그렇게 생각하셔도 무방할 겁니다."

"대버넌트 부인을 어디서 만나 뵐 수 있을까요?"

"오늘이 무슨 요일이죠? 수요일이군요. 이 길을 따라 200미터 정도 올라간 곳에 있는 공립 초등학교에 한번 들러보시죠. 부인은 한 달에 한 번 정도 학교들을 방문해서 아이들의 머리 상태를 확인합니다. 공공위생이 부인의 또 다른 관심사니까요."

그리하여 크리브는 줄지어 늘어서 있는 아이들의 조그만 까까머리를 사이에 두고, 진취적인 분위기를 강하게 풍기는 대버넌트 부인과 이야기를 나누게 되었다. 그녀 자신의 머리는 양봉업자가 쓰는 것과 비슷한 모자로 상당 부분 가려져 있었지만, 얼굴은 모슬린 천을 통해 충분히 드러났다. 덕분에 크리브는 그녀의 얼굴 전체가 주름투성이이며, 각각의 주름은 강철과도 같은 투지를 표현하는 데 이바지하고 있음을 알아차렸다.

"큐에 살던 그 여자에 대한 일 때문이 아닌가요?" 크리브가 문학예술협회를 언급하자마자 그녀가 말했다. "한 남자를 독살한 사람 말이에요.《더 타임스》에서 모두 읽었어요. 거짓말도 유분수지!"

"거짓말이라고요, 부인?"

"그 더러운 자백 말이에요. 사악한 거짓말들을 마구 섞은 거라고요. 그런 일에 '내' 협회의 이름이 거론되다니! 기사를 읽자마자 변호사를 만나 상담했을 정도였다니까요. 당연히 소송을 걸고 싶었지만, 변호사는 내가 법적인 보상을 받을 가능성이 전혀 없다고 하더군요. 내 명예를 지킬 수 없게 되었다고요. 당신도《더 타임스》를 읽었다면, 그 협회의 존재 이유는 다른 게 아니라 순진한 소녀들을 타락시키는 것뿐이라고 생각하겠군요. 다음."

또 다른 까까머리가 검사를 받기 위해 다가왔다.

"미리엄 크로머 부인이 그 단체 회원이었던 것을 기억하십니까, 부인?"

"아뇨."

"물론 육 년이나 지난 일이긴 합니다. 당시 그녀는 겨우 스무 살이었고, 결혼 전 성은 킬패트릭입니다. 그녀의 사진을 가져왔는데, 이걸 보시면 기억해내시는 데 도움이 될지도 모르겠습니다."

"내 기억력에 도움 따위는 필요 없어요." 대버넌트 부인은 이렇게 말하며 아이를 밀어젖히고 다음 아이에게 손짓을 했다. "그리고 내 경험상 사진은 얼굴을 알아볼 수 없을 정도로 왜곡하더군요."

"그녀는 자백 진술서에서 두 명의 친구를 언급했습니다." 크리브는 계속 밀어붙였다. "당시 모임에 나왔던 같은 터울의 젊은 여자 세 사람을 혹시 기억하십니까?"

대버넌트 부인은 한사코 부정했다. 그녀는 협회의 존재 외에는 모든 것을 부정했다. 그러니 어쨌든 이야기를 진전시켜야 한다면, 협회 이야기로 시작할 수밖에 없었다.

"협회는 언제 결성되었습니까?"

"1881년 4월이었어요. 불쌍한 디즈레일리[1]가 사망한 달이었죠. 그가 진정한 수상이었는데! 만약 디즈레일리의 시대였다면 명예훼손을 당한 여성이 자신을 변호하는 데 어려움을 겪지 않았을 건 확실해요. 그는 신사였을 뿐만 아니라 비교할 사람이 없는 정치가였던데다가 동시에 문학가이기도 했어요. 우리는 창립총회에서 그에 대한 존경의 의미로 '디즈레일리의 밤'이란 행사를 열고, 그의 시 〈커닝즈비Coningsby〉와 〈시빌

---

[1] 벤저민 디즈레일리. 19세기 영국의 정치가로 여러 차례 수상을 역임했다.

Sybil)에서 여러 대목을 발췌해서 낭독했죠. 다음."

"그 자리에 많은 사람들이 참석했겠군요."

"서른에서 마흔 명 정도 참석했던 것은 확실해요. 그해가 끝날 무렵 총 회원 수는 여든 명이 넘었어요. 모두가 정기적으로 모임에 참석하는 사람은 아니었지만요."

"런던에서 이곳의 문화적 기반이 유독 훌륭하더군요." 크리브가 의견을 덧붙였다. "제가 사는 버먼지에는 이런 단체라고는 찾아볼 수 없습니다. 거기서 모임을 여신다 한들 대여섯 명도 오지 않을 겁니다."

"이봐요, 그런 말을 하는 의도가 나 개인에 대한 도전이라면, 내가 인근의 보 지역이나 베스널 지역처럼 수준이 떨어지는 곳에서 금주 모임을 열어 백 명이 넘는 청중들을 모았다는 이야기를 들려주어야겠군요. 이 도러시아 대버넌트를 과소평가해서는 안 돼요."

"과소평가하다니요. 그 단체가 부인의 영감과 지칠 줄 모르는 진취성에 힘입어 존속했다는 사실을 확실히 전해 들은 바 있습니다."

그녀는 잠시 어린아이의 머리 위에 두 손을 올려놓은 채 미소를 지었다. "내 시간을 유효적절한 곳에 사용하려 할 뿐이에요, 경사."

"하이게이트 주민들은 굉장히 고마워하겠군요."

"하이게이트뿐만이 아니에요. 햄프스테드, 핀칠리, 머스웰 힐, 크라우치엔드 같은 곳도 마찬가지랍니다. 제가 끌어모은 회원들 명단이야말로 그 단체가 런던 북부에서 얻고 있는 명성이 어느 정도인지 보여주는 잣대나 다름없죠."

크리브는 이제껏 찾아 헤맸던 기회를 잡게 되자 곧바로 질문을 던졌다. "혹시 아직도 회원 명단을 갖고 계십니까?"

"파기해버렸어요." 대버넌트 부인은 단호하게 대답했다. "단체가 해산한 뒤, 주고받은 서신이나 장부, 회의록 같은 것들은 모두 불 속에 던져버렸어요. 전부 다요. 짐작할지도 모르지만, 그때 나는 머리끝까지 화가 나 있었거든요. 몇몇 사람들이 내가 협회를 운영하는 방식에 대해 인신공격에 가까운 억짓장을 놓으려 했어요. 그들은 내가 협회 내에서의 권력을 강화하려 한다고 비난했다니까요, 경사! 나는 너무 비열한 대우를 받은 나머지, 내 자리에서 물러나 그 사람들에게 어디 한번 원하는 대로 협회를 운영해보라고 했어요. 당연히 제대로 굴러갈 리 없었죠. 질투심에 사로잡힌 무능력자들의 악의적인 비난 때문에 하이게이트는 소중한 자산을 빼앗기고 만 거예요. 교장 선생님!"

그녀는 어린아이의 머리 위로 누군가를 불렀다.

"이 아이의 머리에 뭔가 있는 것 같은데. 의사에게 한번 살펴봐달라고 해주시겠어요?"

"안타까운 일이로군요." 크리브가 말했다. "그런 훌륭한 단체가 하룻밤 사이에 사라져버리다니요. 사람들의 기억 외에는 그 단체가 존재했었다는 사실을 입증하는 것이 아무것도 없습니까?"

"하나도 없어요."

크리브의 지적에서 누군가 밭은기침을 했다. 그 사람은 덩치가 조그맣고 안색이 창백하며 백발이 다 된 교장이었다.

"대버넌트 부인, 실례인 줄 알면서도 그만 어깨 너머로 말씀을 엿듣고 말았습니다. 혹시 이 신사분께서 그 단체가 실제 존재했다는 증거를 찾고 계신다면, 제 서재에서 찾을 수 있을 것 같군요. 기억하실지 모르겠지만, 저는 삼 년 내내 그 단체의 열성 회원이었으니까요. 예전에, 가련한 존 키츠¹가 생전에 종종 쉬어 가곤 했던 웰 워크 그트머리의 벤치를 보러 참배 여행을 떠날 때의 일입니다. 시 낭독회를 겸한 소풍을 나서기 전에 모두 한데 모여 사진을 한 장 찍었죠. 기억나지 않으시나요? 뭐, 저는 낭만적인 시를 영접하게 된 그날 오후를 기념해서 그 사진을 한 장 사두었습니다. 우울증을 겪으면서도 저는 그 시구 덕분에 살아갈 힘을 얻었죠. 혹시 그 사진을 보고 싶으시다면……."

Ⅰ   19세기 초 영국의 낭만파 시인.

"꼭 보고 싶습니다." 크리브가 말했다. "실례해도 될까요, 부인?"

"마음대로 하세요." 대버넌트 부인은 다른 까까머리를 붙들며 말했다. "나는 그 사진 말고도 훨씬 더 중요한 용건을 처리해야 하니까요."

사진은 교장의 책상 맞은편 벽 가운데 자리를 차지하고 있었다. 사진 속에는 여름용 복장을 한 사람들이 서른 명가량 있었는데, 느릅나무를 배경으로 일부는 서 있고 나머지 사람들은 앉은 채였다. 사진은 그럭저럭 선명한 편이었고 크기도 적당해서 파라솔만 한 모자를 쓰고 있는 대버넌트 부인을 알아볼 수 있을 정도였다. 무리 속의 다른 사람들은 화창한 햇살을 정면으로 받고 있어서 서로 구분하기가 쉬운 편은 아니었다. 크리브는 사진에 바짝 다가가 자세히 살펴보았지만, 미리엄 크로머라고 확신할 수 있는 사람을 발견하진 못했다.

"좌측에 있는 사람들은 제대로 찍히지 않았군요. 혹시 이들이 누구였는지 기억하십니까?" 크리브가 말했다.

"잘 모르겠군요. 육 년이나 지난 일이라서요. 1882년 여름이었습니다. 불행히도 햇빛이 잘 드는 자리라 사진이 많이 바랬어요. 얼굴이 좀더 또렷하게 보이면 이름을 알 수 있을지도 모르겠는데 말입니다. 협회 회원이란 자리가 딱 고정된 것은 아니어서요. 대버넌트 부인은 신입 회원들을 모집하는 데 지치지도 않고 공을 들였지만, 그중 많은 사람들이 일주일 이상 머무르지 못하고 그만두곤 했습니다. 아마도 강의 프로그램이 지나치게 특정 취향에 편중되었기 때문이지 않았나 합니다. 그래서 대부분의 회원들은 잘 알지 못합니다."

크리브는 좌절하지 않으려 애를 썼다. 마침내 사진을 찾아냈지만 정작 사진 속 사람들의 얼굴을 분간할 수 없다니, 언어도단도 분수가 있지 좌절하지 않을 도리가 없었다.

"방금 이런 생각이 떠올랐습니다만." 그는 패배를 받아들이기 전에 마지막으로 입을 열었다. "단체 사진을 찍고 나면 얼굴을 알아보기 쉽도록 뒷면에 이름을 적어놓는 경우도 가끔 있습니다. 혹시……."

"사진 뒷면에는 아무것도 적혀 있지 않습니다. 보시죠." 교장은 고리에 걸려 있던 액자를 들어, 크리브가 살펴볼 수 있도록 뒤로 돌려보았다. 아무 무늬도 없는 갈색 종이가 줄지어 붙어 있을 뿐이었다.

크리브는 주머니칼을 꺼냈다. "좀 뜯어봐도 괜찮을까요?" 그는 교장의 대답을 기다리지도 않고, 종이의 세 가장자리 부분을 깔끔하게 잘라냈다. 그런 다음 종이를 접어 뒤로 젖히고 얇은 나무판자를 제거했다.

"그렇다면 이건 어떻습니까?"

사진을 붙여놓은 두꺼운 판지 뒷면에는 동판 인쇄 글씨체로 소풍에 참가한 사람들의 이름이 적혀 있었다. 크리브는 순식간에 'M. 킬패트릭'이라는 이름을 찾아냈다. 그녀는 햇빛에 색이 바랜 좌측 사람들 사이에 있었다. 그는 사진을 돌려 통나무 위에 앉아 있는 두 명의 여성과 그 옆에 서 있는 한 명의 여성의 모습을 발견했다. 맨 앞에는 블레이저와 밀짚모자 차림의 남성 두 명이 땅 위에 비스듬한 자세로 누워 있었다. 미리엄을 제외한 두 여성의 이름은 각각 'J. 허니컷'과 'C. 파이퍼'였고, 남성들의 이름은 각각 'G. 스윈슨'과 'S. 앨링엄'이었다.

그는 이 사진이 암시하는 의미 때문에 머리가 핑 도는 것 같은 기분을 느끼며 질문을 던졌다. "여기 적혀 있는 이름을 보시고 난 다음에도 기억나는 사람이 없습니까?"

"전혀 기억이 나지 않는군요." 교장의 말투에서는 자신의 사진을 훼손한 것에 대한 불쾌감이 여실히 드러났다.

"혹시 켈리 주소록[1]을 갖고 계십니까? 책장 하나 훼손하지 않겠다고 약속드리겠습니다."

학교에 비치된 런던 우편 주소록은 오 년 전 판본이었지만 크리브의 목적을 달성하기엔 부족함이 없었다. 그는 햄프스테드 지역 항목을 펼쳐, 엄지손가락으로 거리 목록을 훑어 내려가며 읽기 시작했다. 그는 허니컷이라는 성을 찾는 중이었

---

[1] 1835년에 상가 주소록으로 출발해서 빅토리아 시대의 대표적인 주소록으로 발전하였다.

다. 허니컷은 파이퍼에 비하면 그리 흔하지 않은 성이었기 때문에 찾기 쉬울 것이다. 만약 허니컷이라는 사람이 햄프스테드에 있다면, 미리엄의 친구 중 한 명의 주소일 확률이 높았다. 그는 다섯 번째 쪽에서 허니컷을 찾아냈다. 제임스 허니컷은 플라스크 워크에서 우산 가게를 운영하고 있었다.

크리브는 고맙다는 말을 대충 주워섬긴 다음 중산모를 급히 쓰고 밖으로 달려나가 중심가에서 날카로운 소리로 휘파람을 불었다. 이런 상황에서는 승용마차를 탈 가치가 있었다. 마차가 햄프스테드히스 파크를 가로질러 달리는 동안, 그는 주변 경치를 무시하며 등받이에 몸을 깊이 묻었다. 그는 J. 허니컷에게 그 외설적인 사진에 관한 이야기를 어떻게 꺼내야 할지 고심하는 중이었다.

플라스크 워크는 햄프스테드 중심가 아래쪽 끄트머리 좌측에 있는 거리였다. 크리브는 마부에게 요금을 지불하고 우산 가게를 찾아 좁은 길을 성큼성큼 걸어갔다. 그는 거리 끝까지 걸어갔지만 우산 가게는 찾을 수가 없었다. 크리브는 자신의 운을 저주하며, 길을 묻기 위해 어느 서점 안으로 들어갔다. 거기서 그는 허니컷 집안이 삼 년 전에 가게 문을 닫았다는 이야기를 들었다. 그 자리에는 이제 철물점이 들어서 있었다. 그는 혹시 새로 들어온 가게 주인에게서 허니컷 일가의 행방에 대해 들을 수 있지 않을까 하는 생각에 길을 건너 철물점으로 향했다.

"허니컷 가족 말입니까? 잘 모르겠군요. 노인 한 분만 남지 않았던가요? 그분은 딸이 떠난 후 더이상 가게를 경영할 여력이 없었습니다."

"딸이 떠났다고요? 어디로 말입니까?"

"주님께 떠났지요. 죽었단 뜻입니다, 경관님. 독을 마시고 자살했습니다. 비극적인 일이었죠. 아직 스물한 살밖에 안 된 굉장히 아름다운 아가씨였는데 말입니다."

"그게 언제였습니까?"

"분명 노인네가 가게를 팔기 서너 달 전 일이었습니다. 음, 그러니까 1884년 8월이나 9월쯤이었을 겁니다. 당시 《익스프레스》에 전부 보도됐죠."

《익스프레스》의 햄프스테드/하이게이트 지서는 홀리 마운트에 위치했다. 그곳에 보관된 과거 기사를 통해 크리브는 주디스 허니컷의 사망에 대한 전말을 알 수 있었다.

햄프스테드 독극물 중독 사건의 비극

지난 월요일, 런던 북부를 담당하는 검시관 아돌퍼스 씨는 시민 회관에서 주디스 메이 허니컷의 검시 배심을 실시했다. 그녀는 햄프스테드 지역 플라스크 워크에 거주하던 21세의 독신 여성으로, 8월 31일 웨스트햄프스테드 지역 웨스트엔드 레인에 위치한 사진사 줄리언 듀케인 씨의 사진관에서 사망한 채 발견되었다. 듀케인 씨의 증언에 따르면, 고인은 지난 3월부터 듀케인 씨의 가게에 고용되어 사진 수정 및 접수 업무를 맡고 있었다. 문제의 금요일, 그는 사진관에서 일하는 고인을 혼자 둔 채, 사진 재료를 구입하기 위해 스위스코티지로 향했다. 4시 45분경 듀케인 씨가 돌아와 보니 고인은 자신이 일하던 책상 옆에 쓰러진 채 사망한 상태였다. 시신의 상태로 미루어 보아 그는 고인이 독을 마신 게 아닐까 의심했다. 시신 옆에는 찻잔이 하나 떨어져 있었다.

하버스톡힐 병원 원장 피어슨 스튜어트 박사는 검시를 실시해서 청산가리를 마신 흔적을 발견했다고 진술했다. 검시 결과, 고인은 약 0.65그램의 청산가리를 마셨으며 그로 인하여 급속히 온몸이 마비되어 사망에 이르렀을 것으로 추정된다. 독극물의 흔적은 찻잔 속에서도 발견되었고, 청산가리는 차 속에 녹아 있던 것으로 밝혀졌다. 스튜어트 박사는 추가 증언을 통해, 고인이 사망했을 당시 임신 3개월 상태였다는 사실을 밝혔다.

키더포어 애비뉴에 거주하는 고인의 친구 C. 파이퍼 씨는 사건 전날 고인을 만났으며, 비록 임신중이었으나 쾌활해 보였다고 진술했다. 듀케인 씨는 소환 조사 과정에서 고인의 몸 상태를 알지 못했다고 밝혔으며, 언제나 고인을 신뢰할 수 있는 직원이라고 생각했다고 말했다. 검시관의 질문에 대한 답변에서 그는 청산가리가 사진 현상 과정에서 사용되는 약품이며, 약병은 사진관 안에 있는 문이 없는 선반에 보관해두었다고 진술했다. 병에는 독극물 주의 표시가 붙어 있었다.

최종 논고를 하는 자리에서 검시관은 모든 증거가 고인은 자살했다는 사실을 가리키고 있다고 밝혔다. 한 증인의 진술에 따르면, 고인은 자신의 몸 상태를 전혀 개의치 않는다고 공언했다고 하지만, 이는 자신이 불안해하고 있다는 사실을 감추려 허세를 부린 행동이었을 가능성도 있다. 검시관은 또한 듀케인 씨가 치명적인 독극물을 문도 없는 선반에 보관하는 통탄할 일을 저질렀다고 논평했다. 그와 같은 비극이 발생하리라고 미처 예상할 수는 없는 노릇이었겠지만, 고인이 자신을 파멸시키기로 마음먹었을 때 그토록 손쉽게 독극물에 손을 댈 수 있었다는 점은 유감스러운 일이 아닐 수 없다.

배심원단은 검시관의 의견에 따라 자살이라는 판결을 내렸다.

오후 5시경, 맨체스터에서 출발해서 유스턴 역으로 향하는 급행열차가 런던과 잉글랜드 북서부를 연결하는 선로를 따라 증기를 내뿜으며 사우스햄프스테드를 지나갔다. 세 번째 차량 이등칸에 타고 있던 제임스 베리는 읽던 신문을 접고 짐칸에 올려둔 여행 가방 안에 쑤셔 넣었다. 몇 분 후, 기차는 프림 로즈힐 터널 안으로 들어갔다. 이번 여행은 런던 앤드 노스웨스턴 철도 회사의 광고 문구인 '시간 엄수, 빠른 속도, 매끄러운 승차감, 먼지 없는 선로, 안전과 편안함'을 준수한 여정이었다. 게다가 동승한 승객들 중 그를 알아보는 사람은 한 명도 없었다. 통로에서 눈을 휘둥그레 뜨고 바라보거나 가방 속에 든 물건에 대해 멍청한 질문을 늘어놓는 사람들에게 시달리는 일도 없었다.

신문기자들이 유스턴 역 플랫폼에 나와 그를 성가시게 하는 일 또한 없었다. 런던에 이틀 일찍 오기로 한 결정에는 확실히 장점이 있었다. 평소처럼 기자들을 따돌리기 위해 마차를 갈아타고 길을 돌아가는 촌극을 벌이는 대신, 평소 묵는 숙소가 있는 워드로브 플레이스로 곧장 갈 수 있는 길을 택해 여유롭게 마차를 탈 수 있었다. 카터 레인에서 뻗어 나온 샛길인 워드로브 플레이스에는 그가 출장을 나올 때면 언제나 편리하게 이용하는 여관이 있었다. 언덕을 넘으면 뉴게이트 교도소가 지척이었고 세인트폴 성당의 그림자가 거기까지 미칠 정도였다.

언론 기자들이 미첨 부인의 여관까지 그를 따라오는 데 성공했던 적은 단 한 번도 없었다. 그는 뉴게이트 교도소를 방문할 때 일부러 다른 길로 돌아가는 경로를 택하는 것을 일종의 규칙으로 삼았다. 러드게이트힐 대로를 넘어 브레드 스트리트를 지나 칩사이드 거리로 접어들어 뉴게이트 스트리트로 들어간다. 교도소 문 앞에서는 기자들을 피할 수 없었지만, 그들은 그가 어디서 왔는지 전혀 갈피를 잡지 못했다. 그는 교도소 문을 나설 때 누가 뒤를 밟고 있다는 의심이 들면, 세인트폴 성당을 두어 바퀴 둘러본 다음 재빨리 남서쪽 문으로 빠져나가 시계탑 아래로 몸을 숨기곤 했다. 기자들은 사형집행인이 성당을 방문하리라는 생각은 하지 않았기 때문이다.

하지만 이날 수요일 오후만큼은, 그는 거창하게 마차를 타고 워드로브 플레이스에 도착했다. 짐을 들어준 값으로 마부에게 3펜스짜리 동전을 하나 팁으로 던져주기도 했다. 미첨 부인은 소의 양膍과 양파를 함께 끓인 스튜를 만들고 있었다. 그녀는 그의 이름을 부르며 그를 환영했다. 그는 비겁하게 그녀에게 가명을 사용하지 않았다. 그녀는 훌륭한 여성이었고 호사가와는 거리가 멀었다. 그녀는 그가 런던에 오는 용건을 물어본 적이 한 번도 없었다. 물론 그녀가 지금까지도 그의 정체를 짐작조차 못하고 있다면, 그는 깜짝 놀랄 것이다.

베리는 가장 먼저 마담 투소의 밀랍 인형 전시관으로 향했다. 지하철을 타고 베이커 스트리트로 향하는 여정에서 겪은 냄새와 소음은, 이십 년 전 청년이던 시절 처음으로 런던을 방문했던 때의 기억을 불러일으켰다. 그때 이후로 그의 마음속에서 런던이란 곳은 유스턴 역과 미첨 부인의 여관, 사형장 정도로 줄어들어 있었다.

그는 약속 시간보다 한 시간 일찍 도착했는데, 여기에는 합당한 이유가 있었다. 투소 씨를 만나기 전에 먼저 조용히 밀랍 인형 전시관을 둘러보고 싶었던 것이다. 그는 다른 사람들과 마찬가지로 1실링을 지불하고 회전문을 통과했다.

전시관이 예전에 있던 베이커 스트리트를 떠나 매럴번 로드에 위치한 좀더 넓은 부지로 위치를 옮긴 것을 알고 그는 기뻐했다. 이곳은 전체적으로 그가 기억하는 것보다 훨씬 으리으리했다. 그는 대리석 계단을 올라 왕들의 홀 안으로 들어갔다. 이곳은 사자왕 리처드, 헨리 8세와 여섯 명의 왕비

들을 비롯하여 현재 여왕까지 이어지는 역대 국왕들의 인형들이 전시된 휘황찬란한 방이었다. 그는 비록 다른 방에 전시될 예정이었지만, 그럼에도 그들과 함께한다는 생각에 자부심으로 몸이 떨릴 지경이었다. 인형들이 굉장히 정교하게 만들어져 있어, 그는 걸음을 옮기며 자기소개를 해야 할 것 같은 기분이 들었다.

그중에서도 가장 눈을 뗄 수 없었던 것은 영국 왕세자가 인도 여행중에 호랑이 사냥에 나선 장면을 재현해놓은 모습이었다. 왕세자 전하는 박제한 코끼리 등 위에 얹은 가마에 앉아 있었다. 호랑이를 향해 겨눈 더블배럴 산탄총의 양 총구는 모두 불을 뿜고 있었고, 그가 탄 코끼리는 솜씨 좋게 호랑이를 바닥으로 밀어붙이고 있었다. 전시물 앞에 선 베리는 산탄총을 겨누고 있는 사람이 자기 자신이라는 상상 속에 빠져들었다.

그는 문명 세계의 정치가들이 전시된 곳을 지나쳐 공포의 방으로 걸음을 옮겼다가, 그곳에 들어가려면 6펜스의 요금을 추가로 지불해야 한다는 사실을 알아차렸다. 그는 그 사실이 즐거웠다. 영국 왕족들과 글래드스턴[1], 비콘스필드 백작[2], 링컨 대통령 같은 사람들은 1실링만 내면 볼 수 있었지만, 버크

---

[1] 빅토리아 시대 영국 자유당의 정치가로 네 차례에 걸쳐 영국 총리직을 역임하였다.
[2] 벤저민 디즈레일리를 위해 제정된 작위이다.

나 헤어를 비롯한 범죄자들을 보기 위해서는 6펜스를 추가로 지불해야 한다. 돈을 더 내기를 꺼리는 사람은 없는 듯했다. 겁을 집어먹은 몇몇 사람들만이 좀더 용기 있는 동행인들이 6펜스 값어치를 하는 공포를 맛보는 동안 위층에서 기다리고 있을 뿐이었다.

방 안에는 교묘하게 색유리 덮개를 씌운 조명을 벽 아래쪽에 달아놓아서 인형들의 무시무시한 면모가 좀더 부각되었다. 이곳은 베리가 기대했던 것보다는 크기가 작았다. 사실 굉장히 좁다고 할 수 있었다. 관객들이 피고인석에 서 있는 파머, 피스, 케이트 웹스터, 밀러, 르프로이 등의 악당들에게 다가올 때마다, 안내원들은 사람들에게 계속해서 이동해달라고 부탁했다. 조명 장치를 제외하면 인형들을 기괴하게 보이도록 특별한 장치는 없었다. 그들 대부분은 평범한 모습이었다.

베리의 경험에 따르면, 살인자들은 대개 그런 법이었다. 줄지어 지나가는 관객들 중 몇몇 사람들의 얼굴이 더 악랄하게 보일 정도였다. 관객들은 자신들이 보러 온 악당들이 다른 사람들과 그다지 다르지 않다는 사실을 발견하면서 새삼 공포를 느끼게 되는 것이다.

그는 곧바로 빌 마우드를, 즉 그의 인형을 발견했다. 인형은 기막힐 정도로 실제 모습과 닮아 있었다. 두 눈은 거의 꿈꾸는 듯이 온화한 시선을 담고 있었고, 입꼬리는 담배 진이

밴 콧수염을 따라 아래쪽으로 곡선을 그렸다. 그는 평소와 마찬가지로 빳빳하게 옷깃을 세우고 검정색 보타이를 맨 채였다. 생전 마우드의 모습 그대로였다. 유일하게 흠을 잡자면, 그가 올가미를 잡는 방식이 잘못되어 있어 형 집행을 준비하는 사형집행인이라기보다는 쟁반을 들고 있는 집사와 더 닮은 듯했다. 하지만 이곳을 구경하러 오는 관객들은 이런 작은 오류 때문에 실망하지는 않을 터였다. 베리는 호기심에 관객들의 평을 듣기 위해 인형 쪽으로 좀더 가까이 다가갔다. 흥미롭게도 올가미를 든 빌 마우드가 다른 살인자들 전부를 합친 것보다 더 으스스한 효과를 불러일으켰다.

한 젊은 여자가 그의 인형을 보더니 눈에 띌 정도로 진저리를 쳤다. "겁먹지 말아요." 그녀와 동행하던 멍청한 녀석이 말했다. "저 사람은 마우드잖아요. 그는 죽었고, 이제 베리가 사형집행인이에요."

그는 자신의 이름을 절대 밝히지 않기로 마음먹었다.

전시장에서 나오자마자, 그는 약속 시간에 늦지 않도록 입구로 되돌아갔다. 시간은 10시 30분이었다. 밀랍 인형 전시관 설립자의 손자 조지프 투소는 그의 아들 존을 비롯한 다섯 명의 사람들과 함께 사무실 안에서 그를 기다리고 있었다. 베리의 생각에는, 그들 대부분은 그와 악수를 나누고 나중에 그 사실을 자랑하기 위해 나와 있는 것 같았다. 실제로 그들은 마지막 한 사람까지 그와 악수를 나누었다. 대화는 그리 길지 않았다. 그들 중 한 사람이 요크셔에는 비가 내리고 있는 지 물었고, 제복 차림의 시종이 샴페인을 내왔다. 그런 다음 아버지 쪽 투소가 밀랍 인형 전시관의 견학을 권했다. 이미 한 번 둘러보았다고 밝히는 것은 무례한 행동이 될 터였다.

사실 그는 안내를 받으며 관람하는 것이 굉장히 즐거웠다. 투소로부터 많은 것을 배울 수 있었기 때문이다. 공포의 방은 삼십 분 동안 일반 관람객의 출입을 막은 채, 공식 업무에 관 련된 사람들만 들여보내 따로 관람하도록 했다. 그는 영국 왕 세자가 된 듯한 기분이었다.

그는 이 방을 재차 관람했을 때 한층 더 섬뜩하다고 느꼈 다. 인형에 달린 유리 눈알은 그가 다가오는 모습을 지켜보며 그의 움직임을 좇고 있는 것 같았다. 투소는 방문객들은 때때 로 인형 하나가 움직이는 모습을 분명히 봤다고 주장하곤 한 다고 말해주었다. 그리고 그들의 말이 틀린 것도 아닌 게, 메 트로폴리탄선 지하철이 이 방 아래를 지나가기 때문에 때때 로 진동이 발생한다고 했다.

그들은 그의 방문은 언제나 환영이라고 말했다. 빌 마우드 와 그가 기르던 다 늙어 털이 희끗희끗한 혼종 개도 자주 이 곳을 방문했다는 것이다. 그들은 마우드가 어떤 진을 좋아하 는지 알고 있었고, 그가 오면 언제나 진 한 잔과 파이프 담배

한 대를 대접했다.

베리는 그들이 자신의 인형을 마우드와 같은 방식으로 전시하리라는 사실을 확인하고 싶었다. 범법자가 아니라는 사실을 확실히 드러내기를 바랐던 것이다. 그래서 그는 이 문제에 대해 투소에게 이야기를 꺼냈다. "저는 혐오와 경멸의 대상이 되기를 바라지 않습니다." 그의 말투는 날카로웠다.

투소는 깜짝 놀라 뒤로 물러났다. "친애하는 베리 씨, 그 점에 대해서는 걱정하실 필요가 없습니다. 마우드 씨는 그분의 인형을 세워두고 싶은 장소를 직접 고르셨고, 베리 씨께서도 마찬가지입니다. 설사 운이 나쁘게도 선생님의 외모가 어떤 살인자와 닮아서 그로 오인된다 할지라도, 과연 관객들이 말씀하신 것과 같은 감정을 느낄지는 굉장히 회의적입니다. 우리 후원자들은 이 인형들을 혐오가 아닌 경외와 숭배의 대상으로 여기는 경향이 있습니다. 이 사실을 들으면 놀라실지도 모르지만, 세탁을 위해 인형이 입고 있던 옷을 벗겼다가 주머니에서 손수건을 발견하는 경우도 종종 있습니다. 가장자리에 레이스가 달리고 여전히 향수 냄새가 남아 있는 숙녀분들의 손수건 말입니다."

그는 그 이야기를 듣고 놀라지 않았다. 여성들의 행동 경향에 놀라는 일은 오래전에 그만두었기 때문이다. 그는 이번에 런던에 출장을 온 이유가 그들 중 한 명 때문이라는 사실을 잊지 않고 있었다. 투소 역시 마찬가지였다.

관람을 마치자, 동행한 사람들은 다시 한번 그와 악수를 나눈 다음 자리를 떴다. 그는 인형 제작실로 안내되었다. 그는 몸에서 분리된 머리 여러 개가 벽을 따라 선반 위에 늘어서 있는 모습을 보았다. 몇몇 얼굴은 그가 신문 삽화에서 본 광경이었다. 그는 마우드의 머리 또한 조만간 이곳에 보관되리라고 생각했다.

그는 투소에게 이렇게 말했다. "이곳은 공포의 방보다 더 음침하군요."

그들은 그에게 인형을 만드는 법을 설명해주었다. 우선 점토로 원형을 빚은 다음 이를 이용해서 석고 주형을 뜨고, 그렇게 만들어낸 틀 안에 밀랍을 흘려 넣었다. 그런 다음 밀랍이 단단하게 굳으면 주형을 제거한다. 따라서 인형의 모델이 된 사람의 얼굴에 직접 밀랍을 바르는 일은 일어나지 않았다. 필요한 것은 그저 상세한 치수와 해당 인물의 스케치 정도였고, 머리 모형을 제작하는 과정에서 모델의 상당한 인내심이 요구될 뿐이었다.

그들은 수수료에 관한 이야기를 나눴다. 기대했던 것보다 높은 금액이었지만 그는 기뻐하는 기색을 내비치지 않았다. 그러자 그들은 1기니를 더했고, 그는 그 금액을 수락했다.

"아실 테지만, 이 정도면 이례적인 금액입니다. 그 방에 전시되는 사람들은 대개 명예에 대한 보상을 받지 못하니까요." 그렇게 말하는 투소의 눈에 농담하는 빛이 희미하게 드러났다.

화제는 자연스럽게 큐 지역에서 발생한 독살 사건으로 전환되었다. "미리엄 크로머의 인형 제작은 사실상 끝난 셈입니다." 투소가 말했다. "이제는 공개 처형 제도가 폐지되었기 때문에, 교수형이 이루어지는 날 아침에는 군중들이 뉴게이트 교도소 앞에 모이는 대신 이곳으로 몰려올 겁니다. 우리는 선생님께서 업무를 마치셨다는 소식을 듣자마자 그 살인범의 인형을 전시하려고 합니다. 악명 높은 살인범이라면 2만 명, 혹은 그 이상의 관객을 끌어모을 겁니다. 바깥쪽 거리는 몇 시간 동안 통행이 불가능할 정도가 되겠지요. 여성 살인자야말로 특히 매력적인 법이니까요. 미리엄 크로머의 공판이 대단하지는 않았지만, 그래도 월요일 오전에는 상당수의 관객이 운집할 거라고 예상하고 있습니다."

"제게는 그저 직업일 뿐입니다." 베리는 명확히 선을 그었다. "제게는 남자든 여자든 아무런 차이가 없습니다. 낙하 거리를 계산하는 방식이 좀 다를 뿐이지요."

"만 명이 넘는 사람이 서명을 한 탄원서가 내무부에 제출되었다고 들었습니다. 크로머 부인을 향한 동정 여론이 거센 모양입니다. 판결에 대한 편지가 매일같이 신문 기고란을 가득 채우고 있더군요." 투소가 말했다.

"예상된 일입니다. 사람들 말로는 외모가 아름다운 여성이라고 하더군요. 그리고 공갈까지 당했다지 않습니까? 대중들은 감정에 쉽게 흔들리기 마련이니까요."

"월요일 오전이 되기 전에 그녀를 만날 생각이십니까?"

"집행 전날 사형수 감방을 방문하는 것이 관례입니다. 그들은 제가 그들에게 고통을 주지 않고 일을 처리하리라는 것을 확인하고 싶어 하니까요. 캘크라프트가 은퇴한 지 십삼 년이나 지났지만, 그의 서투른 솜씨에 대한 이야기는 계속해서 떠돌아다니더군요."[1]

"마우드 씨께 그 이야기를 종종 듣곤 했습니다." 투소가 재빨리 대답했다.

"그가 한 말은 모두 사실입니다." 베리는 말을 이었다. "제가 웨스트라이딩 주 브래드퍼드 경찰서에서 경찰로 재직하고 있었을 때, 맨체스터에서 그 노인네가 한꺼번에 세 사람을 교수대에 매다는 모습을 봤습니다. 당시 그는 칠십이 넘은 나이였죠. 사형집행인으로 사십 년 넘게 일했을 겁니다. 그는 그중 한 남자의 등 뒤로 기어올라가 숨통을 끊어야 했습니다. 목을

---

[1] 윌리엄 캘크라프트는 1829년부터 1874년까지 사형집행인 업무를 수행했으며, 영국에서 사형집행 건수가 가장 많은 사형집행인으로 기록되어 있다. 베리가 캘크라프트의 솜씨를 언급한 대목은 그의 '짧은 낙하 거리' 방식의 대표적인 한계를 지적한 것이다.

졸라 죽였던 겁니다. 그런 일이 다시는 일어나서는 안 됩니다. 마우드가 모든 것을 바꿔놓았죠. 이제 교수형도 과학적입니다. 사형수에게 충분한 낙하 거리를 제공하죠." 그는 체중을 기록한 표와 관련된 이야기를 시작했지만, 투소는 긴급한 일이 생겨 건물 다른 곳으로 가봐야 한다고 말했다. 그래서 베리는 그의 얼굴을 보며 점토 작업을 하는 젊은 남자와 함께 작업실에 남았다.

오랫동안 앉아 있어야 하는 일이었지만, 끝날 무렵에는 웬만큼 닮은 얼굴이 모습을 드러냈다. 젊은 조각사는 눈알이 달리고 머리카락과 수염을 붙이기 전까지는 함부로 판단해서는 안 된다고 말했다. 그의 말이 옳을지도 몰랐지만, 지금까지 만들어진 모습만으로도 충분히 닮아 보였다. 측면에서 살펴보니 베리의 어머니가 그의 옆얼굴에 대해 종종 언급하곤 했던 강인한 이마와 곧게 뻗은 코, 아래턱의 단호한 윤곽이 드러났다.

베리는 인형을 두 개 만들어달라고 부탁해서, 하나는, 그러니까 몸통은 빼고 머리만 집에 가져가고 싶다는 생각이 들 정도로 그 모습이 마음에 들었다.

그는 그 생각을 거듭해보다가 끝내 포기하고 말았다. 아내가 그의 사진을 거실에 걸고 싶어 하기는 했지만, 밀랍으로 만든 머리를 보면 거기에 유리 뚜껑이 덮여 있다 할지라도 마음을 편히 가질 수 없을 것 같았다. 게다가 머리를 가지고 여행하는 데에도 난관이 따를 터였다. 머리를 모자 상자에 포장해서 들고 갈 수야 있겠지만, 언제나 사람들은 소름 끼치는 오해를 할 만반의 준비를 갖추고 있는 법이다. 감히 그런 위험을 감수할 수 없었다.

그보다는 맨 처음 계획한 깜짝 쇼가 더 나을 것이다. 그는 런던에서 자신의 사진을 찍어 선물 삼아 집으로 가져갈 생각이었다. 어쨌든 그의 아내는 그런 사진이라도 선물이라고 여길 테니까. 자신을 위한 선물은 따로 있었다. 일이 계획대로 잘 진행된다면, 광저우의 사형집행인이 사용했던 거대한 칼을 비롯한 유물들이 베리의 거실에 잘 어울리는 기념품이 될 것이다.

그는 큐에 가서 하워드 크로머에게 사진을 찍어달라고 할 작정이었다.

점심시간이 되기 전, 투소가 돌아와 추가로 몇몇 사안에 대해 그와 논의했다. 얼마 후면 베리의 수중에 들어올 특정물건에 대한 금액 제시가 이루어졌다. 그는 그 문제에 대해 신중하게 고려해보겠다고 약속했다. 그는 일단 하룻밤 동안 생각을 해본 다음, 다음 날 아침에 다시 한번 점토 작업을 위해 방문할 때 대답을 해주겠다고 말했다.

투소는 월요일 오전에 베리의 인형 또한 전시할 생각이라고 말했다. 혹시 그가 짬을 내 들를 수 있다면, 브래드퍼드로 돌아가기 전에 자신의 인형을 볼 수 있다는 소식이었다. 베리는 미소를 지었지만 확답은 하지 않았다.

"이 세 명의 젊은 숙녀분들이라는 말이로군." 조잇 경감이 말했다.

흡연실에서나 나누는 가벼운 이야기로 운을 떼는 것으로 보일 수도 있었다. 하지만 이곳은 흡연실이 아니라 버먼지의 조지 로드에 있는 크리브 경사의 집 거실이었고, 조잇은 자신보다 낮은 계급의 경찰과는 사담을 나누지 않는 사람이었다. 그는 방금 크리브로부터 받은 구두 보고에 대해 몇 가지 지시를 내리는 중이었다. 그가 사담으로 보이는 표현을 사용한다는 것은, 현재 압박을 받고 있다는 뜻이었다. 크리브는 조잇이 무슨 일 때문에 그러는지 나름대로 해석을 내려둔 상태였다. 조잇은 결정을 내려야 하는 순간을 앞두고 있음을 진작에 감지했을 것이다. 그 순간을 피할 방법을 찾기만 한다면 그는 기꺼이 그 방법을 실행할 작정이었다.

"미리엄 킬패트릭, 주디스 허니컴, C. 파이퍼입니다." 크리브가 말했다.

"그래서 자네는 이 세 사람이 문학예술협회에서 주최한 야유회의 단체 사진에 찍혀 있다는 이유만으로, 이들이 속임수에 넘어가 모욕적인 사진을 찍은 그 세 사람이라고 믿는다는 거로군?"

"그녀의 자백에는 세 사람이 사진을 찍었다고 언급되어 있습니다." 크리브는 그 질문을 살짝 피했다.

"그래서 주디스 허니컴을 찾아갔다가, 그녀가 사망했다는 사실을 알아냈다고?"

"청산가리에 의한 사망입니다."

"내가 그 중요한 점을 이해 못 한 줄 아나, 크리브." 조잇은 딱딱한 말투로 말했다. "하지만 그녀는 사진사의 조수로 일하고 있었다면서. 사진 작업에 청산가리가 사용된다는 것은 우리 둘 다 아는 이야기 아닌가? 자살하려는 사람이 청산가리를 사용하는 것도 드문 일은 아니고. 그 사건에 너무 많은 의미를 부여하는 게 아닌지 조심해야 할 거야. 우연의 일치는 올가미나 다름없어, 경사. 올가미라고."

"우연의 일치가 단 하나뿐이라면 모르겠지만……."

"지금 내게 숨기는 게 있는 건가, 경사?" 조잇은 얼굴을 붉혔다.

"지금 말씀드리려는 참이었습니다, 경감님."

"그래?"

"저는 주디스 허니컴을 고용했던 사진사에게 흥미를 느꼈습니다."

"듀케인 말인가? 그가 왜 중요하지?"

"저는 그녀가 사망한 정황에 대해 그에게서 좀더 많은 이야기를 들을 수 있을지도 모른다고 생각했습니다."

조잇은 파이프를 꺼내 벽난로 선반 위를 시끄럽게 두드렸다. "빌어먹을. 크리브, 그 여자가 죽었다는 사실을 아는 것만으로는 충분하지 않나 보지? 우리 임무는 퍼시벌의 죽음에 대해 조사하는 것이고, 그럴 수 있는 금쪽같은 시간이 얼마 남지 않았단 말이야."

"그 점은 잘 알고 있습니다, 경감님." 크리브는 쉰 목소리로 말했다. "가능한 한 짧게 보고를 드리려고 애쓰고 있습니다."

조잇은 한숨을 쉬며 파이프 안에 담배를 채웠다. "그러면 서둘러 해보라고."

"저는 듀케인을 만나볼 생각으로 웨스트햄프스테드로 향했습니다. 그런데 사진관이 있는 거리는 아무 문제 없이 찾았지만, 사진관은 발견할 수 없었습니다."

"가게를 팔아치우고 이사를 갔겠지." 그의 말투로 미루어보아 조잇의 신경은 이미 다른 문제에 쏠려 있었다.

"그렇습니다, 경감님. 저는 그의 이웃이었던 사람들 몇 명과 이야기를 나눠봤습니다. 당시 웨스트엔드 레인에 그에 대한 동정심은 팽배했지만 손님 대부분은 떨어져 나간 모양이었습니다. 사람들이 사진에 어떤 인식을 갖고 있는지 아실 겁니다. 사진을 찍기 위해 거쳐야 할 귀찮은 일이 충분히 많은데, 굳이 비극이 닥친 사진관을 찾아갈 필요는 없다는 거죠. 듀케인은 고작 몇 주 버틴 끝에, 햄프스테드에서는 더이상 사업을 유지할 수 없다는 사실을 깨닫고 가게 부지를 안경사에게 팔아넘겼습니다. 그후로 그가 어떻게 됐는지 알고 있는 사람은 아무도 없었지만, 저는 제 나름대로의 가설을 하나 세웠습니다. 이웃들에게 듀케인이 어떻게 생긴 사람인지 물어보았고, 나름 쓸 만한 설명을 들을 수 있었습니다. 그는 170에서 173센티미터 정도의 키에 보통 체구를 지녔고 희끗희끗한 검은색 머리카락에 눈은 갈색입니다. 말쑥한 옷차림을 하고 나이는 서른여덟 정도라고 하더군요."

"그 정도라면 쓸 만한 정보인 것 같지는 않군." 조잇은 경멸적인 태도로 말했다. "지금 당장 밖으로 나가면 십 분 안에 그런 외모의 남자를 열두 명은 찾아올 수 있어."

"버먼지에서는 어려울 겁니다. 이 지역에서 상류층처럼 차려입은 사람은 찾을 수 없을 테니까요. 제가 말씀드린 외양 묘사에 두드러진 특징이 없다는 점은 인정하지만, 적어도 제가 세운 가설에는 모순되지 않습니다."

"그게 무슨……."

"줄리언 듀케인은 햄프스테드를 떠난 후, 큐에서 다시 사진사 일을 시작한 겁니다."

"맙소사! 하워드 크로머라고?"

"듀케인의 관점에서 생각해보십시오. 햄프스테드에 계속 머무른다면 그의 사업이 폭삭 망할 위험에 처해 있었습니다. 그래서 가능한 한 빨리 도망친 겁니다. 예금과 사진관 자리를 판 돈을 합치면 다른 부유한 지역을 골라 새로 시작할 자금을 마련할 수 있었을 겁니다. 그는 분명히 다른 사람들에게 햄프스테드에서 일어난 일을 알리고 싶지 않았을 겁니다. 그래서 템스 강을 건너 런던 반대편에서 살기로 했습니다. 그리고 일을 확실히 처리하기 위해 이름도 바꿨을 거라고 생각합니다."

조잇은 불도 붙이지 않은 파이프를 입에서 몇 센티미터가량 떨어뜨린 채 크리브를 바라볼 뿐이었다.

"주초에 하워드 크로머와 이야기를 나눠봤습니다." 크리브는 말을 이었다. "그는 갖은 노력을 아끼지 않고 협조하려고 애를 쓰더군요. 사진관을 두루 보여주기도 했고, 아내에 대한 이야기도 해줬으며, 가족 사진첩까지 보여주었습니다. 저는 그와 같은 부류의 사람들, 그러니까 상류사회에 안착했다고 믿고 싶어 하는 사람들에게 그런 대접을 받는 게 낯설었습니다. 제가 계급을 밝히면 보통 이런 식으로 나오기 마련입니다. '좋아, 제군. 주방으로 가서 요리사에게 차나 한잔 내달라고 하게. 여유가 좀 생기면 자네 질문에 답해줄 테니.' 저는 크로머가 저를 회유하려고 하는 것인지, 아니면 호도하려고 하는 것인지 쉽게 판단을 내릴 수가 없었습니다. 둘 다가 아닐까 생각하고 싶어질 정도였죠. 엄밀히 따져서 그는 제게 거짓말을 하지는 않았지만, 진술 중 일부는 오해의 소지가 있다고밖에 표현할 수 없었습니다. 그것도 너그럽게 봐준 표현입니다만. 저는 살인 사건이 일어난 날 그가 어떤 기차를 타고 브라이턴에 갔는지 알아내고 싶었습니다. 10시 전에 집을 나섰다는 말 외에는 딱 부러지는 대답은 듣지 못했으니까요. 그가 정말 그즈음 집을 나섰을지도 모르지만, 2시 30분까지는 브라이턴에 도착할 예정이 아니었다는 것은 사실입니다."

"그 부분은 명확하게 설명할 수 있을지도 몰라." 조잇이 지적했다. "그가 인물사진작가협회에 보낸 편지에서 사용한 표현이 뭐였지?"

"'다른 약속이 생겨'라고 했습니다."

"그 다른 약속이라는 게 무엇인지 그에게 물어봤나?"

"일요일 이후에는 그를 만나보지 못했습니다, 경감님." 그는 경감의 한쪽 눈썹이 치켜올라간 것을 눈치채지 못한 척했다. 만약 조잇이 그의 수사 방식을 비판하고 싶다면, 표정을 짓는 대신 빌어먹을 만큼 충분히 쉽고 분명한 말로 할 수 있는 노릇 아닌가.

"저를 호도하려는 목적으로 한 진술은 그것뿐만이 아닙니다. 그는 제게 사진첩을 보여주면서 미리엄을 처음 만난 것이 1885년 4월, 그녀의 아버지가 사진을 찍기 위해 가족들을 데리고 큐에 있는 사진관에 왔을 때였다는 인상을 심어주기 위해 애를 썼습니다. 저는 그가 그보다 삼 년 더 일찍 그녀를 알았다고 생각합니다."

"정말인가? 그렇게 말하는 근거가 뭐지?" 조잇은 미심쩍다는 투로 물었다.

"우선 저는 그 사진첩 자체에 대해 의혹을 갖고 있습니다. 저는 사진첩 안의 두 쪽이 서로 붙어 있는 것을 발견했습니다. 크로머가 주머니칼을 사용해서 그 면을 떼어내야 했죠. 그는 풀이 종이판에 묻어 있었다는 식으로 이야기를 했는데, 그 사진은 이 년 반 전에 찍은 결혼사진이었단 말입니다. 최근에 사진첩에 묻은 게 아니라면, 어째서 지금까지 그 면에 풀이 남아 있었는지 이해가 가지 않았습니다. 때문에 저는 그가 자신의 이야기를, 그러니까 제가 믿게 하고 싶은 이야기를 실증하기 위해 극히 최근에 사진첩을 만들었을지도 모른다는 생각을 하게 되었습니다. 그는 눈앞의 기회를 놓치지 않고 그 빌어먹을 물건을 제 손 안에 쥐어주었습니다. 자신에게 가장 소중한 보물이라고 하면서 말입니다. 당연히 사진첩 속에 들어 있는 첫 번째 사진은 킬패트릭 일가의 가족사진이었습니다."

"풀이 한 방울 묻어 있었다는 사실만 가지고 상당한 추론을 해냈군, 경사."

"그게 유일한 단서는 아니었습니다, 경감님. 공립 초등학교 교장이 보여준 사진 건도 있습니다. 햄프스테드히스로 야유회를 떠났을 때 찍은 사진이었습니다. 그 사진 속에는 젊은 아가씨 세 사람이 함께 찍혀 있고, 그들 옆에는 크로머의 가장 오랜 친구라고 하는 사이먼 앨링엄도 있었습니다. 만약 앨링엄과 미리엄이 1882년에 서로 아는 사이였다면……."

"추측일 뿐이야." 조잇이 그의 말을 잘랐다. 그의 무뚝뚝한 목소리에는 승리의 감정이 엿보였다. "그런 결론을 함부로 끌어내서는 안 돼. 그들이 가까이 붙어서 사진을 찍은 것은 순전히 우연일 수도 있어. 사진 속에 찍힌 앨링엄이 동일 인물이라는 보장도 없지 않나. 사진 속 사람들의 얼굴을 제대로 알아볼 수 없었다고 인정한 건 바로 자네였을 텐데. 이대로는 안 되겠어, 경사. 자네가 무슨 잘못을 했는지 알겠나?"

그는 파이프 대로 크리브를 쿡 찔렀다. "포스트 호크 에르고 프롭테르 호크.[1] 자네 라틴어를 좀 아나? 신경 쓰지 말게. 요약하자면 자네의 추론은 오류에 기반하고 있다는 거야. 자네는 크로머가 그 자신이 주장하는 존재가 아니라고 제멋대로 확

---

[1] 이 사건 다음에 일어났으니, 이것이 원인이다. 시간상의 전후 관계를 인과관계로 혼동하여 저지르는 오류를 지적하는 문구이다.

신해버린데다가, 그런 자네의 편견을 정당화하기 위해 사실관계를 꿰맞추고 있는 거라고."

"구체적인 증거가 없는 것은 사실이지만……." 크리브는 항변하려 했다.

"무엇에 관한 증거 말인가?" 조잇은 대답을 기다리지도 않고 퍼부어댔다. "하워드 크로머가 예전에는 줄리언 듀케인이었다는 증거? 그게 자네가 입증하고 싶은 문제인가, 경사? 설사 그게 사실이라 한들, 그게 그렇게 사악한 행위라도 되나? 사업을 하던 사람들이 상류층으로 올라가면서 이전까지 썼던 이름을 바꾸는 것은 빈번하게 일어나는 일일 텐데."

"주디스 허니컷의 사망 건도 있습니다."

"바로 그거야! 새로 이름을 바꾸기에 그보다 더 적당한 이유가 있나? 솔직히 말해서, 하워드 크로머가 이전 사업에서 그런 비극을 겪을 정도로 운이 나빴다면, 그가 자신의 과거에 대해 얼버무리는 것도 이상한 일은 아니야."

"그렇다 해도 브라이턴에 대해서까지 얼버무릴 필요는 없습니다."

"자네는 지금 그가 퍼시벌의 죽음과 관련되어 있다고 진지하게 말하는 건가?"

"그럴 가능성이 있습니다, 경감님. 만약 크로머가 그날 오전에 큐에 있었다면, 그의 아내만큼이나 손쉽게 디캔터에 독을 넣을 수 있었습니다. 그보다 더 중요한 사실은, 그가 독극물 캐비닛의 열쇠를 갖고 있다는 점입니다. 그녀는 그렇지 않았고요."

잠시 동안 거실 안에는 시계 초침이 똑딱거리는 소리만 들릴 뿐이었다.

"그게 사실이라고 한다면…… 파크 로지에서 그를 목격한 사람이 분명 있을 거야. 하녀들을 신문해봤나?"

"별 도움이 되지 못했습니다, 경감님. 하녀들은 9시 이후로 위층에 올라가는 것이 금지되었으니까요. 그는 손님들이 하녀들과 마주치는 것을 싫어했습니다."

조잇은 손가락으로 옷깃을 느슨하게 풀었다. "그러면 그 또한 아직까지 추측의 영역 아닌가? 그저 자네가 세운 편리한 가설일 뿐이지. 경사, 이렇게까지 강하게 따질 생각은 없지만, 어쨌든 이쪽 방향에 뭔가 의혹이 존재한다 해도 이를 뒷받침하는 명확한 증거 없이는 내무부 장관님을 납득시키지 못할 거야. 증거는 어디서 구할 수 있겠나?"

"미리엄 크로머가 있습니다."

경감은 눈살을 한껏 찌푸렸다. "정확히 무슨 말을 하고 싶은 건가, 경사?"

"오늘이 목요일이라는 말씀을 드리는 겁니다, 경감님. 월요일이 되면 그 여자는 형대에 매달릴 예정입니다. 보고서는 내

225

일 저녁때까지 청장님의 책상 위에 올라가야 하고요. 경감님 말씀이 절대적으로 맞습니다. 제게는 하워드 크로머가 그 살인 사건에 연루되었다는 직접적인 증거가 없습니다. 만약 이 일이 정식 수사였다면, 범행 당일 오전 크로머의 행적을 파악하기 위해 부하들을 두 명 정도 보내 집집마다 탐문 수사를 벌였을 겁니다. 그가 집을 나서는 모습을 보았거나, 혹은 기차역으로 걸어가는 모습을 보았거나, 또는 기차에 올라타는 모습을 본 사람이 분명 있을 겁니다.

하지만 그가 그날 정오, 그러니까 와인이 배달된 이후에도 여전히 집 안에 있었다는 사실이 밝혀진다 하더라도 그가 독살에 관여했다는 증거는 없습니다. 그의 혐의가 짙어지기는 해도 그 이상은 아닙니다. 어쨌든, 그런 일을 할 수 있는 시간도 없는데다 인력도 부족합니다. 따라서 저는 어쩔 수 없이 다른 방법으로 정보를 얻어야 합니다. 미리엄 크로머가 그 이야기를 해줄 수 있습니다. 제게 그녀를 신문할 수 있는 권한을 주십시오, 경감님."

조잇은 두 눈을 감았다. 마치 사람들이 뭔가에 부딪치기 직전 찰나의 순간에 보이는 행동 같았다. 결정을 내리는 것은 피할 수 없는 일이었다. "사형수 본인을 신문하겠다고?" 그는 속삭이듯 말했다.

"남은 시간 안에 진상을 파악할 수 있는 유일한 길입니다,

경감님." 크리브의 말이 빨라졌다. "다른 사람은 몰라도 그녀는 실제로 무슨 일이 일어났는지 알고 있습니다. 그 사건에 남편이 관련되었다는 명쾌한 증거를 내놓을 수 있는 사람이 있다면, 그건 다른 누구도 아닌 바로 그녀입니다. 이제 충분한 정보를 확보했으니, 자백 내용 중 특정 사안에 대해 명확히 밝혀달라고 그녀에게 요구할 수 있는 명분이 있다고 생각합니다. 저는 증인 신문에 대한 경험이 부족한 사람도 아닙니다. 만약 그녀가 거짓말을 하고 있다면 신문을 통해 그 사실을 밝혀낼 자신이 있습니다."

조잇은 고개를 저었다. "그건 말해봤자 소용없는 문제야."

크리브는 목소리를 억누르며 말을 이었다. "대단히 죄송하지만 이유를 알고 싶습니다, 경감님."

다시 한번 불안한 침묵이 흘렀다.

조잇은 안락의자에서 일어나 창가로 다가가 밖을 내다보았다. "우리가 품고 있는 빈약한 의혹만으로는 뉴게이트 교도소장에게 크로머 부인을 신문하겠다는 공식 요청을 하는 게 불가능하기 때문이야. 그는 동의하지 않을 거야. 그럴 가능성은 없어."

"정의를 위해서라면 분명히……."

"정의를 실현할 기회는 따로 있을 거야, 경사. 지금은 우선적으로 고려해야 할 것이 여러 가지 있어. 특히 사형수의 정신

　　　　　　　　　　　　6월 21일, 목요일

상태가 그렇지. 미리엄 크로머는 사형당할 예정이야. 사형선고를 받은 죄수들에게는 형 집행정지명령을 받아낼 수 있다는 실낱같은 희망조차 불어넣어서는 안 돼. 그들이 피할 수 없는 운명을 달관할 수 있게 된다면 관련된 사람 모두가 한결 편해질 테지. 우리가 개입하게 되면 사형수에게 극도로 불안한 영향을 끼칠 수 있다는 사실을 자네도 잘 알고 있을 텐데."

피할 수 없는 운명이라.

크리브는 조잇의 등을 바라보며, 방금 들은 말의 설득력을 따져봤다. 번지르르한 표현이 그의 머릿속에서 울려 퍼졌다.

정의를 실현할 기회는 따로 있을 거야…… 우선적으로 고려해야 할 것이 여러 가지 있어…… 관련된 사람들 모두가 한결 편해질 테지.

그런 말을 조잇의 타성 탓으로 돌리기에는 뭔가 더, 그보다 더 큰 것이 있었다.

"제가 경감님 말씀을 제대로 이해했는지 잘 모르겠습니다. 모든 정황을 고려해봤을 때, 제가 크로머 부인에 대한 신문을 진행하기란 불가능하다고 말씀하시는 겁니까?"

조잇은 뒤를 돌아보지도 않은 채 대답했다.

"경사, 그 질문은 굉장히 듣기 불편하군. 내가 경찰의 권한 밖에 속한다고 분명히 밝힌 문제를 자네가 어림짐작할 권리는 없어."

"이 수사를 어떻게 진행시켜야 할지 알 필요가 있기 때문에 질문을 드린 겁니다." 크리브는 단호한 태도로 말했다.

조잇의 몸이 경직되었다. 크리브가 정당한 지적으로 그의 힐난을 누그러뜨린 것이다. "독극물 캐비닛 열쇠에 관한 문제를 파고드는 게 현명할 것 같군. 어쨌든 그 점이 수사를 재개한 이유였으니까. 자네가 언급한 다른 문제들 때문에 그 사안의 중요성이 변하지는 않아."

크리브의 눈이 휘둥그레졌다. 하워드 크로머가 본인 소유의 열쇠로 캐비닛을 열었을 수도 있다는 의혹을 그가 명명백백하게 밝히지 않았던가?

조잇은 창가에서 몸을 돌려 허심탄회한 태도로 두 손을 내밀었다. 그러나 그의 두 눈 속에는 크리브가 한 이야기를 듣지 않았다고 애를 쓰는 듯한 심정이 드러나 있었다.

"크리브. 간단히 말하자면, 우리는 그녀가 어떻게 범행을 저질렀는지 알아내라는 명령을 받은 거야. 알아듣겠나?"

크리브는 그제야 알아들었다. 그의 일은 수사 활동 같은 것이 아니었다. 정치권의 권력 행사였던 것이다.

내무부에서는 크로머가 브라이턴에서 열쇠를 목에 걸고 찍은 사진에 대한 설명이 필요했다. 그녀의 자백 내용과 모순되지 않는 설명을 원했던 것이다. 그래서 런던 경찰청장은 그 임무를 문서 업무에 대해서는 타의 추종을 불허하는 평판을 얻고 있던 조잇 경감에게 배정했다. 조잇이 어쩔 수 없이 그 명령을 수행하면, 그들은 미리엄 크로머를 교수대에 매달 작정이었다. 그러면 사형이 집행된 후 누가 그녀의 유죄 여부에 대해 문제를 제기하는 상황이 발생해도, 내무부 장관이 의회에 출두해서 재판 이후 그 사건에 대해 독립적인 조사를 실시했지만 자백에 의해 드러난 사실관계와 상충되는 점은 발견하지 못했다고 발언할 수 있을 것이다.

크리브는 자신이 내뱉는 말을 신뢰할 수 없다는 심정으로 입술을 축였다.

"경감님의 의중을 이해할 수 있을 것 같습니다."

"우리가 한뜻을 지녔다는 사실을 알게 되어 기쁘군. 지난 며칠간 자네가 한 일을 높이 평가하지 않는 것은 아니야. 만약 확실한 증거가 한 가닥이라도 나왔더라면……" 그는 어깨를 으쓱했다. "시간이 너무 부족했으니 어쩔 수 없지."

크리브는 조잇의 모자를 집어 들었다. 그를 집 밖으로 어서 내보내고 싶었기 때문이다.

"그러면 그 열쇠에 관한 문제를 좀더 파고들어보게나." 조잇은 문으로 향하며 이렇게 말했다. "하지만 너무 길게 끌어서는 안 된다는 걸 알 테지? 무슨 일이 있어도 내일까지는 보고서를 받아야겠네."

크리브는 딱 한 번만 고개를 끄덕였다.

조잇은 뭔가 떠오른 듯, 계단을 반쯤 내려가다 몸을 돌렸다. "그녀는 유죄를 인정했다네. 우리가 판결 내용에 의문을 제기한다면, 그녀도 달가워하지는 않을 거야. 월요일에 베리가 자신의 임무를 수행하도록 하는 것이 최선일 거야. 그러면 우리도 안도의 한숨을 쉴 수 있을 테지."

"좋은 소식이 있어." 벨이 말했다.

읽고 있던 책에서 시선을 든 죄수의 두 눈에 흥미로운 빛이 희미하게 드러났다. 하지만 그녀는 아무 대답도 하지 않았다.

벨은 감방 저편에 있는 호킨스를 바라본 다음, 참을성 있는 시선으로 눈을 이리저리 굴려보았다. 그런 다음 반짇고리를 테이블 위에 올려놓고, 이전 시간대 당번 교도관이 사용했던 의자 위치를 살짝 조절했다. 그녀는 급할 게 없다는 듯 쉽사리 정보를 알려주지 않았다.

죄수는 무표정하게 기다렸다.

"무슨 일인지 듣고 싶지 않아?"

벨은 그녀가 고개를 한 번 끄덕이는 모습을 본 걸로 만족했다.

"아래층에 면회객이 와 있어." 그녀는 반짇고리에서 옥양목 테이블보를 꺼내 활기차게 흔들며 마치 채찍을 휘두르는 것 같은 소리를 냈다. "월요일까지는 이걸 다 끝내야겠어." 그녀는 호킨스에게 말하는 동시에, 죄수의 입술이 마치 그게 정말이냐고 묻는 것처럼 벌어진 모습을 곁눈질로 살폈다. 그러나 벨이 기대감에 고개를 돌리는 순간, 그 입은 다시 꼭 닫히며 그녀의 기대를 저버렸다. 두 사람의 시선이 서로 마주쳤다. 벨은 상대방의 승리를 인정하지 않으려 이렇게 말했다. "머리카락이 삐져나왔어. 모자 아래로 밀어 넣도록 해."

크로머는 지시에 따랐다. 그녀는 감방 바닥을 닦고 이부자리를 정리하며 양철 접시를 닦고 요강을 비우는 등, 그들이 지시하는 일은 모조리 해치웠다. 그들은 그녀의 일 처리에 토를 달 수가 없었다. 그들을 짜증나게 하는 것은 그녀의 얼굴에 떠오른 표정이었고, 심지어 그 표정이 어떤 의미인지 설명하기도 어려워서 짜증이 배가될 뿐이었다. 몇몇 죄수들이 보여주는 것처럼 비굴한 표정도 아니었고, 그렇다고 고고한 표정은 더더욱 아니었다. 그 표정이 모욕적인 까닭은, 그녀가 마치 교도관들이 그 자리에 없는 것처럼 행동하기 때문이었다. 자신의 머릿속에서 그들을 완전히 지워버린 듯했다.

"당신 남편이야." 벨이 말했다.

그녀는 다시 책을 향해 시선을 떨구었다.

벨은 혀를 차면서 골무를 찾아 반짇고리를 뒤지기 시작했다. 그녀는 내심 이런 무관심의 벽이 주말 전에 무너질 거라고 예상했다. 그럴 조짐은 어느 정도 있었다. 야간 담당 교도관들은 그녀가 잠꼬대를 한다는 것을 알아차렸다. 때로는 훌쩍이

다가 큰 소리로 누군가를 부르기까지 했다. 다른 사람들 앞에서는 애써 태연한 척했던 것과는 달리, 속으로는 마음을 졸이고 있었던 것이다.

벨은 그녀의 남편을 한번 보고 싶었다. 그가 뉴게이트 교도소를 매일 찾아오기는 했지만 언제나 데이비스와 맹크스가 근무중인 오후 늦은 시간에 방문했기 때문에 그녀에게는 볼 수 있는 기회가 없었다. 떠도는 소문에 의하면, 처음 방문했을 때 그가 스완 앤드 에드거 백화점에서 붉은 장미 꽃다발과 잠옷 한 벌을 사 왔다가 교도소 입구에서 압수당했다고 한다. 이토록 열정이라고는 조금도 찾아볼 수 없는 여자들이 괜찮은 남자들의 헌신을 어떻게 이끌어내는지, 벨에게는 수수께끼가 아닐 수 없었다. 이성과 관련된 그녀의 경험은 예외 없이 쓰라린 것뿐이었다.

스톤스가 잠긴 감방 문을 열고 그를 안으로 들였다. 검은 정장을 차려입은 창백한 얼굴에는 수심이 가득했고, 두 손은 몸 앞에 단단히 모아 쥔 채였다. 목에는 얼룩무늬 스카프를 두르고, 상의 앞주머니에 스카프와 색을 맞춘 손수건을 꽂은 모습은 큐그린에 존재하는 예술성의 상징적인 모습을 드러내는 게 분명했다. 그런 모습은 뉴게이트 교도소에는 전혀 어울리지 않아서 그는 마치 광대라도 된 듯한 모습이었다. 이 불쌍한 남자는 그녀보다 나이가 스무 살은 더 많아 보였다. 머리카락은 대부분 하얗게 세어버렸고, 두 눈은 공허하기만 했다. 역시 가장 고통스러워하는 사람은 가족이라는 말은 틀리지 않았다.

미리엄 크로머는 남편을 자리에서 일어나 맞이하지도 않았다.

벨이 보기에, 하워드 크로머가 아내로부터 인사랍시고 받은 것이라고는, 얼음같이 차가운 파란색 눈으로 머리부터 발끝까지 샅샅이 훑어보는 것이 전부인 듯했다. 그는 감방 문 바로 안쪽에서 미적거리며, 꼭 쥐고 있던 손을 풀어 커프스단추를 매만졌다.

호킨스가 테이블 앞에 있던 여분의 의자를 가져왔다.

"여보……" 남자가 입을 열기 시작했다.

"사탕발림은 됐어요, 하워드. 밖에서 일어나고 있는 일이나 말해봐요." 마치 하인들을 다루는 듯한 말투였다.

"그래요, 물론이지." 그는 입을 씰룩거리며 미소 비슷한 표정을 지으려 했다. "탄원서는 오늘 오후에 내무부에 제출할 거예요. 형 집행정지를 요구하는 서명을 1만 3천 명에게 받았지. 대책위원회가 지칠 줄도 모르고 애를 썼다니까. 내일은 리치먼드그린 파크에서 공청회가 열려요. 하워드 협회에서 우리도 연설을 하도록 해주겠다고 약속했어요. 수천 명이 올 거라고 확신해요. 동정의 여론이 진짜 눈사태처럼 커지고 있다니까요. 오늘 아침에는 우편배달부가 편지 자루를 뒤집어 쏟을 정도였는데……."

"동정?" 그녀는 믿지 못하겠다는 목소리로 말했다. "동정이라니, 무슨 뜻이에요? 난 죽지도 않았는데."

그는 한 손을 목덜미로 가져가 꽉 움켜쥐었다. "미안해요, 미리엄. 지금은 우리 모두에게 시험이 내린 거예요. 당신이 조금만 인내심을 갖고 기다려줄 수만 있다면 정의가 실현될 거라고 확신해요. 그러니까 내 말은 당연히……." 그의 목소리는 어색하게 질질 이어지다가 이내 잦아들었다.

"무슨 뜻인지 알아요." 그녀가 말했다.

침묵이 흘렀다.

남자는 다시 꼼지락거리며 커프스단추를 만지기 시작했다. 그녀는 깊은 생각에 잠긴 채 그를 자세히 살펴보았다.

"하워드, 다른 일은 없어요?"

그는 고개를 끄덕이며 의자 위에 앉았다. 그 통에 의자 다리가 바닥을 긁으며 날카로운 소리가 울려 퍼졌다.

이윽고 흘러나온 그녀의 목소리에는 의심의 여지가 없는 절박한 심정이 담겨 있었다. "그러면 말해줘요, 제발!"

그는 주저했다.

"알고 싶어요, 하워드." 그녀의 말투는 명령이라기보다는 애원에 가까웠다.

"여보, 당신을 너무 기대하게 하는 것은 시기상조인 것 같아서, 이전까지는 이 이야기를 조금도 하지 않았어요. 당신도 알다시피, 우리처럼 무언가 진전되기를 바랄 때에는 지나치게 손쉽게 온갖 일들에 너무 큰 의미를 두곤 하지. 그건 자기기만일 수도 있어요. 당신에게 말하기 전에, 그게 결정적인 징조라는 걸 나부터 확신하고 싶었어요. 오늘에서야 확신을 가졌고, 사이먼도 마찬가지예요."

그는 두 사람 사이에 놓인 테이블 위에 양손을 짚은 채 그녀 쪽으로 몸을 기울였다.

"이번 주에 손님이 두 사람 있었어요. 일요일에는 경사가 한 명 찾아왔는데, 그의 표현에 따르면 세부 사항에 주의를 기울이는 거라고 하더라고요. 다시 말해서 당신 진술을 검토한다는 거예요. 그가 내게 굉장히 날카로운 질문을 몇 개 던지더니, 암실에서부터 촬영실에 이르기까지 전부 보여달라고 하지 뭔가요. 내 말을 믿어도 좋아요. 그는 아무것도 놓치지 않았어요. 나는 그에게 우리 사진첩, 그러니까 자개 장식이 된 사진첩을 보여줬는데, 그가 당신 사진을 한 장 가져가더라니까요."

그녀는 얼굴을 살짝 찡그렸다. "그 사람이 왜 내 사진을 원했을까요?"

"자세한 이야기는 하지 않더라고요. 내가 가장 좋아하는 당신 사진을 명함판 크기로 가져갔지. 검은 드레스를 입고 찍은, 참으로 아름다운 사진 있잖아요."

"지금 내 심정과는 전혀 상관없는 수식어로군요."

그는 눈을 감으며 고개를 저었다. "여보, 당신을 찍은 사진이라는 게 중요한 거예요. 당신 모습 말이에요. 당신 본심이 무엇이든지 간에, 당신은 그 누구보다도 멋져 보여요."

그녀는 그런 찬사를 듣고도 기쁨이나 당혹감 중 어떤 감정도 내비치지 않았다. "그 형사가 당신에게 정확히 어떤 질문을 했죠?"

"아, 전부 물어보던데요. 당신에 대한 관심이 굉장하더라고요. 당신도 알다시피, 내가 이야기하고 싶은 주제는 아닌데 말이에요. 내가 사진첩을 열어서 보여줬는데, 첫 번째 면에 킬패트릭 일가의 사진이 붙어 있었죠. 장인어른께서 가족사진을 찍으러 가족들을 데리고 큐까지 오셨다는 이야기를 했고, 우리가 교제하던 시절에 대해서도 말해줬어요. 그 사진들은 모두 그에게 보여주려고 놓아둔 거니까. 햄프스테드에서 열린 축제, 우리 결혼식, 트루빌로 떠난 신혼여행 이야기도 했어요."

그녀는 입술을 깨물었다. "사진에 찍힌 것들 말이죠."

"여보, 왜 그래요?" 깊은 우려 탓에 남편의 얼굴에는 주름이 졌다.

그녀는 고개를 저었다. "신경 쓰지 말아요, 하워드. 사진첩을 다 본 다음에 형사가 무슨 질문을 했어요?"

감방 안은 시원했지만 그는 손수건을 꺼내 이마를 두드렸다. "아, 나에 대한 질문이었어요. 큐에서 사진관을 운영한 지 얼마나 되었는지, 퍼시벌을 처음 조수로 들였을 때가 언제였는지 같은 질문 말이에요. 물론 퍼시벌이 죽은 날에 대해서도 물어봤어요. 나는 브라이턴에서 열린 회합에 참석했다고 말했지요."

"당신이 말한 거예요, 아니면 그가 물어본 거예요?"

"그가 물어봤던 것 같은데. 내가 무슨 기차를 탔는지 알고 싶어 하더라고요."

그녀의 눈이 휘둥그레졌다. "그래서 뭐라고 대답했어요, 하워드?"

그는 재빨리 미소를 지어 보였다. "내가 누군지 알잖아요, 여보. 그런 질문에 대해서는 그가 더 어떻게 해볼 수 없을 정도로 애매하게 대답했어요. 그런 다음 그를 데리고 사진관을 보여주었어요. 그에게 디캔터를 보관해두던 곳을 보여주고, 매주 월요일 오전에 모건이 와인을 배달하고 나면 당신이 디캔터에 와인을 채운다고 말해줬어요. 당연히 암실도 보여줬는데, 그가 독극물 캐비닛 안을 보고 싶다고 하더라고요. 내 열쇠로 직접 문을 열어보겠다고 우기던데요. 나는 그 사람을 처음부터 끝까지 굉장히 정중히 모셨어요."

"당신에게 적대적이지는 않았고요?"

"아뇨, 적대적이지는 않았어요. 날카롭게 굴긴 했지만, 그건 그 사람의 평소 태도 같더라고요."

"그는 만족해서 돌아갔나요?"

그녀의 남편은 어깨를 으쓱했다. "당연히 그래야지요."

"하지만 아까 하려던 말과는 정반대잖아요." 그녀는 날카로운 시선으로 그를 바라보았다. 벨은 그녀가 그렇게 주의를 기울이는 모습은 처음 보았다.

그녀의 남편은 의자에 앉은 자세를 약간 더 바르게 세웠다. "자, 여보, 수사가 계속 진행되고 있다는 게 명백해졌으니 진전이 있다는 거예요."

"찾아온 사람이 두 명이었다면서요?"

"그래요. 또 다른 남자는 어제 오후에 도착했어요." 그는 그녀를 달래는 듯한 미소를 지어 보였다. "당신도 그 사람을 봤으면 좋았을 텐데, 미리엄. 그가 당신을 즐겁게 해줬을 거예요. 응접실에 앉아 있는 남자의 모습을 상상해보겠어요? 검은 턱수염을 기르고 넓적한 얼굴에 한쪽 뺨에는 흉터가 나 있고 눈은 부리부리하고 덩치가 큰 사람이었어요. 오래 입어서 굉장히 반짝거리는 검은 정장 차림에, 소매가 해진 셔츠에는 새로 산 버터플라이 칼라를 달았더라고요. 여보, 정말 웃긴 점은 이건데, 그는 경찰 부츠를 신고 있었어요!"

그녀는 여전히 미소를 보여주지 않았다. "그 사람은 왜 찾아왔죠?"

그녀의 남편은 고개를 끄덕였다. "나도 그에게 그렇게 물었어요. 그거 알아요? 그가 억센 북부 시골 사투리로 사진을 찍고 싶다고 했어요. 동료들끼리 담배를 피우면서 장기 자랑 삼아 써먹던 말투라는 데 돈이라도 걸 수 있다니까요. 이 사실을 어떻게 생각해요? 무슨 불가사의한 이유가 있든지 간에, 런던 경찰청에서 이 어릿광대를 보내 사진을 찍고 싶다는 구실로 교묘하게 파크 로지의 환심을 사려고 한 거라고요! 자, 3월에 그 일이 일어난 후로, 오래된 단골손님 한두 명을 받은 것을 제외하면 사진관 문은 닫혀 있었잖아요. 그 사람이 뭐라고 할지 알고 싶어서 우리 사정을 이야기했어요.

그는 자신의 이름이 홀리라고 하더니, 요크셔에서 왔는데 일 때문에 며칠 동안 런던에 머문다는 거예요. 아내에게 줄 선물로 사진을 찍고 싶다더군요. 자신이 묵고 있는 호텔 주인에게 추천받아 일부러 큐까지 왔다는 이야기를 하면서, 이번만 자기 사정을 봐서 사진을 찍어주면 굉장히 고마울 거라고 말했어요. 호텔이라니! 그런 부츠를 신고서는 호텔 경비원 앞을 통과할 수조차 없을걸요. 하지만 공무를 수행하는 형사를 방해할 수는 없죠. 심지어 그가 속임수를 쓰기 위해 비굴하게 군다 해도 말이에요. 나는 투철한 직업 정신을 발휘해서 그를 사진관 안으로 안내했어요. 당신도 짐작했을지 모르지만, 그는 시간을 낭비하지 않고 퍼시벌에 대한 이야기를 꺼냈어요. 그 '사건'이 발생한 바로 그 방을 보는 데 굉장히 큰 관심을 나타내더라고요. '사건'이라는 표현은 그가 사용한 거예요. 나는 처음에 온 형사에게 보여준 것들을 그에게도 모두 보여주었어요. 그가 수첩을 꺼내지 않기 위해 애를 쓰고 있다는 사실을 대번에 알았죠."

벨은 호킨스를 향해 흘끗 시선을 던졌다. 그녀는 한 손을 입 앞에 가져다 댔다. 그들이 지키는 죄수의 남편은 두 명의 청자들을 즐겁게 해주고 있었다. 정작 미리엄 크로머만은 조금도 즐겁다는 기색을 보이지 않았다.

"그 남자가 질문을 했다고요, 하워드?"

"일요일에 왔던 경사만큼 많은 질문을 한 건 아니에요. 하지만 그는 대놓고 질문을 던질 수 없었을 테고, 어쩌면 내가 그가 경찰이라는 사실을 짐작했기 때문일 수도 있어요! 그는 주로 당시 상황의 세세한 부분에 관심을 보였어요. 퍼시벌의 시체가 발견된 장소라든지, 청산가리를 보관해둔 곳 같은 것 말이에요."

"좀더 확실히 말할 수는 없어요?" 그녀는 그를 도전적인 눈빛으로 바라보았다. 마치 손님의 행동에 대한 책임이 그에게 있다는 듯한 시선이었다.

　　그는 두 손을 들어 그녀를 달래는 손짓을 했다. "그가 알고 싶어 하는 것은 모두 말해줬어요, 여보. 스트랜드 대로의 풍경을 담은 배경막을 놓고 사진도 찍어줬고요. 그의 비위를 맞추고 싶었거든요." 그는 주머니에서 사진을 한 장 꺼내더니 그녀에게 보여주려고 앞으로 내밀었다.

　　벨은 이야기에 너무나 빠져든 나머지, 지금 그가 하는 행동이 규정 위반이라는 사실을 미처 깨닫지 못하고 그 사진을 보기 위해 몸을 앞으로 기울이고 말았다.

　　"그건 허용되지 않습니다, 선생님." 간신히 이렇게 말했지만, 이미 그녀의 호기심을 충분히 만족시킬 수 있을 정도로 사진을 감상한 다음이었다. 건장하고 턱수염을 길렀으며 두 눈은 진주알 같은 남자의 상반신을 찍은 사진이었다. 그녀의 머릿속에서 어떤 기억이 떠올랐지만, 구체적으로 생각해내기에는 너무 희미했거니와 어쨌든 그리 좋은 느낌의 기억도 아니었다. 사진은 가끔 이상한 수작을 부리는 법이었다.

　　죄수가 감상을 말했다. "외모로 봐서는 예리하다기보다는 야수 같은 사람이네요."

　　"경찰이 아닌 척할 정도의 머리는 있던데요." 그녀의 남편이 말했다. "사진이 나오면 우편으로 보내달라고 하면서 브래드퍼드의 주소를 말해주고는, 요금은 선불로 내겠다고 우기더라고요. 그 주소는 아마 브래드퍼드 경찰서일 테죠." 그는 재미있다는 듯한 목소리를 내려고 애를 썼다. "그 사람들이 조사 결과에 만족했으면 좋겠어요."

그녀는 말없이 그를 바라보았다.

하워드 크로머의 얼굴에 우려가 섞인 주름살이 생기더니 표정이 변했다. "미리엄, 여보, 용서해줘요. 이 상황이 너무 힘들어서 그만……. 농담을 하면서 내 감정을 숨기려고 하는 습관이 이런 상황에서는 얼마나 끔찍한 악취미인지. 이 상황이…… 감방 안에서 테이블을 사이에 두고 당신과 마주 앉아 있는 상황이 얼마나 이상한지. 당신의 감미로운 손을 잡는 것은 꿈도 꾸지 않을 테니, 당신 얼굴을 보는 것만이라도 허락해줘요. 그러지도 못한다면 너무 잔혹한 일이에요."

하지만 그녀의 목소리에서는 아무런 감정도 드러나지 않았다. "영원히 나를 바라보는 것만이 당신이 바라는 전부였잖아요."

그는 그녀에게 힐난이라도 들은 듯 겸연쩍어했다. "그건 사실이에요, 여보. 진심이에요. 물론 찬사의 뜻으로 말이에요."

일순간 그녀는 뭔가 말하려고 하는 것 같았지만, 이내 마음을 바꿔 그저 길게 한숨을 내뱉을 뿐이었다.

그녀의 남편은 어쩔 줄 몰라 하는 것이 분명했다. 그는 입을 열어 두 사람 사이의 간극을 메우려 했다. "용기를 내요,

미리엄. 이번 일이야말로 결정적인 신호인 게 틀림없어요."

"사이먼에게도 이 이야기를 했어요?" 그녀가 물었다.

"물론 그에게는 모든 이야기를 알려주고 있어요."

"그는 뭐라고 하던가요?"

"지극히 간단한 조언이었어요. 기다리라고요."

그녀는 얼굴을 찡그린 채 잠시 생각에 잠겼다.

"하워드, 지금 상황이 나아지고 있는 건지 잘 모르겠어요. 당신이 해준 이야기는 혼란스러워요. 경찰이 왜 두 번째 형사를 보냈는지 이해가 가지 않아요. 중요한 질문은 아무것도 하지 않았다면서요. 형사를 손님으로 가장해 보내다니, 그렇게 일을 처리하는 방식은 경찰의 무능함을 드러내는 거예요. 분별력이 있는 사람이 나타나기만을 얌전히 기다릴 수는 없어요. 시간에 맞춰 나타나지 않을지도 몰라요. 당신이 사이먼과 이야기를 해봐야 해요."

그는 고개를 끄덕였다. "여기서 나가면 곧장 갈게요. 그에게 당신이 해준 이야기를 하겠어요. 걱정 말아요, 여보."

"걱정을 안 할 수가 없잖아요."

그는 자리에서 일어섰다. "한시도 당신 생각을 하지 않은 적이 없어요, 미리엄. 이 일이 다 끝나고 나면……." 그는 용기를 불어넣으려는 듯 미소를 지었다. "다른 할 말은 없어요, 여보?"

"하나 있어요. 사이먼에게 내일 오전에 나를 찾아오라고 말해줘요. 그와 이야기를 나누고 싶어요. 그리고 하워드, 당신은 오지 말았으면 해요."

그는 깜짝 놀라 눈을 깜빡거렸다. "하지만……"

"당신은 오지 말았으면 해요." 그녀는 단어 사이의 간격을 띄워가며 같은 말을 반복했다. "알겠어요?"

그는 재빨리 고개를 숙였다.

"하워드……"

"응?"

"고마워요."

호킨스는 잠긴 감방 문을 열고 그를 밖으로 내보냈다. 감방 문이 다시 닫히자, 죄수는 마치 위기를 막 넘겼다는 듯 숨을 천천히 내쉬었다. 그녀는 다시 책을 들고 읽기 시작했다.

잠을 자고 일어나서도 크리브의 화는 가라앉지 않았다. 이날 아침에는 거실에서 홍방울새가 쩍쩍거리고 있었고 놋쇠로 만든 새장에 햇빛이 반사되어 반짝거렸지만, 조잇이 한 말이 여전히 허공을 맴돌고 있었기 때문이다. '내가 경찰의 권한 밖에 속한다고 분명히 밝힌 문제를 자네가 어림짐작할 권리는 없어.' 크리브는 창가에서 가만히 서 있었다. 입을 굳게 다문 채, 눈은 뜨고 있었지만 딱히 무엇을 보고 있는 것은 아니었다.

분노가 내면으로 향했다.

일주일 내내 그는 아무 소득도 없는 일에 치여 살았던 것이다. 그저 정치가들 놀음에 이용당했다. 하지만 법원의 판결에 도전하는 결과가 나오게 되면 화이트홀이 당황스러워할 것을 그는 처음부터 눈치채고 있었다. 그들은 그가 벽에 난 작은 균열에 종이를 발라 무마하기를 원했지, 건물 전체를 무너뜨리기를 바란 것이 아니었다. 그는 수사 원칙에 따라 행동하라는 훈련을 받은 사람이었기 때문에, 이전까지는 이 살인 사건의 정치적 문제에 대해서는 애써 판단을 유보해왔다. 사실관계를 입증하고 진실을 캐내고 나면, 그 결과에 대해서는 정치가들이 처리하도록 내버려두면 된다고 생각했던 것이다. 그따위 생각을 하다니, 풋내기 소리를 들어도 할 말이 없었다.

상처는 점점 더 깊어졌다. 그는 이 사건이 자신의 경력을 쇄신하는 데 도움이 될지도 모른다고 믿어왔다. 그는 십칠 년 동안이나 경사 계급에 머무르고 있었고, 미래에 대한 환상 따위는 거의 품지 않았다. 밀리는 여전히 런던 경찰청이 곧 그의 능력을 알아주리라는 허황된 믿음을 품고 있었지만, 그는 그렇게까지 착각 속에 빠져 사는 사람은 아니었다.

런던 경찰청에 범죄수사과가 창설된 지 십 년이 흘렀다. 범죄수사과 산하 총 열여섯 개 지역 분서 중 열네 개 분서에 경위들이 배치되었다. 나머지 두 개 분서에 내정된 형사들은 여전히 경사 계급에 머물렀고, 그중 한 명이 바로 그였다. 어째서? 그에게 그 이유에 대해 명확한 언질을 준 사람은 아무도 없었다. '자네 인사 기록에서 규정 위반 항목을 좀 깨끗이 관리하도록 하게, 크리브. 혹시 누가 알겠나?' 십 년 동안 그는 인사 기록의 규정 위반 항목을 깨끗이 유지했고 런던 경찰청의 가장 힘든 분서에서도 버텨냈지만, 그는 여전히 경사 계급에 머물러 있었다. '혹시 누가 알겠나?' 만약 그가 지금까지 모르고 있다면, 그는 형사 자격이 없는 사람이었다.

밀리는 기적이 일어날 거라는 희망을 계속 품고 있겠지만, 그는 현실을 직시했다. 상부에서 보기에 그는 천생 경사 계급에 맞는 형사였다.

'집집마다 찾아가는 탐문 수사 같은 임무에 어울리는, 여기저기 두루 써먹을 수 있는 형사들 중 하나. 책상 앞에서 썩을 남자는 아니지.'

크리브는 오래전에 승진에 대한 꿈을 마음속에서 지워버렸다. 하지만 일주일 전에 일어난 일은 무엇이었단 말인가? 조잇이 찰스 경의 이름을 슬쩍 흘렸던 까닭은, 그저 그의 맥박이 빠르게 뛰도록 만들기 위해서였다. 런던 경찰청장의 개인적인 명령에 의한 비밀 수사라니!

그는 워런을 위해 일을 한다는 생각에 악몽을 꾸기도 했다. 그러나 볼에 홍조가 가시지 않은 보송보송한 수습 형사가 첫 번째 사건 수사를 배정받고 흥분한 것처럼 무턱대고 달려든 사람은 바로 그였다. 탁월한 추론을 몇 개 내놓아 찰스 경에게 깊은 인상을 심어주면, 승진은 따놓은 당상이었다. 그 때문에 그는 범죄수사과장의 승인을 얻지도 않은 채 청장을 위해 일하는 위험을 기꺼이 감수했다. 하지만 그는 진짜 정치, 화이트홀에서 벌어지는 정치에 대해 일단 걸음을 멈추고 생각해봤어야 했다. 이래서야 계속 경사 계급에 머무른다 해도 할 말이 없는 노릇이었다.

그는 한숨을 쉬며 고개를 저은 다음 창가에서 몸을 돌렸다. 자기 연민에 빠져봤자 얻을 것은 아무것도 없었다. 거실을 가로지른 그는 벽에 붙은 작은 찬장 서랍을 열어 펜과 잉크를 꺼냈다. 조잇에게 보낼 보고서를 쓴 다음에 모든 일들을 머릿속에서 지워버릴 작정이었다. 밀리가 사용하던 편지지가 세 장 남아 있었다.

1888년 3월 12일, 큐 지역 파크 로지에서 발생한 조사이아 퍼시벌 살인 사건에 대한 미리엄 크로머 부인의 자백에 관한 수사 보고서.

보고서를 다 작성하고 나면 런던 경찰청 본부로 가져간 다음, 트래펄가 광장을 지나 헤이마켓 거리로 가서 밀리가 항상 노래하던 희극 오페라 입장권이라도 사볼 생각이었다.

어디서부터 시작해야 할까? 그건 중요하지 않았다. 그가 보고서에 어떤 내용을 작성해도, 청장의 책상 위에 올라가기 전에 조잇이 그 내용을 수정할 것이다.

그래서 그는 사실관계를 엄격히 유지하는 선에서 보고서를 작성하기로 마음먹었다.

1. 1888년 3월 12일, 큐 지역에 위치한 파크 로지에서 조사이아 퍼시벌이 독살당하는 사건이 발생하였다. 1888년 6월 8일, 중앙형사법원에서 미리엄 크로머 부인은 살인에 대한 유죄를 인정하고 사형을 언도받았다.

2. 재판이 끝난 후, 한 사진 잡지에서 잘라낸 인쇄물 한 장이 내무부에 도착했다. 그 인쇄물 속 사진은 살인 사건이 발생한 날 브라이턴에서 죄인의 남편이 시곗줄에 꿴 열쇠를 차고 있는 모습을 담고 있었고, 그 열쇠는 독극물 캐비닛을 열 수 있는 두 개의 열쇠 중 하나로 확인되었다. 다른 열쇠 하나는 사망자의 소지품 중에서 발견되었다. 죄수의 자백 내용에도 불구하고, 그녀가 범행을 저지른 날 어떻게 독극물 캐비닛을 열었는지에 대한 의문이 제기되었다. 죄수가 제출한 자백 진술서의 세부 사항에 대한 수사 지시가 내려왔고, 런던 경찰청 범죄수사과 조잇 경감이 서더크 분서 소속 A. 크리브 1급 경사의 도움을 받아 수사

에 착수했다.

그는 작성을 멈추고 펜 끝으로 멍하니 입술을 두드렸다. 쉬운 부분은 끝났다. 이제 그녀의 자백 내용을 하나하나 끌어오는 것이 적절한 수순이었다. 그는 테이블 앞에서 일어나 서류를 보관해둔 선반으로 향했다. 대부분은 검은 표지로 제본된 『런던 경찰법 사전』이었다. 뭔가가 펄럭이며 바닥에 떨어졌다. 밀리는 잡지에서 오려낸 종이를 보관하는 스크랩북을 그의 물건들 사이에 끼워놓곤 했다. 종이를 들어 보니 《페니 삽화 신문》에서 오려낸 어떤 배우의 사진이 그녀의 스크랩북에서 빠져나온 것이었다. 그는 그녀의 자백 진술서 사본을 찾아 테이블 위에 놓았다. 또 뭐가 필요할까? 당연히 『너털 표준어 사전』이 필요했다.

그는 다시 테이블 앞에 앉아 미리엄 크로머의 자백 진술서 첫 단락을 훑어보았다. 그 단락은 그녀의 유죄를 인정하는 개괄적인 내용이었다. 그 부분에 대해서는 딱히 덧붙일 말이 없었다. 그는 두 번째 단락으로 넘어갔다.

1882년 여름, 햄프스테드에서 가족들과 함께 살고 있던 스무 살의 저는 무슨 일인지도 정확히 알지 못한 채 두 명의 친구들과 함께 사진 촬영에 참여했습니다…….

이 두 명의 친구들은 C. 파이퍼와, 현재는 고인이 된 주디스 허니컷이었다.

주디스 허니컷의 검시에 관한 신문 기사에 파이퍼의 주소가 키더포어 애비뉴라고 나와 있었다. 웨스트햄프스테드의 핀칠리 로드 뒤쪽에 있는 기다란 거리였다. 크리브는 지난 수요일 저녁에 듀케인에 대한 조사를 마친 다음 그곳에 갔었다. 키더포어 애비뉴에서 파이퍼라는 성을 가진 가족을 아는 사람은 아무도 없었다. 어떤 사람은 C. 파이퍼가 머천트 노부인의 집에서 몇 달 정도 머물렀던 젊은 여자일지도 모른다고 말했다. 당시 그녀는 스무 살 정도였고, 가족들과 약간의 의견 충돌이 있어 이곳으로 왔다고 했다. 그리고 머천트 부인은 그녀가 떠난 후 곧 사망하고 말았다. 그 집은 이제 러시아 이민자 가족들이 차지하고 있었다.

크리브는 거기서 더이상의 수색을 포기하고 말았다. 런던에는 같은 이름을 가진 사람이 꽤 많을 것이고, 지방까지 합치면 족히 수백 명은 될 것이다. 그는 군 복무를 하던 시절 만났던 C. S. M. 파이퍼라는 사람과, 이즐링턴에 있는 '파이퍼 앤드 선'이라는 동물 가게를 떠올렸다. 시간도 얼마 남지 않은 마당에 그런 흔한 이름을 가진 젊은 여자를 찾아내는 것은 가망 없는 일이었다. 심지어 그는 그녀의 세례명조차 알지 못했다. 지금쯤이면 결혼해서 성이 바뀌었을지도 모를 일이었다.

그녀가 어디에 있든, 월요일 오전 8시가 지나면 그녀는 육년 전에 가벼운 마음으로 사진 촬영에 동의했던 세 명의 젊은 여자들 중 유일한 생존자가 될 것이다. 만약 무슨 사건이라도 일어났다면…….

주머니에 뭔가 들어 있는 것 같아 꺼내보니 미리엄 크로머의 사진이었다. 지금으로서는 뒷면에 적힌 브로드스키의 이름 철자를 확인하는 데에나 필요한 사진이었다. 그는 사진을 테이블 위쪽에 내려놓았다. 그는 그 사진을 처음 봤을 때를 떠올렸다. 파크 로지의 거실에 걸린 커다란 사진을 보며 그녀의 성격을 파악해보려 했던 기억이 선했다. 성과가 있었던 것 같지는 않다. 사람들은 카메라 앞에 서면 마치 나들이옷을 입은 것처럼 가장 자신 있는 표정을 짓기 마련이었다. 다른 사진에서 찍힌 것과는 달리, 이 사진 속에서 확실히 그녀는 비교적 덜 완고한 표정을 짓고 있었다. 그가 이 사진의 사본을 요구했던 것은 바로 이런 이유 때문이었다. 사진관에서 찍은 딱딱한 모습에서 알 수 있는 것 이상으로, 다른 무언가가 더 드러나 있었다. 하지만 그녀의 얼굴에 드러난 갈등이 그녀의 행동 양식을 이해하는 길잡이가 될 수 있을까?

그는 이제 그 사진을 객관적인 시선으로 바라볼 수가 없었다. 자신이 알아낸 사실에 근거해서 볼 수밖에 없었던 것이다. 함부로 추측하는 것은 위험하다는 사실을 알고 있었지만, 이 젊은 여인의 얼굴에서는 함정에 빠졌다는 심정을 읽을 수 있었다. 그녀는 그녀라는 피사체와 사랑에 빠진 남자와 결혼한 것이다. 그는 그녀를 아내로 대하고 칭송하며 애지중지했던 것이 아니라, 사진을 찍을 대상으로만 여겼다. 그의 침실은 그녀의 사진으로 가득했다. 그의 과도한 칭찬과 친절은 그녀에게 좌절감만 불러일으켰다. 과연 그녀는 그토록 한없이 자상한 남편에게 억하심정을 토로할 수 있었을까?

가설일 뿐이다. 그는 절대 진실을 알 수 없을 것이다.

솔직한 심정으로는, 이 얼굴이 살인자의 것인지 판단을 내릴 수가 없었다.

그는 다시 보고서를 작성하기 시작했다. 세 명의 젊은 여자, 미리엄 킬패트릭, 주디스 허니컷, C. 파이퍼. 머리글자가 C인 이름은 굉장히 많았다. 콘스턴스? 그건 더이상 중요한 문제가 아니었다. 보고서를 끝내는 것이 우선이었다.

3. 자백 진술서 두 번째 단락에서, 크로머 부인은 1882년에 찍은 특정 사진들을 언급하며 그 사진들을 퍼시벌이 협박의 수단으로 삼았다고 진술했다. 그녀는 자신과 마찬가지로 하이게이트 문학예술협회 회원이었던 친구 두 명과 함께 사진을 찍도록 설득을 당해……

콘스턴스는 아닐 것이다. 채러티나 코라, 클래라도 아닐 터였다. 이건 무익한 짓이야. C. 파이퍼. 그녀의 이름이 무엇인지 과연 그가 어떻게 알 수 있단 말인가? 하지만 그의 머릿속에서는 계속해서 그럴듯한 이름들이 떠올랐다. 이상하게도 맞는 이름이 떠오르면 그 사실을 알 수 있을 것 같다는 느낌이 들었다.

신시아, 크리스틴, 캐럴라인.

그들이 나체로, 혹은 옷을 거의 다 벗고 찍은 사진들은 탁월한 예술가 레이턴 경이 고대 그리스와 로마 시대를 주제로 작업할 그림을 위한 참고 자료로 사용될 것이라는 설명을 들었다.

캐서린, 셀리아, 샬럿.

샬럿 파이퍼.

이 이름이 확실한 것 같았다. 샬럿. 애칭은 로티.

로티 파이퍼.

크리브는 주먹을 꽉 쥐고 테이블을 내리쳤다. 그는 어째서 이 이름이 그의 머릿속에 떠올랐는지 알고 있었다. 악몽에서 깨어나 차를 끓이러 나갔던 밤에 밀리가 이름을 언급했던 적이 있었다. 그녀가 보고 싶어 한 희극 오페라 〈매스코트〉의 주연배우가 바로 로티 파이퍼였던 것이다.

또다시 막다른 골목이었다. 그는 자신의 운을 저주했다. 되는 일이 하나도 없었다. 로티 파이퍼는 이 사건과 아무런 관련이 없었다. 하지만 그녀에게 이 사건과의 연결 고리가 있었더라면, 또 그가 미리엄 크로머의 친구를 발견했던 거라면, 그는 당장 그녀를 찾아 뛰쳐나갔을 것이다. 이러한 사실을 받아들이는 것은 치욕적이었다. 운명이란 놈이 그에게 꽂은 칼을 또다시 비틀고 있었다. 하지만 그는 여전히 진상을 밝혀내고 싶었다.

미리엄 크로머의 친구가 로티 파이퍼라는 이름으로 무대에서 활동하고 있다는 믿는 것은 너무 과한 희망이었다.

하지만 그는 한번 알아보기로 마음먹었다.

그는 선반에서 밀리의 스크랩북을 꺼냈다. 그 안에는 남녀 배우들의 사진 및 그림이 여러 장 붙어 있었다. 앞보다는 뒤쪽에서부터 살펴보는 것이 최선일 것이다. 그는 뒤에서 두 번째 쪽에서 로티 파이퍼의 사진을 찾아냈다. 펜과 잉크로 스케치한 그림으로, 검은 곱슬머리에 휩싸인 그녀의 얼굴은 눈을 크게 뜬 채 놀란 표정을 짓고 있었다.

〈매스코트〉에서 베티나 역을 맡은 로티 파이퍼

이번 연극 시즌에서 가장 큰 성공을 거둔 사람은 헤이마켓 거리에서 상연하는 희극 오페라 〈매스코트〉의 주연을 맡은 로티 파이퍼다. 이 매력적인 배우는 햄프스테드의 주식 중개인의 딸로, 지방 극장에서 상연된 여러 작품들을 빛내왔으며, 이제는 수도로 진출해 관객들에게 즐거움을 선사하는 희극 오페라에서 자신의 재능을 발휘하고 있다.

버먼지에서 승용마차를 잡기란 어려운 일이었다. 하지만 크리브는 몇 분 걸리지 않아 사륜마차 한 대를 불러 세울 수 있었다.

"헤이마켓 거리로 갑시다. 〈매스코트〉는 아직 상연중이겠죠?"

"주님의 가호가 있으시군요, 선생님. 몇 달은 더 상연할 겁니다."

그리하여 로티 파이퍼가 탄 마차가 다가와 멈췄을 때, 크리브는 극장 직원용 뒷문 부근에 서 있었다. 그녀는 백조 솜털과 향수 냄새를 휘날리며 마차에서 내렸다. 곱슬머리 탓에 그녀가 로티 파이퍼라는 것을 쉽게 알아차릴 수 있었지만, 연노랑 스커트와 에메랄드빛 재킷을 입고 의상과 어울리는 색깔의 모자 위에 검정색 깃털을 두 개 꽂은 모습을 보니 화가가 묘사한 모습보다 실물 쪽이 훨씬 아름답다는 생각이 들었다.

"여러분!"

그녀가 큰 소리로 불렀다. 크리브는 그 자리에 모인 다섯 사람 중 한 명이었다.

"이렇게 와주셔서 얼마나 감사한지 몰라요! 기뻐서 어쩔 줄 모르겠네요. 하지만 분명히 말씀드리지만 공연 후에 저녁 식사 자리에는 절대로 가지 않아요. 끔찍하게 지루한데다 잠을 좀 자야 할 것 같거든요."

크리브나 다른 사람들이 말 한마디 붙여보기도 전에, 그녀는 키스를 보내며 문 안으로 들어갔다. 때마침 미리 꾸민 게 아닌가 싶을 정도로 시기적절하게, 어디선가 입구 경비원이 등장해서 팔짱을 낀 채 문 앞에 버티고 섰다.

크리브는 신분증을 보일 수도 있었다. 하지만 그 대신 피커딜리 서커스 방향으로 걸음을 옮기면서 사람들이 자연스럽게 해산하도록 유도했다. 십 분 후 그는 같은 장소로 돌아왔다. 문밖에는 아무도 보이지 않았다. 그는 휘파람을 불며 안으로 들어가 계단을 올랐다. 그를 가로막는 사람은 아무도 없었다.

그는 프리지어 향기를 따라 걸음을 옮겼다. '로티 파이퍼'라는 이름이 문에 적혀 있었다. 샬럿보다는 훨씬 세련된 이름이었다.

그는 의상 담당자가 대신 응답하리라고 예상하며 문을 두드렸다. 그의 생각이 틀렸다. 그녀가 직접 문가로 나와 밖을 확인할 수 있을 만큼만 문을 열었던 것이다. 사람을 꿰뚫어 보는 듯한 그녀의 시선 속에서 불청객들은 알아서 처리할 수 있다는 자신감이 엿보였다.

"아가씨께서 생각하시는 그런 사람이 아닙니다. 사실 저는 경찰입니다." 그렇게 말하며 크리브는 수중에 있던 미리엄의 사진을 꺼냈다. 이제 그는 자신의 운이 바뀌었는지 알게 될 것이다. "혹시 신문을 읽어보셨다면……."

로티 파이퍼의 얼굴에 떠오른 도전적인 표정은 찡그린 표정으로 바뀌었다. "그녀에 대해 이야기를 나누고 싶은 건가요?" 마음을 굳히려는 듯 그녀는 크리브의 얼굴을 자세히 살펴보았다.

"신분증은 가져왔습니다만." 그는 주머니 속에 든 신분증을 손으로 만져보며 말했다.

"어머, 샴페인을 가져오지 않으셨다는 건 알겠네요."

그녀는 뒤로 물러나 그를 안으로 들였다.

로티 파이퍼는 꽃다발을 그에게 떠넘겼다. "꽃병에 물을 채울 동안 이것 좀 갖고 있어주세요. 여기서 몇 시간 동안 이렇게 방치되어 있었던 게 틀림없어요. 꽃이 죽어가는 모습을 보는 건 정말 싫지 않아요?"

분장실 안에는 거울 세트가 세 개나 있었다. 그는 장미와

카네이션으로 만든 꽃다발을 안은 채, 여러 각도로 비치는 기이한 모습을 바라보았다.

"자, 됐어요." 꽃다발을 처리한 로티 파이퍼는 모자를 벗고 긴 소파 위에 앉아, 크리브에게 반원형 등받이가 있는 안락의자에 앉으라고 손짓했다. "4시 30분에 하녀가 올 거예요. 그때까지는 끝낼 수 있을까요?"

"그러기를 바랍니다. 그렇다면 사진 속 인물을 알아보신 거로군요?"

그녀는 고개를 끄덕이고 날카롭게 말했다. "하지만 당신 얼굴은 모르겠는데요. 이름이 없다면 번호 같은 거라도 붙어 있을 게 아닌가요?"

"죄송합니다." 크리브는 얼굴이 빨개졌다. "크리브 경사입니다."

"정말이에요? 신문마다 실린 미리엄의 자백 진술서를 읽어보았는데, 더이상 새로 밝혀낼 건 없을 것 같던데요."

"그렇습니다." 크리브는 여기서 협력을 얻어낼 필요가 있었다. 로티 파이퍼는 최선의 대사를 말하는 데 이골이 난 사람이었다. "그녀는 월요일에 교수형을 당할 예정입니다. 그녀를 위한 진정서가 내무부에 제출된 상황이어서, 그 진정서 내용이 이치에 맞는지 확인해보는 것이 제 임무입니다."

"걔가 진술서 내용을 바꾸고 싶다고 했나 보죠?"

크리브는 그녀로부터 앙심이 섞인 말을 듣게 되리라고는 예상하지 못했다. 그는 간단히 대답했다. "질문을 하는 사람은 저입니다만."

그녀는 신경질적으로 킥킥 웃으며 자신의 곱슬머리를 배배 꼬았다. 〈매스코트〉에 출연하는 인기 배우는 잠시 햄프스테드의 샬럿 파이퍼로 돌아왔다. "원하는 대로 하세요."

"신문에서 자백 진술서를 읽어보았다고 하셨죠. 진술서 내용에는 당신을 지목하는 듯한 대목이 있습니다. 구체적으로 이름이 언급되지는 않았지만요. 제 말이 맞습니까?"

그녀는 그를 오랫동안 바라보았다. "순진한 척은 하지 말도록 해요, 경사님. 제가 옷을 벗고 사진을 찍은 적이 있는지 물어보셔도 좋아요. 극장 바닥에서 이 년이나 굴러먹었으니 그런 말을 듣는다고 해서 얼굴이 빨개지거나 하지는 않아요."

크리브는 자신의 얼굴이 달아오르지 않았는지 별로 자신이 없었다. "당신이 무슨 일을 했는지는, 어, 그러니까……."

"관심 없어요? 경사님, 그건 남자답지 않은데. 정말로 그렇게 생각한다 해도 말이에요. 그 끔찍한 사진을 보셨나요?"

크리브는 보지 못했다고 자백했다.

"조금도 놀랍지 않네요." 그녀는 또다시 잘 다듬어진 말투로 입을 열었다. "그 사진들은 런던에서 떠돌아다니는 소문에 불과하고, 실제로 본 사람은 아무도 없어요." 그녀는 장난스러운 미소를 지었다. "그 세 명의 요조숙녀들은 지금쯤이면 그런 종류의 사진을 찍었다는 걸 깡그리 잊은 채 살고 있어야 하는 건데!"

크리브는 손가락으로 구레나룻을 어루만지며 무심한 척하려고 애를 썼다. 그는 모든 이야기가 터무니없는 헛소리가 아닌지 아직 판단을 내리지 못했음을 인정하지 않을 작정이었다.

"제 고충을 아시나요? 연극 바닥이 저를 끔찍하게 타락시킨 게 분명해요. 제가 기억하는 그 사진들은 터무니없을 정도로 무미건조하다고 생각하니까요. 그것들이 주일학교에서 나눠주는 종교적인 그림과 다르다는 건 인정하겠어요. 하지만 그 사진들 때문에 홀리웰 스트리트가 후끈 달아올랐다는 건 이해할 수가 없어요. 여기서 오 분 거리에 있는 내셔널갤러리에 가면 반 페니도 내지 않고서 훨씬 헐벗은 그림을 볼 수 있잖아요. 저는 확실히 구제불능일지도 모르겠네요. 미리엄은 그 문제에 대해 훨씬 심각한 태도를 취했으니까요. 실제로 그 때문에 남자 한 명을 독살했잖아요." 그녀는 재차 미소를 지었다.

크리브는 한쪽 눈썹을 치켜올렸다. "그렇다고 믿고 계십니까?" 그는 그녀가 대답하기도 전에 말을 이었다. "미리엄 크로머를 처음 만난 건 언제였습니까?"

"오래전이었어요. 어린 시절에요. 아빠가 그 애 가족들과 알고 지내는 사이여서, 미리엄에게 내 또래이니 우리 집에 와서 놀라고 권했어요. 그때 우리는 열 살이 넘지 않았던 것 같아요. 햄프스테드힐에 있는 우리 집에는 큰 정원이 있었는데, 아빠는 언제나 정원에는 아이들이 노는 소리가 들려야 하는 법이라고 하면서 저와 놀아줄 친구들을 여럿 데려오곤 했어요. 대다수는 마음에 들지 않았죠.

솔직하게 말하자면, 미리엄은 대부분의 아이들보다는 참아줄 만한 아이였어요. 그 애 입장에서 보자면, 미리엄은 직모라 제 외모와 전혀 달랐기 때문에 부당한 비교를 당하지 않아서 좋았을 거예요. 그 애는 우리 집 정원의 정당한 주인인 저를 우러러보곤 했죠. 자기 집안이 장사치라는 사실도 알고 있었던 것 같아요. 그 애 아버지가 마을 대표이긴 해도 말이죠. 반면 우리 아빠는 증권거래소에서 일하셨거든요. 미리엄에게 지위란 굉장히 중요했어요. 제가 너그러운 심정이 들어서 귀부인인 그녀를 모시는 하녀 역할이라도 해주면, 그 애는 굉장히 기뻐했죠.

미리엄와 마음이 꼭 맞았다는 거짓말은 못 하겠네요. 사이가 틀어져서 서로 말을 안 하던 시기가 몇 번 있었고, 방학이 끝나 기숙학교로 돌아갈 때가 되면 안도감이 들곤 했죠. 하지만 대체로 우리는 서로를 참고 받아들였어요. 하지만 크면서 서로 만나는 횟수가 점차 뜸해져서, 교회에서 보거나, 혹은 가끔 있는 파티나 모임을 제외하면 얼굴을 보는 일이 드물었어요."

"두 분은 문학예술협회에 가입하셨죠."

로티 파이퍼는 미소를 지었다. "그때 우리는 이른바 신여성[1]이 되어 있었어요. 뭐, 우리 생각에는 그랬다고 해야 하나. 아실지 모르겠지만, 햄프스테드에서의 삶은 굉장히 제한적이에요. 학창 시절이 끝나자, 사회생활이라고는 성 요한 교회를 쳇바퀴처럼 맴도는 것뿐이었어요. 우리는 매번 같은 사람을 계속해서 만나곤 했죠. 그래서 《익스프레스》에서 하이게이트에 새로운 모임이 생긴다는 기사를 읽고, 각자의 아버지를 마구 괴롭혀 가입 허락을 얻어냈어요. 우리 둘 다 문학이나 예술에 대해서는 아무것도 몰랐지만 그런 걸 아는 사람들은 우리의 매력을 알아줄 거라고 굳게 믿었으니까요. 같은 교구에 함께 알고 지내는 여자애가 한 명 더 있었는데, 그 애가 주디스 허니컷이었어요. 그 애 아버지는 우산 가게를 운영했는데, 우리 신분에 비하면 수준이 좀 떨어지는 가업이긴 했죠. 하지만 주디스는 성격이랄까, 그런 점에서 비슷한 점이 많아서 우

---

[1] 영국에서 최초로 급여를 지불받은 여성 저널리스트이자 소설가인 일라이자 린 린턴이 1868년 주간지에 게재한 글 「신여성(The Girl of the Period)」에서 비롯한 표현. 이 글에서 린턴은 당대의 젊은 여성, 특히 급진적인 여성운동가들의 행실이 부도덕하다며 크게 비난했다.

린 셋이서 함께 뭉쳐 다녔어요."

"그때가 1882년이었겠군요?"

"글쎄요, 전혀 모르겠는데요. 저는 날짜를 기억하고 다니는 사람이 아니어서요. 거기서 들었던 강의들은 끔찍할 정도로 지루하다는 인상만 남겼지만, 모임에 나온 사람들은 전혀 뜻밖이었어요. 모임 장소는 벨벳 코트와 깃털 목도리 차림인 사람들로 가득했는데, 완전히 다른 세상이었다니까요! 모임을 마치기 삼십 분쯤 전에는 커피와 직접 만든 케이크가 나오는 티타임을 가졌는데, 모든 사람들이 자리에서 일어나 함께 어울렸어요. 지금 생각하면 우습지만, 스무 살이었던 제게 대화로 가득 찬 조그만 회관은 피커딜리에 있는 카페 로열과 다름없었어요. 이전까지는 그렇게 이국적인 경험을 해보지 못했으니까요.

미리엄과 주디스 역시 매혹되었을 거라고 믿어 의심치 않아요. 우리는 눈에 띄려고 필사적으로 구는 것처럼 보이지 않는 선에서, 가능한 한 늦게까지 자리를 뜨지 않으려 했어요. 그런 다음 버스를 타고 집으로 돌아가는 길 내내 그날 만났던 흥미진진한 사람들에 대한 이야기를 떠들었어요. 그러고 난 후에는 이제 다음 모임까지 남은 날이 어서 지나갔으면 좋겠다고 바랄 뿐이었죠."

"그 사진은 어떻게 찍게 되었습니까?" 크리브는 의상 담당자가 곧 올 거라는 사실을 의식하며 물었다.

"미리엄이 설명한 그대로예요. 우리가 협회 회원이 된 지 예닐곱 달 정도 지났을 때였을 거예요. 로열아카데미 소속인 사람과 피렌체 미술에 대한 이야기를 나누고 있었어요. 끔찍할 정도로 지루했죠. 그런 다음 늘 그랬던 것처럼, 모두들 커피를 마시면서 그 대화가 얼마나 자극이 되었는지 이야기를 나눴어요. 그가 설명했던 그림을 직접 보기 위해 내셔널갤러리에 가는 날이 어서 빨리 왔으면 좋겠다는 이야기도 했죠. 전주에 모임을 마치고 자리를 뜨면서, 밀튼의 시를 하나하나 다 낭독해보겠다고 서약했던 것처럼요. 다행히도 우리가 정말 그랬는지 물어보는 사람은 없었어요.

뭐, 평소처럼 집에 가는 길에 저는 다른 두 사람에게 그날 만난 사람들 이야기를 시작했는데, 미리엄이 제 이야기를 막으며 믿을 수 없을 정도로 신나는 일이 있다고 했어요. 저는 미심쩍어했던 것으로 기억해요. 미리엄이 커피를 마시는 동안 주로 라우스비 부인과 함께였다는 사실을 알고 있었거든요. 부인은 협회 발기인 중 한 명이었는데, 지나치게 짙은 화장을 하고 남의 머리꼭대기에 올라가려는 사람이었어요. 어쨌든 저는 우아하게 미리엄에게 발언권을 양보했죠.

그때 미리엄이 알려준 소식이 제 이야기보다 더 신나는 일이었다는 사실은 인정하지 않을 수 없네요. 라우스비 부인은 미리엄이 그 강의를 즐겼다는 사실을 알게 되어 기쁘다면서, 그건 미리엄이 예술에 매력을 느끼고 있는 증거라고 말했다는 거예요. 라우스비 부인은 그림 그리기를 열정적으로 즐기고 있다고 했어요. 프레더릭 레이턴 경과도 개인적인 친분이 있는데, 그 위대한 예술가가 우아하게 균형이 잡힌 몸매와 예술적인 감수성을 겸비한 젊은 숙녀들을 찾는 데 열성이라는 사실을 알려 주었어요. 그분이 고대 그리스와 로마 시대를 주제로 한 그림을 그리고 있는데, 그 광활한 캔버스를 채울 수 있도록 모델이 되어줄 사람이 필요하다면서 말이에요."

로티 파이퍼는 어깨를 살짝 으쓱했다.

"이후 이야기는 아시는 대로랍니다."

크리브는 로티의 입장에서 그 이야기를 듣고 싶었지만, 대놓고 말하는 대신 적당한 신호만 보내기로 마음먹었다. "당신들에게는 모험을 하는 것처럼 매력적으로 들렸을 겁니다. 그리고 다 함께 가면 안전할 거라고도 생각했을 테고요."

그녀는 고개를 끄덕였다. "다음 모임에서 우리 세 명은 모델을 서기로 약속했어요. 그러자 라우스비 부인은 웨스트햄프스테드로 가보라며 주소를 하나 알려주었죠. 저는 마침 프레드릭 경이 켄징턴에 살고 있다는 사실을 알고 있었기 때문에, 그 지시에 의문을 품었죠. 하지만 라우스비 부인은 그분의 조수가 참고 자료를 준비하기로 되어 있다고 설명했어요.

만약 저 혼자였더라면 그곳에 가지 않았겠지만, 그때까지 누구 한 명이 다른 두 사람의 모험에 훼방을 놓았던 적은 한 번도 없었어요. 다음 날 오후, 우리는 제 발로 웨스트햄프스테드로 갔다가 그 조수란 사람이 사실은 화가가 아니라 사진사라는 사실을 알게 되었죠."

"혹시⋯⋯." 크리브가 재빨리 끼어들었다. "그 사진사도 협회 회원이었습니까?

"그래요."

지금은 머뭇거리고 있을 때가 아니었다. "줄리언 듀케인이라는 사람이었습니까?"

"그래요. 더 이상 그 이름을 쓰기 곤란해지기 전까지는 말이죠. 무슨 뜻인지는 분명 아실 테죠."

"대략 알고 있습니다. 그보다는 우선, 혹시 괜찮으시다면 그가 찍은 사진에 대해 말씀해주시겠습니까?"

그녀는 손가락으로 곱슬머리를 배배 꼬았다. "정말 끈질긴 형사분이시네요. 제가 수치를 모면하게 해주실 생각은 없나 보죠?"

그는 고개를 저었다. "제가 당신이라는 사람을 제대로 이해했다면, 큰 수치라고는 생각하지 않을 것 같군요."

"제 순진했던 모습이 수치스러운걸요, 그 사진이 수치스러운 게 아니라. 줄리언을 만나보셨나요?"

"제가 만난 사람은 하워드 크로머였습니다."

"물론 그렇겠죠. '줄리언'이라는 이름은 햄프스테드에 딱 어울리지만, 확실히 '하워드'가 큐그린에 걸맞은 이름이죠. 그도 알고 있었을 거예요. 취향의 문제에 대해서는 극도로 세심했거든요. 그를 과소평가하지는 마세요. 그 사람은 굉장히 말을 잘했어요.

그 여름날 오후에 우리 셋은 잔뜩 경계심을 품고 그의 사진관에 도착했어요. 몇 분 지나지 않아 그가 우리들에게 셰리 와인을 권하면서, 미술을 완벽하게 만드는 데 있어 사진이 얼마나 중요한 공헌을 할 수 있는지 아느냐며 훈계했어요. 그가 대화 도중에 유명한 사람들의 이름을 무심할 정도로 툭툭 애칭으로 부르는 바람에, 우리는 그가 정말로 빌 프리스나 에디 랜드시어, 로리 알마 타데마[1] 같은 사람들과 친하게 지내는 사이라고 홀린 듯 믿어버리고 말았어요.

물론 그중에는 프레더릭 레이턴의 이름도 있었죠. 줄리언은 그 사람의 이름도 '프레디'라는 애칭으로 부르면서, 그가 가로 4.5미터, 세로 3미터짜리 캔버스에 그리스 신화의 주요 인물들을 모두 아우르는 대작을 그릴 준비를 하고 있다고 말했어요. 서른 명에 달하는 신과 요정들을 그릴 예정이라면서,

---

[1] 순서대로 윌리엄 파월 프리스, 에드윈 랜드시어, 로런스 알마 타데마. 모두 빅토리아 시대의 유명 화가다.

줄리언에게 참고 자료로 쓰기 위해 사진을 몇 장 찍어달라고 부탁했다는 거예요. 그는 우리에게 이미 찍어둔 사진 중에서 몇 장을 골라 보여주면서, 모델들이 예외 없이 단정한 가운 차림인 걸 보라며 우리를 안심시켰어요. 간단히 말씀드리자 면, 우리는 모델 일을 수락하고 말았죠.

그날 오후에 그가 찍은 사진들은 나무랄 곳이 없을 정도였 고, 줄리언의 행동도 굉장히 모범적이었어요. 우리는 그리스 양식에 맞춰 머리를 틀어 올리고 리넨으로 몸을 감싼 채 카 메라 앞에서 서너 번 정도 포즈를 취해주면서, 그렇게 고생한 대가로 각자 반 파운드씩 받았어요. 그가 굳이 설득할 필요 도 없이, 우리는 다음 주에 또 오기로 약속하고 말았죠. 여기 서 좀더 자세히 이야기할 필요가 있나요?"

크리브는 어깨를 살짝 으쓱했다. "제 짐작이지만, 그가 셰 리 와인을 한두 잔 더 권했을 겁니다. 그리고 프레더릭 경이 지난주에 찍은 사진을 보고 굉장히 기뻐했다고 말했겠죠."

"정확히 표현을 빌리자면, 그 사진에 도취되었다고 했어 요. 너무나 도취된 나머지, 우리더러 이름 없는 요정들뿐만 아 니라 주요 인물들의 모델도 서달라고 부탁했다고 말했어요. 저는 사포 역을, 주디스는 헬레네 역을, 미리엄은 아프로디테 역을 맡기로 했죠. 우리는 촬영용 의상으로 각자 모슬린 천 조각을 두르고 머리에는 화려한 빗 장식을 꽂기로 했어요. 다시 말씀드리지만, 카메라 앞에서 자세를 취하는 것 자체는 그다지 불쾌한 일은 아니었어요. 당시 줄리언의 지적도 일리가 있었던 것이, 코르셋을 입고 어떻게 그리스 여신을 묘사할 수 있겠어요? 우리는 각각 1기니씩 받고 키득거리며 집으로 돌아갔어요. 이내 저는 그 일을 깨끗하게 잊어버렸죠.

다음 여름에 로열아카데미 전시회에 우리가 모델을 서준 그림이 전시되지 않았다는 사실을 알았을 때, 제가 느낀 것은 실망감과 안도감이 뒤섞인 복잡한 감정이었어요. 하지만 그 사진이 다른 목적으로 사용되리라는 생각은 전혀 하지 못했죠. 이게 제가 말씀드릴 수 있는 전부예요, 경사님."

"또 다른 문제가 있습니다." 크리브는 가능한 한 태연한 말투로 입을 열었다. "당신 친구 주디스는 그 일이 일어나고 이 년 후에 비극적인 상황 속에서 유명을 달리했습니다. 당신은 검시 배심에 증인으로 출석했지요."

그녀의 태도가 돌변하더니, 목소리에서 서늘한 냉기가 흘렀다. "그 사실을 알고 계시다면, 제가 검시관에게 뭐라고 말했는지도 아시겠군요. 더이상 말씀드릴 것은 없어요."

"허니컷 씨의 죽음에 대한 것 말입니까? 아, 분명 당신은 검시관에게 해야 할 이야기를 모두 했을 테지요." 크리브는 무릎 위에 놓아둔 모자를 내려다보다가 반대로 뒤집었다. "하지만 검시관은 제가 알 필요가 있는 것들에 대해서는 물어보지 않았을 겁니다. 예를 들어 허니컷 씨가 사망 당시 어떻게 듀케인의 가게에서 일하고 있었는가 하는 것 말입니다." 그는 재빨리 시선을 들었다. "말씀해주십시오, 로티."

그녀가 조심스러운 눈길로 바라보자, 그는 충동적으로 그녀의 이름을 부른 것을 후회하고 말았다.

"여긴 자유국가인걸요. 주디스가 스스로 그 사람의 가게에 일하러 간 거예요."

"이봐요, 그런 대답은 전혀 도움이 되지 않습니다." 그는 목소리를 조금도 바꾸지 않고 말했다. "주디스는 죽었습니다. 미리엄은 사형수 감방에 갇혀 있고요. 그 사진을 찍은 이후, 당신들 중 한 사람은 그 남자 밑에서 일했고 다른 한 사람은 그와 결혼했습니다. 어떻게 그렇게 됐는지 말해줄 수 있는 유일한 사람은 당신입니다. 듀케인이 두 사람을 협박했습니까?"

"협박이요?" 그녀는 파안대소했다. "정말 근사하네요! 여보세요, 형사 아저씨. 분명 당신은 경찰로서는 굉장히 뛰어난 사람일 테지만, 모든 일을 범죄와 관련해서 해석하는 것은 끔찍한 실수라고요. 당신은 확실히 여성 심리에 대해 기초 수업을 몇 개 들어야 할 필요가 있겠네요. 아무리 고상한 방식이라고는 해도, 양갓집 규수로 자란 여자가 옷을 벗은 까닭이 뭐였겠어요? 이성 앞에서 처음으로 옷을 벗는 것은 무섭기는 해도, 조금도 흥분되지 않는 일이라고 할 수는 없죠. 그런 상황에서는 예상하지 못한 감정이 고양될 수도 있는 거라고요.

　우리 셋 중 누구도 그 사실을 고백하지는 않았지만, 우린 줄리언 듀케인에게 우리의 육체가 어떤 인상을 주는지에 대해 깊은 호기심을 느꼈어요. 그는 우리들의 사진을 찍으면서, 고지식할 정도로 조심스럽게 우릴 공평하게 대하려고 했죠. 하지만 당신도 알다시피, 우리들은 모임에서 그를 다시 만나게 될 거라는 사실을 알고 있었죠. 우리들은 제각기 머릿속에서 은밀한 상상을 했어요. 사진을 현상하면서 그가 우리의 매력에 도취될 거라고요. 그는 우리보다 거의 스무 살이나 나이가 많았던데다 우리에게 이성적인 관심은 전혀 보이지 않았지만, 우리들의 소녀다운 상상 속에서 그는 굉장히 특별한 존재가 되었죠. 우리는 모임 자리에서 뻔뻔하게도 그를 쫓아다녔어요. 그러는 목적은 차마 입 밖에 낼 수 없었지만요. 왜냐하면 우리들 중에 부모님으로부터 생면부지의 남자와 함께 외출할 수 있도록 허락을 받은 사람은 아무도 없었거든요.

　이윽고 우리들 사이에는 명백한 경쟁의식이 솟아났어요. 우리는 하이게이트를 오갈 때면 습관적으로 함께 다니곤 했지만, 일단 회관 안에 들어가고 나면 불구대천의 원수가 되었죠. 불쌍한 줄리언은 어쩔 줄을 몰랐죠. 흠, 눈을 초롱초롱하게 빛낸 채 달려드는 여자들에게 둘러싸여 시달리는 남자의 모습을 상상할 수 있겠어요? 게다가 우리들은 학교를 갓 졸업

한 나이였단 말이죠. 그는 자신의 친구를 소개해주며 그 문제를 해결해보려고 애를 썼어요. 그의 변호사 말이에요."

"앨링엄이었군요."

"예, 사이먼이었어요. 사이먼이 미리엄에게 홀딱 반했다는 것은 분명했지만, 그 애가 염원하던 상품은 줄리언이었어요. 미리엄의 자부심이 그 정도의 상품을 원했던 거죠. 나도 제정신을 차리기 전까지는 비슷한 심정으로 괴로워했기 때문에 알고 있는 거예요. 우리는 현대판 파리스의 심판을 기다리는 세 여신이었던 거죠. 우리에게는 여기서 이기는 것이 전부였어요. 서서히 시간이 지나자, 미리엄이 우리보다 앞서나가기 시작했어요. 걔는 남자를 홀릴 줄 알아 다른 사람의 부러움을 사는 여자였거든요. 남자들 중 그 애의 진짜 모습을 볼 수 있는 사람은 아무도 없을 거예요. 같은 여자라면 다르겠지만요."

"변명을 하자면, 저는 그녀를 만난 적이 없습니다."

"그러면 미리엄은 당신을 속이지 않았겠군요. 하지만 직접 만나면 금방 그렇게 될걸요. 저는 미리엄이 가진 힘이 무엇인지 알게 되자 걔와 경쟁하는 것은 쓸모없는 짓이라는 것을 깨달았어요. 경쟁에서 물러나고 나서야 줄리언을 쫓아다니는 게 얼마나 우스꽝스러운 짓이었는지 알았죠. 그는 자신의 분야에서 나름대로 성공한 사람이고 옷차림도 말쑥했지만 사실은 끔찍할 정도로 지루한 사람이었거든요. 게다가 그렇게 나이가 많은 사람을! 상상해보시라고요!"

"당시 마흔을 갓 넘겼다고 알고 있습니다."

"정말 말도 안 되는 짓이었다니까요! 아까 말했듯이, 저는 다른 곳으로 관심을 돌렸어요. 이윽고 주디스 역시 그 시합에서 기권한 것처럼 보였죠. 다시 저와 대화를 주고받게 되고 나서, 우산 가게 카운터에 앉아 있는 자신에게 추파를 던지려 안달복달하던 젊은 남자들에 대한 이야기를 해주었거든요. 더이상 줄리언에게 관심이 없다는 이야기를 그 애 나름대로의 방식으로 표현했던 거예요. 어쩌면 당시에 제가 제멋대로 그렇게 이해했던 것 같기도 해요. 주디스와 저는 서로에게 많은 비밀들을 털어놓았는데, 상처를 치유하는 데 많은 도움이 되었어요. 그 애는 저처럼 머리카락이 검은색이고, 쾌활한 성격이었어요. 유머 감각도 갖추고 있었죠.

우리는 줄리언이 미리엄의 사진을 번존스[1]에게 팔아넘겼을 게 틀림없다고 남몰래 농담을 주고받곤 했죠. 그의 작품에 등장하는 여자들은 죄다 영양실조에 걸린 채 엄숙한 표정이나 짓고 있었으니까요. 우리 행동거지가 좀 교활했죠? 그후로 여러 달 동안 그렇게 지냈어요. 보름 정도 간격을 두고 그 애

---

[1] 에드워드 번존스. 19세기 영국의 라파엘전파 화가.

랑 만났다고 말씀드렸던가요?

그러던 어느 날, 주디스가 직장을 옮겼다고 태연하게 선언하자 저는 엄청나게 놀라고 말았어요. 줄리언의 조수로 들어갔다는 거예요. 그 이야기를 들은 것은 협회 모임에 참석하려고 하이게이트행 버스에 타고 있었을 때였어요. 미리엄은 말문이 막혀버리고 말았어요. 당신이 그 애 눈빛을 봤어야 하는데! 그런 이야기를 그렇게 무심하게 꺼낸 주디스의 처신에도 문제가 있었지만, 미리엄은 그 문제로 시끄럽게 굴고 싶지 않았던 것 같아요. 그날 모임 내내 미리엄은 무표정한 얼굴로 앉아 있었던 것으로 기억해요. 커피를 마실 시간이 되어서도 줄리언 쪽으로는 시선 한번 보내지 않더라고요. 그가 다가와서 미리엄에게 말을 걸었지만 그 애는 입술을 꼭 깨문 채 저쪽으로 가버릴 뿐이었어요. 사이먼이 그 애를 쫓아가 무슨 일인지 물어보았죠. 줄리언은 완전히 어쩔 줄 몰라 했어요."

"그 역시 여성 심리에 대해 무지했군요."

그녀는 그 말을 듣자 미소를 지었다.

"그렇다면 주디스는 미리엄이 벌이던 게임에 난입한 거로군요." 크리브가 말했다. "그녀는 어떻게 그런 일을 해냈습니까?"

"순전히 계략을 발휘한 탓이었죠. 주디스는 미리엄과 제게 없는 이점을 적극 활용했어요. 직장을 다니고 있었거든요. 주디스는 《익스프레스》를 보고 줄리언이 조수 채용 광고를 냈다는 사실을 알아냈어요. 그리고 이제 우산을 파는 것보다 더 창조적인 일을 할 때가 되었다고 아버지를 설득했죠. 그런 다음 남은 일은 여성을 고용함으로써 얻는 이점을 줄리언에게 납득시키는 것뿐이었죠."

"그녀가 할 수 없었던 일을 제외하면…… 과연 그 이점이란 것이 뭘까요?"

로티는 흔들림 없는 시선으로 그를 바라보았다. "조수로서 할 수 있는 일에 더해, 접수 업무도 맡았을 거예요. 게다가 수정이나 착색 작업에서도 여성의 섬세함을 발휘했을 테고요."

"똑똑한 사람이었군요. 당신이 그녀를 인정할 수밖에 없었던 것도 이해가 갑니다. 미리엄이 집 안에서 조바심치는 사이, 그녀는 하루 종일 사진관 안에 틀어박혀 줄리언에게 자신의 매력을 발산했을 테니."

그녀는 고개를 저었다. "아니에요, 경사님. 미리엄의 대처 능력이 그보다는 훨씬 뛰어났다는 사실을 인정하셔야 해요. 줄리언은 이제 조수를 데리고 있으니, 원판이라고 하나요? 하여간 그런 따분한 작업은 조수에게 떠넘기고 자신은 사진 촬영에 좀더 많은 시간을 쏟았어요. 아시겠지만, 잘나가는 사진사들은 어디서 상을 받았다는 공고문을 쇼윈도에 붙여놓기를 좋아하잖아요. 줄리언의 사업은 번창하고 있었으니, 이제

는 사진 경연 대회에 참가하기 시작할 때였죠. 당연히 그에게
는 모델이 필요했어요."

"아하." 크리브는 이해했다. "주디스가 암실에 틀어박혀 있
는 동안, 미리엄과 줄리언은 카메라와 소풍 바구니를 들고 밖
으로 나갔겠군요."

"바로 그거예요. 줄리언이 언제나 미리엄은 사진을 잘 받
는다고 말하곤 해서, 그 애가 모델을 서주겠다고 먼저 제안했
던 거예요. 덧붙이자면, 굉장히 점잖은 사진이었어요. 당시 그
는 사진사로서 명성을 꽤 얻게 되어서, 고대 그리스 사진을 찍
던 것은 과거 일이 되어버렸어요. 미리엄은 사진 촬영에 도움
이 될 거라며 모자나 양산, 목걸이 같은 것들을 사달라고 그
를 설득했어요. 아주 의기양양하게 굴었죠. 게다가 불쌍한 주
디스가 그 사진을 현상하리라는 사실을 알고 즐기기까지 했
어요. 만약 나였다면 사진에 염산이라도 뿌려서 망쳐놨을 텐
데. 미리엄은 줄리언으로 하여금 자신이 그에게 영감을 주는
존재라고 믿게 만들었어요. 언제라도 미리엄이 사진관을 방
문하면, 그는 만사를 다 제치고 그 애를 맞이했어요. 걔가 집
에다 뭐라고 둘러댔는지 저로서는 알 수 없지만, 일주일에 두
세 번은 그곳에 가곤 했죠."

크리브는 그녀의 말을 들으며, 하워드 크로머가 자신은 큐
에 오기 전까지는 미리엄을 한 번도 만나본 적이 없다는 인상

을 심어주려 했던 것을 떠올렸다.

"주디스가 한풀 꺾였다고 생각하실 테죠." 로티는 말을 이었다. "하지만 아직은 아니었어요. 어느 목요일 오전, 저는 햄프스테드 중심가에서 주디스를 만났어요. 아무래도 불쌍하단 생각이 들어서 못 본 채 지나치려고 했지만, 놀랍게도 그 애가 흥분으로 얼굴을 분홍색으로 물들인 채 길을 건너 다가오는 게 아니겠어요. 그러더니 저를 찻집으로 데려가 줄리언과 약혼했다는 소식을 알려주지 뭐예요! 저는 깜짝 놀라 숨이 막힐 지경이었어요. 주디스는 반지를 장만하기 전까지는 비밀이라고 했어요. 제게 처음으로 말하는 거라면서요. 자신이 얼마나 행복한지 다른 사람에게 말하고 싶어서 못 견딜 지경이었던 거예요. 그 애는 아직 아버지에게 알리지는 않았지만, 아버지도 반대하지 않을 거라고 했어요.

예, 두 사람은 그날 저녁에 미리엄에게도 그 소식을 알릴 작정이었어요. 주디스는 미리엄도 함께 기뻐해줄 거라고 확신했어요. 저는 그 애에게 그렇게 낙관하지 말라고 솔직하게 말해줬어요. 미리엄이 격분할 게 뻔했으니까요. 그리고 약혼 기간을 너무 길게 끌지 말라고도 경고했죠. 왜냐하면 미리엄은 지나치게 외골수라 그를 쉽게 포기하지 않으리라는 사실을 잘 알고 있었으니까요. 하지만 주디스는 웃음을 터뜨리며 줄리언을 잃을 걱정은 전혀 하지 않는다고 말했어요."

이런 여자들 간의 이야기는 버스나 기차를 타면 일주일 내내 들을 수 있는 것이었지만, 이 대화 속에는 삶과 죽음이 얽혀 있었다.

"주디스는 이상한 이야기를 하나 했어요. 줄리언이 미리엄을 바라보는 태도를 전혀 눈치채지 못했냐는 거예요. 한 남자가 정말로 좋아하는 여자를 보는 방식이 아니라면서요. 줄리언은 미리엄을 한 사람의 인간으로는 전혀 보지 않고, 그저 하나의 얼굴로만 여긴다는 거였죠. 키스하기 위한 얼굴이 아니라 사진을 찍기 위한 얼굴 말예요. 그 애는 카메라 렌즈를 통해 비춰지는 대상이라는 뜻이었어요. 저는 어쩌면 그가 모든 여자를 사진사의 눈으로만 보았을지도 모른다고 말했어요. 주디스는 다시 한번 웃음을 터뜨리며 그는 절대 그런 사람이 아니라고 확신한다고 했어요. 자신은 그 증거를 품고 있다면서요."

"그의 아이 말이로군요."

로티는 고개를 끄덕였다.

크리브는 잠시 그녀를 물끄러미 바라보았다. "검시관에게는 그 이야기를 하지 않았을 텐데요."

그녀는 시선을 떨구었다. "네. 아무 말도 하지 않는 것이 사려 깊은 행동일 것 같았어요. 그때는 주디스가 죽은 다음이었어요. 그건 절대 바꿀 수 없는 사실이었으니까요. 줄리언은 궁지에 빠져 옴짝달싹 못 하는 처지였어요. 그의 사진관에서 자살 사건이 일어난데다, 독약을 찬장 안에 안전하게 보관해두지 않기도 했고, 이런저런 모든 일들이 난관에 처해 있었죠. 그도 증언을 하면서 약혼이라든지 주디스의 임신 문제에 대해서는 아무 말도 하지 않았기 때문에 저 역시 입을 다물었어요. 저는 허위 진술은 단 한 마디도 하지 않았어요. 그저 그애가 제게 말해준 이야기에 대해 입을 다물고 있었을 뿐이었죠. 만약 제가 그 이야기를 했다면, 판결 내용은 달라지지 않았을 테지만 줄리언의 명예는 완전히 무너져 절대로 회복할수 없었겠죠."

"한 가지 솔직하게 말씀해주십시오." 크리브는 날 선 목소리로 말했다. "당신은 주디스의 죽음을 어떻게 생각했습니까?"

그의 말을 듣고 그녀의 두 눈이 미세하지만 빠르게 흔들렸다. "경사님, 저는 아무 생각도 할 수 없었어요. 제가 검시관에게 말한 것은 모두 사실이에요. 죽기 전날, 주디스는 굉장히 기쁨에 넘쳐 있어서 임신 상태에 대해서는 조금도 걱정하지 않았어요. 그다음에 들은 소식이 바로 그 애가 죽었다는 것이었죠. 마음을 바꾼 줄리언이 주디스에게 결혼하지 않겠다고 말하자 그 애가 독을 마셨다고 밖에는 생각할 수 없었어요. 임신한 여자라면 갑작스러운 충격을 받았을 때 말도 안 되는 행동을 할 수도 있는 거라고요."

"지금도 그렇게 생각하십니까?"

로티 파이퍼는 천천히 고개를 저었다. "큐에서 일어난 사건에 관한 기사를 읽고 난 후로는 그렇지 않아요. 지금은 주디스가 살해당했다고 생각해요."

"미리엄에게 말입니까?"

"걔가 큐에서 살인을 저질렀다고 자백하지 않았나요?"

로티는 크리브 역시 그녀와 같은 결론에 도달했는지 알아보기 위해 그의 얼굴을 자세히 살펴보았다.

"검시 배심에서는 미리엄의 이름이 한 번도 언급되지 않았지만, 그 애라면 손쉽게 해치울 수 있는 일이었어요. 미리엄은 줄리언의 사진관을 일주일에 두세 번이나 방문하곤 했죠. 만약 목요일 저녁에 줄리언이 약혼 사실을 미리엄에게 알렸다면, 금요일에 그가 외출해서 주디스 혼자 있을 거라는 사실을 알고 사진관으로 갔을 수도 있어요.

이건 제 생각이지만, 만약 미리엄이 주디스를 축하해주기 위해 왔다는 인상을 내비쳤다면, 두 사람은 자연스럽게 함께 차를 마셨을 거예요. 그리고 미리엄은 기회를 틈타 주디스의 찻잔에 독을 넣은 다음 그 애가 죽어가는 모습을 바라봤겠죠. 예, 열 살 때부터 알고 지낸 사람에 대해 이렇게까지 혐오스러운 이야기를 해야 하나 싶지만, 그 외에 다른 설명이 가능할까요?"

크리브는 다른 설명이 있다 한들 이를 밝힐 생각은 없었다. 그는 로티 파이퍼에게 자신을 만나준 것에 대한 감사 인사를 전한 뒤 아래층으로 내려가, 매표소에 들러 〈매스코트〉의 3층 정면 좌석 티켓을 두 장 구입했다. 월요일 공연 입장권이었다.

조잇 경감은 여윈 손가락으로 자신의 책상 모서리를 두드렸다. 집무실 벽 위를 떠돌고 있던 시선은 로버트 필[I] 경의 초상화에 머물렀다가 박제한 수사슴 머리, 아치볼드[II]가 저술한 서적이나 스톤 재판 기록 편람[III] 같은 곳으로 계속 옮겨갔다. 하지만 그의 맞은편에 앉아 있는 크리브에게는 절대로 눈길을 주지 않았다.

"여기에 오다니, 그것도 이런 백주 대낮에 말이야." 그는 세 번째 같은 말을 반복했다.

"집에 전화기가 없어서 말입니다." 그는 책상 위에 놓인 전

[I] 19세기 초 영국의 정치가로, 두 번에 걸쳐 영국의 수상을 역임하였으며 런던 경찰청을 설립하는 등 현대 영국 경찰의 아버지로 평가된다.
[II] 존 프레더릭 아치볼드. 19세기 영국의 법학자로, 법률의 해석과 적용에 대한 다양한 저술을 남겼다.
[III] 1842년부터 매년, 혹은 격년 단위로 발행되어 한 해의 각종 형사, 민사 소송 내용을 요약하고 새로 제정된 법률의 적용 범위를 설명하는 안내서이다. 제호는 1842년부터 1874년까지 총 17호의 편집을 담당한 새뮤얼 스톤의 이름에서 따왔다.

6월 22일, 금요일

화기를 바라보며 말했다. "직접 찾아오는 것 외에는 다른 방법이 없었습니다, 경감님."

"아래층에 메시지를 남길 수도 있었을 텐데."

"감히 제가 경감님께 저희 집으로 오시라고 요청드릴 수 있겠습니까? 게다가 어제 방문하신 뒤로 얼마 지나지도 않았는데 재차 그러고 싶어 하실지 의문이었습니다. 오늘 저녁 내에 결정해야 할 사안입니다, 경감님."

조잇은 화가 머리끝까지 치솟은 나머지 파이프에 불을 붙일 수조차 없었다. 그는 담배 파이프의 입 대는 부분을 돌려 뺀 다음, 그 구멍을 통해 필 경의 초상화를 들여다보았다.

"분명히 말하지만, 자네 판단이 옳아야 할 거야, 경사. 지금까지 자네가 해준 이야기 중 내 의견을 바꿀 만한 것은 아무것도 없었어. 샬럿 파이퍼가 한 이야기도 저질 코미디에나 출연하는 배우의 입에서나 나올 법한 잡담일 뿐이야."

"그녀의 아버지는 증권거래소 회원입니다만."

"아버지가 안됐군그래. 그래서 대체 그 결정이란 게 뭔가?"

"미리엄 크로머를 신문할 권한을 주십시오, 경감님."

조잇은 의자에 앉은 채 눈을 부라리며 몸을 휙 돌렸다.

"빌어먹을, 이 이야기는 전에도 했을 텐데! 그렇게 할 수는 없어. 자네는 간단한 영어도 이해 못 하나?"

"할 수 있습니다."

"자네가 진행한 수사에 대한 서면 보고서를 가져오라고 했을 텐데. 내가 자네에게 내린 지시는 그게 전부야. 쓸데없는 모험심 때문에 헤이마켓 거리나 어슬렁거리라는 말은 하지 않았어. 보고서는 어디 있나? 아직 작성하지 않았나? 그런데도 뻔뻔스럽게 본청까지 기어들어오다니······."

"말씀드려야 할 것이 더 있습니다, 경감님. 수사에 진전이 있었습니다." 크리브가 차분한 말투로 말했다.

"무슨 뜻이지?"

"하워드 크로머, 과거 줄리언 듀케인이었던 자가 사라졌습니다. 그가 도버 해협을 건널 수 있는 항구 중 한 곳으로 향했다고 믿을 만한 근거가 있습니다."

"맙소사!"

조잇의 두 눈에 망연자실한 기색이 번지기 시작했다.

"그가 대체 어째서 그런 짓을 벌인단 말인가?"

"제 실책은 아닙니다, 경감님. 저는 파이퍼에게 진술을 받은 다음, 하워드 크로머에게 몇 가지 질문을 하기 위해 기차를 타고 큐로 향했습니다. 이번에는 그에게서 진상을 끌어낼 수 있는 충분한 정보를 확보했다고 생각했기 때문입니다. 저는 그가 큐로 이주하기 전부터 미리엄 크로머와 친밀한 관계였다는 사실을 제게 숨긴 이유와 고 주디스 허니컷의 검시 배심에서 극히 중요한 정보를 밝히지 않은 이유, 그리고 조사이아 퍼시벌이 살해당한 날 아침 그의 행적을 알아내고 싶었습니다.

그런데 파크 로지에 도착하자, 하녀 한 사람이 제게 크로머가 집에 없다는 사실을 알려주었습니다. 저는 그 하녀에게 몇 가지 질문을 더 한 다음 집 안에 들어가보았습니다. 크로머의 침실 상태로 보아 그가 옷가지와 개인 소지품을 꾸려 집을 떠났다는 사실은 분명했습니다. 그 사실은 하녀의 진술로 확인되었습니다. 크로머가 집을 떠난 시각은 오후 1시경으로 보입니다. 그는 금일 오전 뉴게이트 교도소에서 아내를 면회했습니다. 그는 집에 돌아와 몇 분 지나지 않아 작은 여행 가방을 싸서, 점심 식사도 하지 않고 하녀들에게 아무 말도 하지 않은 채 집을 나섰습니다.

저는 그의 인상착의를 확보해서 그를 억류하라는 지시와 함께 도버, 뉴헤이번, 포크스턴, 홀리헤드, 하리치, 사우샘프턴 항에 전보를 쳤습니다. 그의 침대 위에 영국 철도 여행안내서가 한 부 놓여 있었기 때문입니다, 경감님."

조잇은 오른손으로 입과 턱 부분을 움켜쥐더니, 얼굴이 어떻게 보이는지는 신경 쓰지 않고 피부를 잡아 비틀었다.

크리브는 말을 이었다. "그런 다음 저는 런던으로 돌아와 벨 야드에 있는 사이먼 앨링엄의 사무실로 향했습니다. 크로머가 그의 변호사와 접촉했을 가능성이 있었기 때문입니다."

조잇은 간신히 고개를 끄덕거렸다.

"경감님께서 앨링엄을 만나보셨는지는 모르겠습니다만, 그는 굉장히 직설적인 젊은이입니다. 오만하다고 해도 과언은 아닐 겁니다. 저는 그에게 지난 24시간 동안 하워드 크로머를 만난 적이 있는지 물었습니다. 그는 제가 무슨 권리로 크로머의 행적에 대해 캐묻느냐고 항변하며 제 질문을 모면하려 했습니다. 그는 영장이 발부되었는지 알고 싶어 하더군요. 저는 크로머에게 하고 싶은 질문이 몇 개 있다고 말했는데……."

"알았어, 알았다니까, 경사. 자네가 제대로 대처한 게 분명하군." 조잇은 그의 말을 끊으며 갑자기 다른 곳에 역점을 두기 시작했다. "그가 무언가 중요한 걸 털어놨나?"

"앨링엄은 결국 정오쯤 크로머를 만났다는 사실을 인정했습니다."

"그리고?"

"그와 나눈 대화 내용을 밝힐 의사는 없어 보였습니다."

"건방진 자식 같으니! 수사 방해 혐의로 고발할 수도 있어."

"그는 자신의 권리를 아는 것 같았습니다."

조잇은 모욕적인 말을 늘어놓으며 씩씩거렸다.

"크로머가 급히 모습을 감췄다고 하자, 그가 경찰에게 당한 일을 생각하면 놀라운 일이 아니라고 대답하더군요."

"뭐라고?" 조잇의 안색이 진홍색에서 새하얗게 변했다. "이건 대체 무슨 협박질이지? 크리브, 혹시 그자에게 폭력이라도 행사했나?"

크리브는 조잇을 노려보며 그를 주눅 들게 했다.

"대체 무슨 일이 일어나고 있는지 알고 싶을 뿐이야." 조잇의 낯빛이 다시 달아올랐다.

"저도 마찬가지입니다, 경감님." 크리브는 분노를 감추려고 애쓰지도 않았다. "제가 전혀 알지 못하는 일이 벌어지고 있습니다. 다른 형사를 보내 증인을 추궁하려 했다면, 저도 그 사실을 알 권리가 있다고 생각합니다."

"도대체 무슨 말을 하는 건가?"

"앨링엄 말로는 어제 오후 한 남자가 파크 로지에 찾아와 사진을 찍고 싶다는 핑계로 안에 들여보내달라고 했답니다. 그의 태도와 사건의 세부 사항에 흥미를 보인 것으로 미루어 볼 때, 크로머는 그 남자가 형사라고 확신했다고 합니다. 크로머는 겁을 집어먹고 달아나버린 겁니다."

크리브는 조잇의 책상 가장자리에 두 손을 짚고 몸을 앞으로 기울였다.

"저는 일주일 동안 참을성 있게 수사를 진행했습니다. 런던을 힘겹게 헤집고 돌아다녔고, 일일이 숫자를 세기 어려울 정도로 많고 하찮은 사건 관계자들과 대화를 나눴습니다. 이 모두가 하워드 크로머와 대면하기 위한 토대를 다지는 작업이었단 말입니다. 그런데 무슨 일이 일어난 겁니까? 이 멍청이가 글쎄……." 크리브는 주머니에서 사진을 한 장 꺼내 조잇 앞에 던져놓았다. "큐에 가서 그에게 잔뜩 겁을 주고 만 겁니다."

조잇은 사진을 집어 들었다. "이 사진을 어디서 얻었나?"

"앨링엄이 줬습니다. 크로머가 찍은 사진 원판을 현상한 겁니다."

조잇은 제임스 베리의 사진을 자세히 살펴보았다.

"이 남자 얼굴이 어딘지 모르게 낯이 익긴 하지만 정확히 누군지는 모르겠군. 나는 이 건에 대해서는 아는 게 없어."

크리브는 조잇이 솔직하게 말하고 있다는 사실을 알아차렸다. "누군가 그를 보낸 게 분명합니다. 경감님께서 보내신 게 아니라면, 분명 청장님께서 하신 일이겠죠."

마치 수풀 속에서 뇌조가 튀어나오는 것처럼, 조잇은 두 손을 번쩍 들었다. "잠깐만, 크리브. 성급한 결론을 내려서는 안 돼. 굉장히 어리석은 행동이야. 찰스 경께서 그러지 않으시리라는 건 확실한 듯하지만……."

그는 두 눈을 가린 채 크게 한숨을 쉬었다.

"자, 만약 청장님께서 그러셨다면, 그분의 결정에 토를 달아서는 안 돼. 그분께서 우리가 하는 일을 아시고…… 어, 그러니까…… 어쨌든 때가 되면 알게 될 거야. 그건 확실해."

'때가 되면'이라고? 크리브는 고개를 저으며 조잇의 책상에서 뒤로 물러났다. 사람이 어떻게 이렇게까지 둔감할 수 있지?

"지금 따져야 할 문제는 앞으로의 진행 방향을 정하는 거야." 조잇은 얼버무리려는 듯 이런저런 말을 늘어놓았다. "만약 크로머의 목적이 이 나라를 떠나는 데 있다면, 우리는 체포 영장을 받아내야 해. 그를 고발할 필요가 있겠군. 그를 구금하기에 충분한 사유를 걸고 말이지."

"염두에 두고 계시는 거라도 있습니까?" 크리브가 조용히 물었다.

조잇은 뒤통수를 문질렀다. "자네가 말한 것처럼 그리 간단한 문제가 아니야. 경사, 이 사건을 파면 팔수록, 굉장히 간교한 범인을 상대하고 있다는 확신이 드는군."

"이미 도버 해협을 건넜을 수도 있습니다."

"그렇다면 범죄인 인도 요청 절차에 들어가야지."

"어떤 죄목으로 말입니까?" 조잇뿐만 아니라 크리브 역시 심각한 범죄가 발생했을 때에만 범죄인 인도 요청이 가능하다는 사실을 알고 있었다.

어색한 침묵이 흘렀다.

"이미 그의 아내가 살인죄로 유죄판결을 받았기 때문에

살인으로 그를 고발하는 건 불가능해." 조잇이 말했다. "두 사람이 공모해서 살인을 저질렀다는 사실을 입증하지 않는 한 말이지. 바로 그거야. 그의 아내가 무죄방면되지 않는 한 그를 고발할 수는 없어. 일단 대륙으로 건너가버리면 그자는 깨끗하게 사라져버릴 거야. 어떻게 해야 하지, 경사?"

"청장님께서는 집무실에 계십니까?

"그래, 하지만……."

"제게 미리엄 크로머를 신문할 수 있는 권한을 주십시오."

크리브는 같은 말을 세 번째 반복했다.

"그 변호사가 왔어. 네가 '사이먼'이라고 이름을 부르면 귓불 끝까지 빨개지는 남자 말이야."

죄수는 걸음을 멈췄다. 그녀는 침대 담요를 어깨에 두른 채 이십 분째 운동장을 돌고 있었다. 감옥 건물로 사방이 둘러싸인 사각형의 작은 안뜰은 서늘했다. 이곳은 오전 11시에서 오후 3시까지, 하루에 네 시간밖에는 햇빛이 들지 않았다. 이날 토요일 아침에는 이제 막 햇빛이 화강암 벽을 타고 내려오려 하고 있었다.

"지금 감방에서 기다리고 있어." 벨이 그녀에게 말했다.

"혼자서요?"

"존칭을 붙이라고 했는데."

"네, 교도관님." 그녀는 아무런 억양의 변화도 없이 덧붙였다.

"또 누가 올 거라고 기대했던 거야? 그 대단하신 내무부 장관이라도? 아니, 혼자 왔어."

그녀는 서두르지 않고 벨과 호킨스를 따

라 자갈길을 지나 사형수 감방으로 이어지는 아치형 출입구로 향했다.

젊은 변호사는 마치 여왕이라도 영접하는 듯 급히 자리에서 일어섰다. 오늘은 녹색 트위드 재킷 차림이었다. 그의 옷차림은 매일 달랐다. 그가 미소를 짓자, 입꼬리에 소년 같은 주름이 졌다.

"미리엄."

"접촉은 안 됩니다." 벨이 경고했다.

죄수는 그에게 희미하게 미소를 지어 보인 다음, 치맛자락을 정돈하며 테이블을 돌아 자신의 의자로 향했다.

교도관들이 앉을 자리를 찾는 동안 그는 여전히 서 있었다. 이런 점에서 그는 비교적 매력적인 사람이었다.

"미리엄, 오늘 아침 기분은 어때요?"

"평소처럼 바깥소식을 듣고 싶어 안달이 날 지경이에요."

그는 고개를 끄덕였다. "오늘은 알려줄 소식이 있어요. 진전이 좀 있었어요. 그 일 때문에 정신없이 바쁘지만 않았다면 어젯밤에 와서 말해줬을 텐데 말이에요." 그는 적절한 말을 고르며 잠시 이야기를 멈췄다. "미리엄, 하워드가 사라졌어요. 경찰이 그를 신문하고 싶어 하던데요."

벨은 그 소식을 듣자 숨을 고르며 죄수를 바라보았다. 그녀는 다소 눈을 크게 떴지만, 아무 말도 하지 않았다.

"물론 소식을 알려준 형사에게는 하워드는 경찰에게 자신의 행적을 통보할 의무가 없다고 말해주었어요. 내게 캐묻던 형사의 태도를 당신도 봤더라면 하워드가 무슨 혐의로 수배당하고 있는 것 같다고 생각했을 거예요. 아, 형사는 파크 로지의 하녀들에게 그가 여행 가방을 꾸려서 나갔다는 말을 들었대요. 런던 경찰청에서는 그의 행동을 두고 체포를 피해 달아나는 행위로 해석하는 것 같아요."

"경찰이 그를 쫓고 있나요?"

"모든 항구에서 그를 찾고 있다고 알고 있어요."

"그래서 그를 발견하게 되면요?"

앨링엄은 어깨를 으쓱했다. "만약 경찰에서 그를 구금할 작정이라면, 무슨 혐의로든 그를 고발해야만 해요."

벨은 호킨스와 흘끗 시선을 교환했다. 죄수의 침착한 태도로 보아, 그녀는 남편의 곤경에는 무심한 듯 보였다.

그녀는 흥미로운 이야기를 하나 꺼냈다. "그러면 이제 거의 끝난 거로군요, 사이먼."

앨링엄의 얼굴이 그녀의 말에 고무되어 밝아졌다. "당신은 정말 훌륭히 처신했어요. 용기가 대단했어요! 그래요, 거의 끝났어요. 당신이 여기 수감되어 있는 동안 경찰에서 찾아와 더 많은 질문을 퍼부어대며 당신을 괴롭힐 게 분명하지만, 내가 동석하지 않은 한 당신은 묵비권을 행사해야만 해요. 그게 당신의 권리니까."

그의 말에 용기를 얻은 듯 그녀는 작게 숨을 내뱉었다. 흥분한 듯 두 뺨에는 혈색이 돌아왔다. 어째서 하워드 크로머의 행방불명이 그녀의 기운을 북돋아주었는지, 교도관들은 그 이유를 정확히 알지 못했다. 그들은 직접 본 것만으로 결론을 내릴 수밖에 없었다. 지난 이 주 동안 하루 여덟 시간씩 죄수와 함께 감방에 갇혀 지내면서, 그녀의 목소리나 표정에서 나타나는 신호를 관찰할 기회는 충분히 있었다. 그녀는 비록 두 손을 모은 채 의자에 꼿꼿한 자세로 앉아 있을지는 몰라도, 변호사가 해준 말에 기분이 굉장히 고무된 듯했다. 기회만 있었다면 그를 포옹했을 것이다. 두 사람 사이에서 뭔가가 진행되고 있었다.

"사이먼, 당신에게 하워드에 대해 물어본 형사는 어느 쪽이었나요? 구레나룻을 기른 날카로운 얼굴의 형사였나요, 아니면 턱수염을 기르고 형사가 아닌 척했던 사람이었나요?"

"첫 번째 사람이었어요." 앨링엄을 얼굴을 찌푸렸다. "그건 왜 묻죠?"

"아, 두 번째 형사는 본 적이 있는 것 같아서요. 우연이었던 것 같지만, 오늘 아침에 운동장에 나갔다가 문득 위를 올려다봤는데 3층 창가에서 누군가 나를 내려다보고 있는 걸 발견했어요. 하워드가 사진을 찍은 남자였죠. 넓적하고 흉터가 있는 얼굴에 검은 턱수염과 툭 튀어나온 눈까지, 그가 확실해요. 심지어 버터플라이 칼라까지요. 내 눈이 그 대구 같은 눈과 마주친 순간, 그 사람은 제 시야에서 사라져버렸어요. 웃음밖에 나오지 않더라고요."

벨은 주의하라는 듯한 시선으로 호킨스를 흘끗 바라보았다. 지금 상황에서 부적절한 이야기가 한마디라도 입 밖에 튀어나왔다가는 두 사람 모두 교도소장에게 호출될 수도 있었다. 어떤 상황에서든 특정 사안에 대해서는 사형수와 의논하는 것이 금지되어 있었기 때문이다.

앨링엄은 나름대로 설명을 늘어놓았다. "어쩌면 당신의 재판이 끝난 이후 그 형사가 사건에 투입되었을지도 몰라요. 그는 사진으로밖에 당신을 볼 기회가 없었을 테죠. 교도소 창문에서 몰래 훔쳐보는 것보다는 도버에서 기차를 맞이하는 게 더 나았을 텐데 말이에요. 이번 일을 전부 겪고 나서도 이 나라 경찰 조직에 대한 내 인색한 평가는 전혀 달라지지 않았다니까요."

그녀는 그의 말을 듣고 있는 것 같지 않았다. 그저 감옥에서 누적된 피로로 인해 갈라지고 변색된 자신의 손톱을 바라보고 있을 뿐이었다.

"사이먼."

그의 얼굴이 달아올랐다. 그녀가 그의 이름을 다소 열띤 목소리로 불렀던 것이다.

"여기 있다 보면 자꾸만 옛일을 생각하게 돼요."

그녀는 이전까지 한 번도 들려주지 않았던 낮고 진심 어린 말투로 이야기를 시작했다. 벨에게는 마치 교도관들로 하여금 엿들으면 안 된다는 기분을 느끼게 하려고 계산된 말투처럼 들렸다.

"햄프스테드에 살던 시절이나 그 모임에 대한 생각을 많이 해요. 대화를 나누는 시간을 기다리며 끝이 없을 것만 같은 강의를 참고 견뎠잖아요. 야유회나 여행도 생각나요. 강을 거슬러 올라갔던 여행이라든지 말이에요. 당신은 줄무늬 블레이저를 입고 있었죠. 그때처럼 행복했던 적은 없었어요."

이 젊은이는 불편하다는 듯한 표정을 지으며 그녀의 말에 맞장구를 쳤다. "나도 그래요. 정말 멋진 추억이죠."

"우리가 함께 나누었던 시간들이죠." 그녀는 입을 다물고 그를 바라보았다. "밤에 잠을 이루지 못할 때면 '만약 일이 다른 방식으로 흘러갔더라면 내 인생에 어떤 일이 일어났을까' 하는 생각이 자꾸만 떠오르곤 해요. 그 시절 나는 행복했고, 어째서 행복한지 이유를 알고 있다고 생각했어요. 하지만 사실은 몰랐던 거예요. 사이먼, 나는 시야가 좁았어요. 넓은 세상에 대해서는 아무것도 몰랐어요.

나는 이 세상의 즐거움이나 웃음을 터뜨리는 기쁨, 햇살,

아름다운 것들을 아무 생각 없이 마음껏 누리며 살았어요. 어린아이처럼 말이죠. 내가 품고 있던 생각들은 충동에 이끌려 생겨난 거예요. 초콜릿이나 꽃처럼 내가 원하는 것이 생기면, 그걸 손에 넣기 위해 내가 동원할 수 있는 모든 힘을 쏟아부었어요. 게다가 괜찮은 외모 탓에 나를 흠모하는 사람들에게 둘러싸여 있었기 때문에, 나는 한 번도 좌절을 겪은 적이 없었어요. 이기적이고 버릇없는 아이였죠."

"자자, 지나친 생각일랑 말아요." 앨링엄은 그녀의 말을 가로막았다. "당신은 상냥한 사람이에요. 언제나 그랬죠."

그녀가 그런 이야기를 시작한 이상, 그는 그녀를 말릴 수 없었다. 이런 일은 갑작스러울 뿐 아니라 충격이기까지 했다. 이제껏 한마디 털어놓는 것조차 지속적으로 거부해왔던 여인이 속내를 활짝 드러내 보인 것이다. 그런 모습은 단순히 옷을 벗는 것 이상으로 외설적으로 보였다.

"나는 판단력을 잃어버렸어요, 사이먼." 그녀의 목소리에는 상대가 반박하리라고는 전혀 생각하지 않는 것 같은 분위기가 흘렀다. "내 행동은 오직 충동 때문에 이루어진 것이었죠. 당신은 내가 왜 하워드랑 결혼했다고 생각하나요? 나는 이치에 맞는 설명을 할 수가 없어요."

"그러니까 사랑 때문에……." 그의 목소리가 잦아들기 시작했다.

"변덕 때문이었어요. 그때까지 내 인생의 모든 행동이 그랬듯이 말이에요."

그녀의 목소리에는 고집스러운 면이 점점 줄어들고, 그 대신 좀더 꿈에 잠긴 듯한 느낌이 스며들었다.

"하워드가 거기 있었고, 나는 그를 원했어요. 상점 쇼윈도에서 보닛을 봤을 때보다도 진지하게 고민해보지 않았어요. 아, 내 머릿속이 그의 생각으로 가득했다는 뜻이 아니에요. 그냥 그를 고른 거였어요. 내게 그는 매력적이고 멋있고 세련된 사람으로 보였고, 그의 가능성은 한계가 없는 것 같았어요. 하지만 내가 진실로 원했던 것은 만족감이었죠. 나는 나 자신만 생각하고 있었거든요."

그녀는 한숨을 쉬었다.

"나이 차이라든지, 그의 소유욕 강한 성격이라든지, 그 어떤 것보다도 사진을 먼저 생각하는 태도 같은 것들은 희미하게 눈치챘지만, 그런 것들이 머뭇거릴 이유가 된다고는 생각하지 않았어요. 나는 그를 내 남편으로 만들고 싶었고, 그것으로 끝이었어요. 그다음은 없었어요."

그녀의 두 눈이 촉촉하게 젖었다.

"어떤 것도 내 생각을 꺾을 수 없었죠."

그녀는 다시 두 손을 내려다봤다. 아무도 입을 열지 않았다.

"사이먼, 다른 사람은 몰라도 당신만큼은 눈치챘을 거예요……. 하워드와 나는 결혼 생활에서 당연하게 여겨지는 필수적인 것이…… 그러니까 남편과 아내로서의 결합이……."

앨링엄은 그녀에게 애원했다. "말을 아끼도록 해요, 미리엄. 거기까지 말할 필요는……."

교도관들은 아무 말도 듣지 못한 척, 특히 그녀가 입 밖에 내지 않은 말을 더더욱 모른 척하며 말없이 앉아 있었다.

그녀는 계속 말을 이었다.

"꿈에서 깨어날 수밖에 없었어요. 사실 우리는 서로에 대해 잘 알지도 못한 채 결혼 생활에 뛰어들었던 거예요."

그녀는 희미하게 미소를 지었다.

"하워드에게 나는 어린아이와 도자기의 중간쯤 되는 존재였어요. 보호해주고 비위를 맞춰주며 소중히 아끼면서 사진을 찍어야 하는 존재였으니까요. 그는 입을 다물고 가만히 있는 내 모습을 가장 좋아했어요."

그녀는 생각에 잠긴 채 멀리 허공을 바라보았다.

"그토록 다양한 일들과 사람들로 가득했던 교제 기간이 끝나자, 나는 현실을 받아들이기 어려웠어요. 마치 아무것도 변하지 않을 것처럼 파티가 계속되리라고 상상했었죠. 하지만 그 대신 기약 없이 파크 로지에 갇혀 사는 처지가 되고 말았어요. 여기서 지내는 것과 별로 다르지 않았을지도 몰라요.

심지어 나를 감시하는 사람까지 있었는데, 그 사람만큼은 내가 고집을 부려 해고할 수 있었죠. 하워드는 어째서 내가 그 여자를 견디지 못했는지 이해하지 못했어요. 당신은 그를 알잖아요, 사이먼. 그 사람보다 더 친절하고 남을 배려하는 사람은 존재하지 않아요. 만약 하워드가 악의를 품고 저를 못살게 굴었다면 나도 저항할 수 있었을 테지만, 그는 한없이 친절하기만 했어요. 그는 자질구레한 장신구라든지 초콜릿, 작은 장난감 같은 것들을 사서, 내가 우연히 발견할 수 있는 장소에 숨겨두곤 했으니까요. 그러니 이 결혼이 내 인생 최악의 실수는 아니라고 애써 믿으면서 어떻게든 버티는 것 외에, 달리 내가 뭘 할 수 있었겠어요?"

"미리엄……."

"부디 내 말을 들어줘요, 사이먼." 그녀는 재빨리 말했다. "이제 얼마 남지 않았어요. 심지어 나는 지금도 만약 하워드가 내게 친절한 만큼 정직하기도 했더라면, 나도 그와 함께하는 인생을 받아들일 준비를 했을 거라고 믿고 있어요."

"그게 무슨 뜻이죠?"

그녀는 주저했다. "주디스 허니컷의 죽음에 대해 그가 내게 숨기는 것이 있었어요."

어리둥절해하는 앨링엄의 얼굴에 주름이 졌다. "미리엄, 주디스에게 어떤 일이 일어났는지는 알고 있잖아요."

그녀는 그를 바라보았다. 그가 한 말을 꿰뚫어 보면서 그 말이 공허하다는 사실을 드러내는 시선이었다.

"검시 배심이 있었잖아요." 그는 어색한 침묵을 깨뜨리려는 듯 입을 열었다. "그 비극에 대해서는 알고 있으면서 그래요. 우리 모두 알고 있는 일이었어요. 그 일이 하워드에게 그런 재앙이 되리라는 것을 누가 알았겠어요. 만약 그가 햄프스테드에 계속 머물렀다면, 그의 인생은 파멸하고 말았겠죠. 불쌍한 주디스에 대해 냉정한 태도를 취할 생각은 없어요. 그녀의 영혼이 편히 쉬기를 바라요. 하지만 그녀는 그런 생각을 멈추지 않고……"

그녀는 간단한 표현으로 그의 말을 잘라버렸다. "사이먼, 나는 주디스가 어떻게 죽었는지 알아요."

그는 눈을 깜빡거리더니 한 손으로 얼굴을 덮었다. "미리엄, 무슨 말을 하는 거예요?"

그녀는 신중한 태도로 입을 열었다. "그가 직접 내게 말해줬어요. 결혼 첫날밤에 그가 내 옆자리에 누워 사실을 고백했어요." 그녀는 신랄한 말투로 '첫날밤'이라는 표현을 사용했다. "그때 그는 한 여자를 사랑할 수 있다고 나를 억지로라도 안심시키려했던 거예요. 그런 고백을 듣고 내가 대체 무슨 위안을 얻어야 했을까요? 난 상상할 수조차 없어요. 그와 주디스가…… 그녀가 죽었을 때 임신중이었던 것은 자신의 책임이라고 아내인 내게 고백하다니요. 나는 주디스에 대해 잘 알고 있었기 때문에 과연 그게 사실일까 의심했지만, 그건 중요한 문제가 아니에요. 하워드는 그렇다고 믿었으니까요.

그는 주디스에게 임신했다는 이야기를 듣자 완전히 공황 상태에 빠졌어요. 당신도 그가 아주 사소한 일에 얼마나 벌벌 떨면서 걱정을 하는지 알잖아요? 생각해봐요! 주디스는 하워드가 자신과 결혼해주지 않는다면 이 일을 퍼뜨리겠다고 협박했어요. 그로서는 상상도 할 수 없는 일이었죠. 두 사람 사이에 그 어떤 일이 있었든, 그것은 은밀하고 멍청한 짓이었지 결혼의 근거로는 들이밀 수 없는 것이었어요. 그는 몹시 괴로워한 나머지 탈출구가 단 하나밖에 없다는 결론을 내렸어요. 그녀를 죽이는 것이었죠.”

앨링엄이 입을 열었다. “맙소사, 미리엄. 그게 사실일 리가 없어요!”

미리엄의 안색이 달아올랐다. 그녀는 그의 항변에도 굴하지 않고 점점 더 빠른 말투로 이야기를 이어나갔다. “내게는 숨기지 않아도 좋아요. 당신은 하워드의 진정한 친구였잖아요. 검시 배심에서 무슨 말을 할지 알려주면서 그를 도와주었으니…….”

“아니, 아니에요!” 앨링엄은 동요하며 말했다. “그런 말은 절대 하지 않았어요.”

"사이먼, 그가 내게 직접 진실을 말해줬다니까요. 너무 늦었어요. 그때는 이미 그와 결혼한 후였으니까요. 그의 아내로 사는 심정을 당신은 상상할 수나 있어요? 그의 정체가……." 그녀는 숨을 들이마시며 마지막 말을 억눌렀다. "우리 결혼 생활에 성공할 가망이 조금이나마 있었다 한들, 그날 밤 그가 이 이야기를 하는 순간 다 사라져버린 거예요."

앨링엄은 얼굴이 하얗게 질렸다. 그는 간신히 들릴 정도의 목소리로 입을 열었다. "미리엄, 그 사실은 전혀 몰랐어요. 아무것도."

"당신이 알았으면 했어요."

두 사람 사이에 대화가 끊기자, 앨링엄의 숨소리가 감방 안을 가득 채웠다. 그가 방금 들은 말을 곱씹는 동안, 미리엄은 조금 진정된 듯 두 손을 무릎 위에 느슨하게 내려놓고 있었다.

그녀는 한층 더 낮은 목소리로 말을 이었다. "그런 말을 들은 여자가 어떻게 될지, 어쩌면 당신은 이해할 수 있을지도 모르겠네요. 내 소녀 시절 꿈들의 마지막 자취가 순식간에 사라져버렸어요. 내게 있어 남편은 낯선 존재였어요. 그때 이후로 쭉 그랬죠. 당신은 장님이 아니잖아요, 사이먼. 당신도 틀림없이 알아차렸을 텐데요."

"그래요." 그는 속삭이듯 대답했다. "어떻게 눈치채지 못할 수 있겠어요."

"당신은 내가 고집스럽게 하워드와의 결혼을 밀어붙이는 것을 봐왔잖아요. 그게 미친 짓이라는 것을 알고 있었을 거예요, 그렇죠? 내가 욕구불만 상태를 자초하리라는 것을 예견했을 테죠. 내게 다시 한번 생각해보라고 제안하고 싶어 하는 당신의 모습을 눈치채고 있었어요. 당신 특유의 눈빛으로 나를 바라볼 때나, 당신 손으로 내 손을 슬쩍 스치고 지나갔을 때 말이에요."

청년은 당황스러워 얼굴을 붉혔다.

"나는 당신이 비밀스러운 감정을 당신만의 방식으로 내게 전달하려고 애를 썼던 거라고 생각하고 싶어요. 사이먼, 내가 피할 수 있는 감정이었다면 이런 식으로 말하지는 않았을 거예요. 어쩌면 또다시 스스로를 기만하려 드는 것일 수도 있지만, 난 그렇게 생각해요. 아니, 그렇다고 믿고 싶어요."

그가 입을 열어 대답했다. "당신 말이 맞아요. 진작 당신에게 털어놓을 수 있었다면……. 아니, 그래도 당신을 막을 수는 없었겠죠."

"그래요." 미리엄의 눈에서 한 줄기 눈물이 흘렀다. 그녀는 눈물을 닦지 않고 천천히 흐르도록 내버려두었다.

두 사람은 아무 말도 하지 않았다. 흡사 굉장히 오랜 시간이 흐르는 것처럼 느껴졌다.

마침내 미리엄이 침묵을 깼다 "사이먼, 하워드와 결혼하기 전에 햄프스테드에서 지내던 시절처럼, 만약 다시 시작할 수 있는 기회가 있다면, 혹시 당신과 내가…… 그러니까 내가 어떤 인간인지 전부 알면서도 혹시……."

"그보다 더 바라는 것은 없을 거예요." 사이먼은 조심스럽게 끼어들었다.

그녀는 미소를 지으며, 눈물을 억누르려 머리를 한쪽으로 기울인 채 코를 훌쩍거렸다.

"하지만 그런 생각은 잊는 게 좋아요." 그가 말했다.

그녀는 서서히 눈을 들어 그와 시선을 마주쳤다. 그 시선에는 놀라울 정도로 격렬한 감정이 배어 있었다.

"방법이 있어요."

그는 그녀의 말을 이해한 것 같지 않았다.

미리엄은 다시 입을 열었다. "경찰이 하워드를 찾아내면, 그를 체포할 거예요."

"치안판사가 영장을 발부하려면 당신을 무죄방면해야만 할 텐데요."

"하워드가 자신의 결백을 입증해서 공소가 철회되지 않는 한, 그는 나처럼 재판에 회부될 거예요."

앨링엄은 여전히 얼굴을 찡그리고 있었다. "그건 사실이지만……."

그녀는 주저하다가 그를 바라보며 입을 열었다. "만약……

그런 일이……. 그러니까 그가 경찰을 납득시키지 못하는 사태가 일어난다면……."

"미리엄, 무슨 말을 하는 거예요?"

"나는 진정한 의미에서 자유의 몸이 될 거예요."

"그 방법은 아니에요." 그는 고개를 젓고 한 손은 목덜미에 대며 꽉 움켜쥐었다. "아니, 나는 절대 그런 짓은……."

"사이먼, 그는 죄를 지었어요. 주디스는 고통스럽게 죽었단 말이에요. 법적으로 현 사건이 어떻게 해석될지는 모르겠지만……."

그는 말 한 마디 한 마디를 입 밖에 내는 것이 고통스럽다는 듯 말했다. "하워드에게 그런 짓을 할 수는 없어요."

"나를 위해서도요?" 그녀는 도전적으로 목소리를 높이며 물었다.

"그는 당신 남편이에요."

"명목상으로만 그렇죠." 그녀는 눈을 감으며 말했다. "사이먼, 당신은 남자잖아요!"

그는 가만히 앉아 그녀를 바라보았다.

벨은 그에 못지않게 정신이 아득했다. 사형수 감방에서 감정적인 상황이 발생하는 것은 일상다반사였다. 오늘까지 이 죄수는 유례가 없을 정도로 강한 자제력을 발휘해왔다. 냉혹한 인간처럼 보일 정도였다. 이 두 사람 사이에 어떤 이야기가 진행되고 있는지 예측하기란 여전히 쉬운 일이 아니었다. 하지만 그 내용이 무엇이든 그녀가 조금 전 입 밖에 낸 말의 의미는 더이상 담백하게만 들릴 수 없었다. 이렇게 대담할 수가 없었다.

"사이먼. 사실이 아닌 이야기를 해달라고 부탁하는 게 아니에요. 그때가 오면 침묵을 지켜주기만 하면 되는 거예요."

그녀는 흔들림 없는 시선으로 그의 눈을 바라보았다.

"나를 위해 그렇게 해줄 수 있어요?"

그는 멍한 목소리로 대답했다. "내게 당신 같은 용기가 있는지 모르겠어요, 미리엄."

"당신은 남자잖아요!" 그녀는 같은 말을 반복했다. "나를 위해 용기를 내봐요."

그는 말없이 그녀를 계속 바라보았다.

"이제 가요." 그녀는 부드럽게 말을 건넸다.

그는 고개를 끄덕였다.

이제 더이상 할 말이 없다는 듯, 그녀의 얼굴 표정은 다시 수동적인 모습으로 바뀌었다.

벨은 허리춤에 찬 열쇠 꾸러미를 찾기 시작했다.

교도소장이 헛기침을 했다.

"어, 그러니까 몸 상태는 좀 어떤가?"

"업무를 보기에는 아무 문제 없습니다, 소장님." 제임스 베리가 대답했다.

"잘됐군. 어디 보자. 우리가 마지막으로······."

"4월이었습니다. 스테프니에서 일어난 살인 사건의 범인 메이슨이었죠."

"그렇군." 교도소장은 한숨을 쉬며 그의 말에 동조했다. 사형집행인과의 잡담은 그리 신나는 일이 아니었다. "어, 월요일 업무를 위한 준비는 제대로 되었나?"

베리는 이상 없다고 확실히 말했다. "오늘 아침에 한 시간 정도 교수대를 둘러보았습니다. 기름칠도 마쳤습니다, 소장님. 낙하용 문은 잘 작동하고 상태도 깨끗합니다."

교도소장은 너그럽게 고개를 끄덕였다. 베리는 자신이 교수대 기계장치를 점검했다는 사실을 알리고 싶었다. 삼 년 전에 엑서터 교도소에서 낙하용 문이 세 번이나 작동하지 않는 불행한 사건이 일어난 이후[1] 그는 비판에 민감하게 반응하는 사람으로 변해버렸다.

"기록을 통해 사형수의 체중과 신장을 확인했을 테지? 혹시 그녀를 만날 기회가······."

---

[1] 1885년에 살인범 존 헨리 조지 리의 교수형을 집행하는 자리에서 일어난 사건이다. 사형 집행이 실패한 이후 리는 종신형으로 감형되었다가 1906년에 석방되었다. 그후 행적은 알려져 있지 않지만 1945년에 사망한 것으로 추정된다.

"오늘 아침에 그녀가 운동하는 모습을 보았습니다. 별문제 없을 것 같습니다. 교도관들이 그녀의 머리카락을 핀으로 고정했는지 확인해줄 거라고 믿습니다. 자를 필요는 없습니다."

"그렇게 시행될 걸세."

"감사합니다, 소장님. 그리고 관례에 따라, 일요일 저녁에 사형수를 면회해도 괜찮겠습니까?"

"자네가 원한다면야. 남편에게는 7시까지 그녀에게 작별을 고하라고 말해둘 거야. 그후 적당한 시각을 택해 삼십 분정도 면회를 가지도록 하게. 자네 외에도 면회를 할 사람들이 몇 있거든. 뉴게이트 성묘 교회 직원, 교도소 배속 신부, 그리고 나까지. 하지만 자네 용무가 오래 걸릴 것 같지는 않군."

"길어야 십오 분 정도면 충분합니다. 기억하실지 모르지만, 저는 사형수에게 종교적인 시를 몇 편 읽어주고 싶습니다. '나의 누이여, 앉아서 생각하라, 그대에게 아직 이 세상에서의 시간이 남아 있는 동안. 주님께 무릎을 꿇으면, 그대를 피하지 않으실지니……'"

"그래, 알겠네. 마음이 갸륵하군. 지난번 사형 집행 때에도, 자네는 친절하게 내게도 시가 적힌 종이를 한 장 나눠주었지. 베리, 이 여자가 이미 스스로의 의지로 자신의 죄를 모두 자백했다는 사실을 알려줘야 할 것 같군. 그러니 그녀에게 자신이 저지른 범행에 대해 무슨 말을 남기고 싶은지 물어보는 것은 불필요할 것 같아. 아니, 어쩌면 부적절하다고 할 수 있을 테지. 물론 이전처럼, 자네가 비협조적인 죄수들에게 간곡한 훈계를 했던 것이 부적절하다는 말은 아니야."

"제 경험으로는 지금까지 자백하지 않고 사형당한 사람은 두 명밖에 없었습니다." 베리는 살짝 자부심을 느끼며 말했다.

"확실히 그랬었지. 그러면 월요일 일정 말인데……."

"아침 식사를 6시 30분에 할 수 있으면 좋겠습니다. 가능하다면 평소 습관을 따르는 것이 좋을 테니까요. 7시 45분을 알리는 종소리가 울리기 전까지는 형장으로 가도록 하겠습니다. 그런 다음 통로를 따라 올라가, 행렬을 이룰 다른 인원들과 함께 대기하도록 하겠습니다. 시간을 정확히 엄수해서, 정각이 되기 삼 분 전에 감방 안으로 들어가 사형수의 팔을 포박하도록 하겠습니다. 전해 들은 바에 따르면, 그녀가 저항할 것 같지는 않습니다."

"문제가 생길 경우를 대비해서 남자 교도관 일곱 명이 동행하게 될 거야. 행렬 안에서는 두 명의 여자 교도관이 사형수를 호송할 테지만, 교수대 계단에 도착하면 그들은 옆으로 빠지고, 자네가 얼굴에 두건을 씌우고 묶는 사이 남자 둘이 그녀를 떠받치고 있을 걸세."

베리는 고개를 끄덕였다. "그 외에 누가 입회하는지 여쭤봐도 되겠습니까?"

"물론 교도소 배속 신부가 나올 테고, 행정장관 대리가 수행원 둘을 대동하고 올 거야. 그리고 의사와 그의 조수, 언론에서 나온 기자 두 명이 입회할 테지. 그러니 우리와 사형수를 제외하고 총 열일곱 명이야."

"잘 알겠습니다, 소장님. 그분들이 가능한 한 뒤로 물러나 계시기만 하면 성묘 교회의 종이 정각을 알리기 전에 일을 완수하겠습니다."

커다란 회색 말이 끄는 사륜마차가 스트랜드 대로를 빠져나가 러드게이트힐 대로 방향으로 향했다. 마차의 목적지는 뉴게이트 교도소였다. 마차 안에는 조잇 경감과 크리브 경사가 마주 앉아 있었다. 그는 잠을 자지 못한 사람처럼, 혹 잠자리에 들었다 하더라도 잠을 설친 사람처럼 불편한 표정이었다. 전날 저녁, 그는 사형수 감방에서 크로머 부인에 대한 신문 허가를 요청하기 위해 런던 경찰청장과 면담을 가졌다. 크리브는 호출을 당할 경우를 대비해서 복도에서 대기하고 있었다. 하지만 그는 호출되지 않았다.

사십 분 후, 사색이 된 얼굴로 청장실에서 나온 조잇은 마치 혼잣말을 하는 것처럼 입술을 달싹거리고 있었다. 그는 크리브를 무시하며 자신의 집무실로 돌아가 문을 닫았다. 이십 분 후, 사무원이 조잇의 집무실에서 나오더니 다음 날 아침 뉴게이트 교도소에 면회 일정이 잡혔다는 사실을 알려주었다. 크리브에게는 9시 30분까지 본청으로 출두하라고 했다.

이날 아침, 조잇은 입을 조금도 열지 않으려 했다. 그는 도착한 크리브를 보고 끙 하는 소리로 인사를 대신하더니, 모자와 지팡이를 집어 들고 거리로 나섰다. 마부에게 행선지를 알려준 사람은 크리브였다.

조잇과 경찰청장 사이에 무슨 이야기가 오갔는지는 굳이 물어볼 필요도 없었다. 하워드 크로머가 조사이아 퍼시벌을 살해한 진짜 범인일 가능성이 있다는 의견은 긍정적인 평가를 받지 못했을 것이다. 조잇은 미리엄 크로머가 범인이라고 확신하고 있는 경찰청장을 찾아갔다. 찰스 워런 경은 조잇의 수사 결과를 치하하기는커녕 노발대발했을 게 틀림없었다. 그 성마르고 나이 든 정치가는 이 수사의 결과가 데르비시 수도승들의 열렬한 함성처럼 거센 파도를 불러일으키리라는 것을 분명 알아차렸을 것이다.

그녀가 무죄라면 그 사실을 내무부에 알려야 할 것이고, 경찰 조직은 웃음거리가 되는 것을 감수해야 할 것이며, 여왕 폐하는 꼴사나울 정도로 서둘러 국왕의 사면장에 서명하지 않을 수 없는 상황에 처할 것이며, 의회에는 질문이 쇄도할 터였고, 경찰의 역량 부족에 대한 성토가 일어날 것이며, 경찰청장의 사임을 요구하는 여론이 일 것이다.

그러나 이제 청장은 그들이 미리엄 크로머의 신문을 진행하는 것을 막을 수 없었다. 정말로 무슨 일이 일어났는지 확인해줄 수 있는 사람은 그녀뿐이었기 때문이다.

크리브는 마침내 자신이 원하던 것을 손에 넣었다.

이 살인 사건에는 여전히 그가 명쾌하게 설명할 수 없는 부분이 남아 있었다. 하지만 그는 하워드 크로머의 행방불명이 스스로 유죄를 인정한 것과 다름없다는 점을 조잇에게 납득시킬 필요가 있었다. 그러지 않았더라면, 행동을 주저한 조잇은 워런 앞에서 단 이 분도 살아남지 못했을 것이다.

크리브는 처음부터 미리엄 크로머 본인과 직접 이야기를 나눠봐야 한다는 사실을 알고 있었다. 그는 자신만의 견해를 정리해두어야 했다. 다른 사람들이 내린 평가는 서로 모순되기만 할 뿐이기 때문이다. '만약 그녀가 어떤 점에서 다른 여성들과 다른지 묻는다면, 그녀에게는 연민의 감정이 없다고 대답하겠어', '그 불쌍하고 순진한 사람이 그런 고통을 혼자 겪었다니', '걔는 남자를 홀릴 줄 알아 다른 사람의 부러움을 사는 여자였거든요. 남자들 중 그 애의 진짜 모습을 볼 수 있는 사람은 아무도 없을 거예요.' 그런 말들은 그에게 별 도움이 되지 못했다. 파크 로지의 거실 벽에 걸려 있던 사진처럼, 그런 평가는 그녀의 단편적인 모습만 나타낼 뿐이었다.

그 여자를 이해하고, 그 여자의 실물을 보고, 그 여자가 하는 말을 들어야 했다. 그렇게 하면 진실에 도달할 것이다. 그녀가 자백한 이유 또한 알게 될 것이다.

그의 사고는 이 수사를 시작하게 만들었던 시발점으로 되돌아갔다. 하워드 크로머가 독극물 캐비닛 열쇠를 시곗줄에 꿰어 몸에 매달고 브라이턴에서 찍은 사진에 생각이 미쳤던 것이다. 그 사진을 내무부에 보낸 목적은 분명했다. 바로 그녀의 자백의 신빙성에 대해 심각한 의혹을 불러일으키려는 것이었다. 그런데 사진을 보낸 사람이 누구인지에 관한 질문은 아무도 하지 않았다. 사건과 관련된 사람 중 그 사진의 중요성을 깨달을 수 있었던 사람은 과연 누구란 말인가? 미리엄 본인이? 그녀는 수감중이었기 때문에 사진을 보낼 수 없었다. 하워드가? 만약 그가 그 사진을 보냈다면, 이는 자신이 그 살인 사건에 직접적으로 연루되었다는 사실을 의도적으로 드러내는 행위였다. 앨링엄이? 두 사람의 변호사이자 친구인 사람이 무슨 동기로 사진을 보냈단 말인가?

하워드 크로머일까, 아니면 사이먼 앨링엄일까?

만약 하워드 크로머가 양심의 가책 때문에 사진을 보냈다면, 어째서 굳이 지금까지 기다렸다가 경찰의 눈을 피해 달아났을까?

생각의 흐름은 조잇에 의해 끊기고 말았다. 경감은 말을 할 수 있을 정도로 회복된 상태였다. "어디쯤 왔나?"

크리브는 창문 밖을 내다보았다. "조금만 가면 중앙형사법원입니다, 경감님."

"경사, 크로머 부인의 신문은 자네에게 맡기기로 결정했어. 이 사건의 세부 사항은 당연히 자네가 나보다 더 잘 알겠지. 나도 동석할 테니 신문 방식은 내 지시를 따라야 할 수도 있어. 하지만 이제 진상을 알고 있으니 신문은 꽤 수월하게 끝날 것 같군."

"말씀대로 하겠습니다, 경감님."

두 형사와 뉴게이트 교도소장은 경직된 걸음으로 천장이 낮은 통로를 지나갔다. 그들 사이에는 반감이 노골적으로 드러나 있었다.

"제 경험으로도 이런 일은 전례가 없었다고 말씀드려야겠군요." 조잇이 입을 열었다. "저는 사형선고를 받은 죄수의 신문을 진행한 적이 한 번도 없습니다. 소장님, 그녀의 정신 상태는 어떻습니까? 어떻게 견뎌내고 있습니까?"

"장담하지만, 이런 시련 때문에라도 더 나아질 수가 없을 겁니다." 교도소장은 이렇게 대답하며, 열쇠를 가진 교도관에게 사형수 감방으로 통하는 떡갈나무 문을 열라는 신호를 보냈다. "어제 그녀를 본 제 판단으로는, 그녀는 이제 자신에게 내린 판결을 순순히 받아들이기 시작한 듯합니다. 마지막 순간은 위엄 있게 맞이하기를 바라는 것 같았습니다. 하지만 이 일로 그녀의 태도가 어떻게 변할지 누가 알겠습니까?"

"한 말씀 드리자면, 그녀에게 고통을 안겨줄 의도는 전혀 없다고 장담할 수 있습니다." 조잇이 얼떨떨한 말투로 대답했다. "우리 목적은 진상을 밝히는 것입니다. 이 사건의 진상에 대한 논란이 없었다면, 우리가 이곳에 오는 일은 없었을 겁니다. 감히 말씀드리지만, 소장님께서도 무고한 여성을 처형하는 일에 관여하고 싶은 생각은 없으실 겁니다."

"그녀는 유죄를 인정했고, 법에 따라 사형을 선고받았습니다." 교도소장은 딱 잘라 말했다. "그걸로 끝나야 하는 문제였습니다. 죄수들이 풀려날 가능성이 없다는 사실을 이해해야 뉴게이트 교도소에서 일하는 우리들의 부담이 줄어듭니다. 이런 식으로 방해를 받게 되면 법과 그 법의 집행을 위임받은 우리들의 권위가 약화될 뿐입니다."

그들은 근무중인 감독관과 마주쳤다. 몸을 굽혀 절하는 그녀의 태도는 이런 환경에서는 이상하게 보일 정도로 세련됐다.

"지시하신 대로 죄수의 변호사는 먼저 들여보냈습니다, 소장님." 그녀는 교도소장에게 말했다. "송구스럽지만, 여러분 모두가 앉을 만큼 많은 의자를 감방 안에 넣을 수는 없었습니다."

"신경 쓰지 말게, 스톤스 감독관. 그렇게 오래 걸릴 일은 아닌 것 같군." 교도소장이 말했다.

감방 문은 열려 있었다. 교도소장이 가장 먼저 안으로 들어갔고, 조잇이 그 뒤를 따랐다. 크리브가 문가에서 기다리는 사이, 두 사람은 각자 자리를 찾아 벽을 등지고 섰다. 두 명의 교도관과 앨링엄은 먼저 안에 들어가 있었다. 그 뒤로 미리엄 크로머의 모습이 보였다. 그녀 혼자만 의자에 앉은 채, 갑자기 밀려들어온 사람들을 흥미로운 시선으로 바라보았다.

크리브가 받은 첫 번째 인상은, 그녀의 체구가 사진에서 본 모습보다 훨씬 작다는 것이었다. 하지만 그녀는 결코 정신적으로 의기소침한 모습이 아니었다. 턱 아래로 끈을 묶은 흰 실내모와, 올이 거친 파란 재킷과 스커트라는 볼품없는 수인복 차림에도 불구하고 그녀는 여전히 우아한 풍모를 유지하고 있었다. 그녀의 얼굴은 십 주 동안이나 수감된 탓에 창백하게 변해서, 사실상 크리브의 주머니 속에 들어 있는 사진 속 얼굴만큼이나 색채감이 없어 보였다. 피부는 밀랍을 칠한 것처럼 티끌 하나 없이 깨끗했고, 두 눈을 제외하면 미동도 하지 않았다. 그녀의 눈빛은 호기심과 도전 정신이 반쯤 섞인 듯이 반짝거렸다. 그녀의 자신만만하고 두려움 없는 눈을 보니 크리브는 불안해졌다.

교도소장은 서로를 소개하는 사교 예법 따위는 집어치우

고, 동행인들의 신분을 알려주는 것으로 대신했다. "이쪽은 죄수의 변호사, 앨링엄 씨입니다." 그는 경찰 쪽의 편의를 위해 한마디 덧붙였다.

앨링엄은 자세히 살펴보고 있던 서류 위로 흘끗 시선을 던지더니, 법조인답게 신중한 태도로 묵례를 했다. 세로줄 무늬가 있는 검정색 정장 차림에 빳빳하게 풀을 먹인 옷깃을 셔츠에 달고 있는 그의 모습을 보면, 몰래 의뢰인의 허리 주변에 손을 둘렀던 야유회 사진들을 언급해도 그는 별로 신경 쓰지 않을 것 같았다.

"시작할까요, 경감님?" 교도소장이 입을 열었다.

조잇은 헛기침을 했다. "어, 여기 제 부하 크리브 경사가 신문을 진행할 겁니다."

"그렇다면 그가 의자에 앉는 게 좋겠군요."

크리브는 두 사람 사이를 조심스럽게 지나 미리엄 크로머의 맞은편에 앉았다. 꼭 권투장에 오르는 선수 같은 모습이었다. 그의 신문 방식을 고려하면 상황이 불리했다. 그는 신문을 받는 당사자들과 평범한 관계를 쌓아 그들을 편안하게 해주는 쪽을 선호했다. 이처럼 정부 관계자들로 둘러싸인 음울한 장소에서 그럴 수 있을 가능성은 희박했다.

그는 다른 사람들은 모두 배제하면서 그녀의 시선을 붙들어놓으려 했다. "저와는 처음 만나는 걸 겁니다, 부인. 저는 기존 수사에는 참여하지 않았으니까요. 저는 당신이 진술한 자백 내용을 검토하기 위해 투입되었습니다. 작은 문제가 있어서 말입니다. 정말로 사소한 문제이기는 하지만, 부인이 자백을 한 이후 불거진 사안인데 부인의 진술과 일치하지 않는 부분이 있습니다. 당신이 실수했다고 생각하는 사람은 아무도 없습니다. 그 실수는 우리 탓일지도 모릅니다. 아니, 확실히 그럴 겁니다."

그는 미소를 지었다.

"뭐, 범행을 인정하신 모습을 보면, 부인이 실수했을 가능성은 별로 없을 것 같군요."

그녀는 아무 감정도 담고 있지 않은 시선을 흔들림 없이 그에게 고정하고 있었다.

"이건 타당한 추정입니다." 크리브는 어쩔 수 없이 개인적인 의견을 드러내며 말을 이었다. 진작부터 그는 이 신문이 독백으로 변해가는 것을 알아차릴 수 있었다. "결국 이런 곳에 처박히게 될 거라고 생각했다면, 사실관계를 왜곡하는 게 무슨 의미가 있을까요?" 이 질문은 다분히 수사적이었지만, 그는 마치 대답을 들으려는 것처럼 잠시 입을 다물었다가 다시 말을 이었다. "괜찮으시다면 자백 내용에 대해 이야기를 나누고 싶군요."

"여기 진술서 사본을 한 부 가져왔습니다." 앨링엄이 입을 열었다. 그는 몸을 앞으로 굽히며 그녀의 손에 서류를 건네주었다. 그녀는 고개를 돌려 그를 보지도 않고 서류를 받아 들었다.

"감사합니다." 크리브는 주머니에서 자신이 가져온 진술서 사본을 꺼냈다. "부인, 이 진술서에 작성한 모든 내용에 대해 여전히 같은 생각인지 묻고 싶습니다."

그녀는 입술을 움직여 대답하려는 듯한 모습을 보였지만, 앨링엄이 먼저 입을 열었다. "당연히 그렇습니다. 이 문서는 치안판사 앞에서 선서를 마친 진술서입니다. 제 의뢰인에게 위증죄를 뒤집어씌우지 않기를 경고합니다, 경사님."

크리브는 미리엄 크로머에게서 조금도 시선을 떼지 않았다. "부인, 질문에 대답할 준비가 되었다고 생각해도 좋습니까?"

그녀는 고개를 끄덕였다.

그는 계속 말을 이었다. "부인을 함정에 빠뜨리기 위해 여기 온 것이 아니라는 사실을 분명히 밝히고 싶습니다. 그게 무슨 의미가 있겠습니까? 협잡 따위에는 관심이 없습니다."

이 말에 대한 그녀의 대답은 크리브를 놀라게 했다. "그런 일은 다른 분에게 맡겨놓았겠죠."

"다른 사람이라니요?" 크리브는 그녀의 말을 이해하지 못한 채 고개를 저었다.

6월 23일, 토요일

그녀는 침착한 목소리로 설명했다. "경찰이 아닌 척하는 분 말이에요. 턱수염을 기르고 흉터가 있는 분이요. 사진을 찍겠다는 구실로 제 남편을 신문하기 위해 보낸 분 있잖아요."

"아, 그 사람에 대해서 저는 앨링엄 씨에게 들었습니다. 제 말을 믿어주기를 바랍니다. 그 사람에 대해서는 아무것도 모릅니다. 그의 정체가 무엇이든, 최소한 경찰은 아닙니다."

그녀는 미소를 지으려는 듯 입술을 달싹거렸다. "그 사람의 존재를 인정할 거라고 생각하지는 않았어요. 그렇죠? 부정하실 거죠? 그 사람이 경찰이 아니라고 치죠. 그럼 제가, 여기서 운동 삼아 산책하던 중에 똑같이 생긴 남자가 창문 너머로 절 지켜보는 모습을 분명히 봤는데, 그건 어떻게 된 일이죠? 뉴게이트 교도소에선 일반인을 들여보내 사형수를 염탐하도록 하는 게 일반적인 관례인가 보죠? 아니면 이곳에 있다 보니 제 정신이 이상해진 건가요?"

무슨 일이 일어나고 있든, 그 때문에 크리브의 일이 한없이 어려워지고 있었다. 그가 고개를 돌려 교도소장을 바라보자, 소장은 얼굴을 붉히며 재빨리 어깨를 으쓱했다.

앨링엄이 입을 열었다. "이 사안이 그렇게 중요한 문제가 아니라면, 경찰에서 제안한 대로 자백 내용에만 논의를 국한하는 게 어떻겠습니까?"

그녀는 다소 못마땅하다는 듯한 입 모양을 만들었다. "그러고 싶으시다면야."

크리브는 다시 말을 이었다. 그녀의 신뢰를 얻지 않는 한, 이 신문에서 얻을 수 있는 것은 아무것도 없었다. 그는 도박을 하기로 결심했다. 혐의가 그녀에게서 다른 곳으로 쏠리고 있다는 사실을 알리려는 것이었다. "바로 본론으로 들어가겠습니다, 부인. 당신이 유죄판결을 받은 직후 어떤 사람이 익명으로 내무부에 연락을 해 왔습니다. 그가 보낸 것은 사진 잡지에서 오려낸 인쇄물로, 조사이아 퍼시벌이 살해당한 날 당신 남편이 브라이턴에서 찍은 사진이었습니다. 사진 위에는 붉은 잉크로 화살표가 하나 그려져 있었습니다. 화살표는 크로머 씨가 시곗줄에 꿰어 달고 다니던 열쇠를 가리키고 있었죠. 조사 결과 그 열쇠는 독극물 캐비닛의 열쇠 두 개 중 하나라는 사실이 밝혀졌습니다. 다른 하나는 사망자의 주머니에서 발견되었고요.

그게 우리의 첫 번째 문제입니다. 두 열쇠 중 하나는 브라이턴에 있는 남편이 가지고 있었고, 다른 하나는 당신이 살해했다고 주장하는 남자의 주머니 속에 있었는데, 당신은 어떻게 캐비닛을 열 수 있었습니까?"

그는 여기서 말을 끊었다.

그의 말은 질문이라기보다는 진술에 더 가까웠지만, 그는 대답을 듣기보다는 그녀가 어떻게 반응하는지에 더 흥미가 있었다. 시선은 흔들림이 없고 눈썹이 살짝 기울어진 모습으로 미루어 보건대, 그는 그녀가 새로운 사실을 알게 된 것이 아니라고 확신했다. 오히려 그녀는 그를 자세히 살펴보고 있었다.

"제 상관은 제게 수사를 지시했습니다." 크리브는 말을 이었다. "저는 당신의 진술 내용을 검토해보았습니다. 이런 말을 해도 될지 모르겠지만, 굉장히 명료한 진술서더군요. 당신은 네 번째 쪽에서 이렇게 진술했습니다." 그는 갖고 있던 진술서 사본을 뒤적거렸다.

"'1시가 되어 퍼시벌 씨가 점심 식사를 하기 위해 사진관을 나서자 저는 사진관으로 돌아와 잠긴 독극물 캐비닛 문을 열고 청산가리가 담긴 병을 찾아내 3분의 1가량을 마데이라 와인이 담긴 디캔터에 부었습니다. 그후 그 디캔터를 다른 와인이 담긴 디캔터들과 함께 찬장 안에 도로 놓아둔 다음, 청산가리병을 독극물 캐비닛 안에 넣고 원래대로 문을 잠갔습니다. 그런 다음 곧바로 자리를 떴습니다……' 여기서 부인이 빠뜨린 대목이 하나 있습니다."

그는 읽고 있던 진술서에서 시선을 들었다. "바로 열쇠를 입수한 방법입니다."

앨링엄은 미리엄 크로머의 팔에 한 손을 얹었다. "대답하지 말아요." 그런 다음 크리브를 향해 입을 열었다. "제 의뢰인은 앞서 자발적으로 행한 진술에 어떤 내용도 추가하기를 바라지 않습니다."

크리브는 마치 아무 방해도 없었다는 듯 계속 말을 이었다. "따라서, 저는 당연히 3월 12일 월요일의 남편분의 행적을 조사할 수밖에 없었습니다. 그리고 추정했던 대로, 저는 그날 아침에 남편분이 브라이턴에 가지 않았다는 사실을 알아냈습니다."

앨링엄이 다시 그의 말을 잘랐다. "이 진술서에는 크로머 씨가 그날 브라이턴에 몇 시에 도착했는지 언급하는 내용은 없다는 사실을 지적해야 할 것 같군요. 사실 크로머 부인이 그런 정보를 제공하는 것은 불가능합니다."

크리브는 집요하게 미리엄 크로머를 향해 말을 이어나갔다. "당신 남편과 이야기를 나눴을 때, 그는 브라이턴에 어떤 기차를 타고 갔는지 구체적으로 밝히기 꺼리는 것 같았습니다. 저는 그가 브라이턴에 2시 30분까지 도착할 예정이었다는 사실을 알아냈습니다. 와인이 배달된 시각은 정오 아니었습니까? 표면적인 상황만 놓고 봤을 때, 그는 집을 나서기 전에 디캔터에 직접 독극물을 넣을 수 있었습니다.

저는 철도 여행안내서에서 기차 시간표를 확인해보았습니다. 그는 12시 45분까지 집을 나서지 않았더라도, 1시 12분에

클래펌 역에서 출발하는 브라이턴행 급행열차에 오를 수 있었습니다."

앨링엄이 항의했다. "억측일 뿐입니다, 형사님. 만약 그가 여기 있다면……."

"없으니까 하는 말입니다. 그는 어제 오후 가방에 옷가지를 챙겨서 자택을 나섰습니다. 우리는 그의 행방을 모르는 상태입니다."

"터무니없는 주장입니다. 크로머 씨가 자신의 조수를 독살했다고 시사하는 근거는 아무것도 없습니다. 그런 짓을 할 이유가 대체 무엇이란 말입니까?" 앨링엄이 말했다.

"그 이유는 크로머 부인이 자백 진술서에서 밝혔습니다. 부인은 협박을 받고 있었습니다. 부인의 명예와 함께 남편의 명예까지도 위험에 처하게 된 겁니다. 이는 두 사람 모두에게 적용될 수 있는 동기입니다."

크리브는 그녀에게서 두 눈을 떼지 않았다. 그녀는 침착하게 이야기를 듣고 있었다. 그녀의 얼굴이 희미하게 상기되더니, 혈색이 계속 유지되었다. 그녀는 지금까지 그 어떤 이야기에도 놀란 표정을 보이지 않았다. 마치 그녀가 이미 암기하고 있는 이야기를 말하고 있는 듯한 기분이었다.

노선을 살짝 달리해야 할 시점이었다. "부인과 친구분들의 사진을 찍은 남자는 줄리언 듀케인이라고 알려져 있습니다."

그녀는 이마를 살짝 찌푸렸다.

"그게 무슨 관련이 있습니까?" 앨링엄이 물었다.

"당신은 알고 있을 텐데요. 그는 당신의 가장 가까운 친구였으니 말입니다." 크리브는 앨링엄을 쳐다보지도 않은 채 대답한 뒤, 다시 미리엄에게 말을 건넸다. "그리고 부인의 남편이기도 하지요."

그녀는 입술을 약간 벌린 채 자세를 고쳐 앉았다.

"제 말이 맞습니까, 아니면 틀립니까?"

그녀는 잠시 주저하다가 고개를 끄덕였다.

"당신 남편은 제게 그 사실을 말해주지 않았습니다. 제가 그를 만났을 때 그는 굉장히 많은 이야기를 해줬지만, 부인을 하이게이트에서 만났다는 사실은 밝히지 않더군요. 그래서 저는 스스로 알아낼 수밖에 없었습니다."

그녀는 얼굴을 찡그렸다. "구체적으로 어떻게 말인가요?"

"사진 한 장을 보고 말이죠. 햄프스테드히스 파크로 야유회를 갔을 때 찍은 사진 말입니다. 부인은 물론이고, 당신 친구인 주디스와 로티도 찍혀 있었습니다. 앨링엄 씨도 마찬가지였습니다."

그녀는 죄수모의 끈을 만지작거리기 시작했다

"이 때문에 사건에 대한 해석을 달리해야만 한다는 사실은 부정하실 수 없을 겁니다. 사진에 앨링엄 씨도 찍혀 있다는 사실은 크로머 씨도 관련되어 있다는 것을 암시하며, 저는 나중에 그 사실을 확인할 수 있었습니다. 당시 크로머 씨의 이름은 줄리언 듀케인이었으며, 그가 부인과 친구들의 유감스러운 사진을 찍은 사람이었다는 사실 역시 확인했습니다. 즉, 나중에 당신과 결혼한 사람이 바로 그 사진들을 찍었던 겁니다.

부인에게는 불행한 일이었겠지만, 그 사진들은 조사이아 퍼시벌의 손에 넘어갔습니다. 그는 부인에게 그 사진을 홀리웰 스트리트에서 구했다고 말했습니다. 저는 이것저것 조사한 끝에, 그는 그저 악명 높은 장소 중 하나를 거론해서 부인에게 충격을 주려 했던 게 아닐까 하는 의혹을 품게 되었습니다. 남편분이 오래된 물건 일부를 팔아넘긴 몇몇 사진업자로부터 그가 우연히 그 사진들을 얻었다고 보는 편이 더 타당할 겁니다. 하지만 그건 중요한 문제가 아닙니다. 이상한 점은 퍼시벌이 그 사진으로 부인을 협박했을 때, 당신은 남편에게 아무 말도 하지 않았다는 겁니다. 분명히 두 사람 사이에 그 사실은 비밀이 아니지 않았습니까? 부인은 그 사실을 남편에게 털어놓는 데 수치심도, 두려움도 없었을 텐데 말입니다.”

그녀는 애써 무관심한 척하며 어깨를 으쓱했지만 그녀의 파란 눈에는 우려의 빛이 떠올랐다.

“여기서 문제가 발생합니다.” 크리브는 그 문제에 신경 쓰는 사람은 자신뿐이라는 듯한 태도로 말했다. "부인은 넉 달 동안 여러 차례에 걸쳐 퍼시벌에게 돈을 건넸습니다. 전당포를 방문해 장신구를 저당 잡혀 빚을 내기도 했습니다. 그런 사실을 보면 부인이 남편에게 고민을 털어놓지 않았다는 것은 확실합니다. 저는 그 이유를 궁금해하지 않을 수가 없군요."

앨링엄이 말했다. "의뢰인은 자백 진술서에서 그 이유를 모자람 없이 밝혔습니다. 협박 대상이 하워드에게까지 확대되는 것 외에 실질적으로 아무 효과도 없을 거라고 말입니다. 그는 성격이 굉장히 예민하고 충동적인······."

"그 점은 알고 있습니다." 크리브가 말을 잘랐다. "부인, 저는 이런 생각이 들기 시작했습니다. 부인은 단지 그 사진 때문에 남편이 불안해할 거라고 믿고 있었던 게 아니라고 말입니다. 그 원인은 웨스트햄프스테드에서의 일과 관련이 있었습니다. 그곳에서 어떤 사건이 일어났습니다. 그가 사진관을 정리하고 이름까지 바꿔가며 큐로 이주하게 만들었던 사건 말입니다."

그는 잠시 말을 멈추고, 그녀를 바라보며 점점 빨라지는 그녀의 숨소리에 귀를 기울였다. "바로 주디스 허니컷이 청산가리를 마시고 사망한 사건이었습니다."

"검시 배심이 열렸어요. 주디스는 자살했다고요." 그녀는 지체 없이 대답했다.

크리브는 잠자코 기다렸다. 이제부터 그녀의 반응이 중요했기 때문이다.

그녀는 고개를 돌려 앨링엄 쪽을 바라보았다. 긴장한 나머지 그녀의 턱 주변이 덜덜 떨리기 시작했다.

앨링엄은 미끄러지듯 손을 뻗어 그녀의 팔을 잡았지만, 여전히 아무 말도 하지 않았다.

"그 검시 배심 과정에서 확실히 밝혀지지 않은 것이 하나 있습니다. 검시관은 주디스 허니컷이 줄리언 듀케인과 약혼했다는 사실을 듣지 못했습니다." 크리브가 말했다.

"뭐라고요?" 앨링엄은 숨이 턱 막힌 채 말했다. 그는 미리엄의 팔에서 손을 떼고 말았다.

"공식적으로 발표한 것은 아니었어요." 그녀가 재빨리 말했다. 크리브에게 하는 것이라기보다는 앨링엄에게 건네는 말에 더 가까웠다. "약혼반지도 없었다고요. 그런데 그 일 말인데……." 그녀는 다시 크리브를 마주 보며 덧붙였다. "어떻게 알았죠?"

"주디스는 죽기 전날 로티 파이퍼를 만났습니다."

"로티요?" 그녀는 놀란 표정으로 말했다. "로티가 당신에게 말했나요?"

"어제 만났습니다."

그녀의 목소리가 바뀌었다. 좀더 냉정한 목소리가 울리기 시작했던 것이다. "로티는 항상 나를 싫어했죠. 터무니없을 정도로 질투가 심했어요. 그 이유를 아세요? 하워드가 사진 모델로 저를 선택했기 때문이에요." 그녀는 한 손으로 가슴을 누르며 자신의 말을 강조했다. "그가 사진으로 찍고 싶어 한 사람은 바로 저였다고요. 그는 로티나 주디스가 아니라 저를 원했어요. 사이먼, 이 사람에게 그게 사실이라고 말해줘요."

앨링엄이 입을 열기도 전에 크리브가 선수를 쳤다. "주디스는 당시 임신중이었습니다."

그녀는 크리브를 바라보다가 천천히, 단어를 하나하나 끊으며 말했다. "그리고 하워드가 그 애를 독살했어요."

"미리엄!" 앨링엄은 큰 소리로 그녀의 이름을 불렀다.

그녀가 따져 묻기 시작했다. "왜 이제 와서 부정하는 거죠? 그 애는 행실이 헤펐어요. 거리에서 몸을 파는 여자들보다 하등 나을 바가 없었다니까요. 그보다 더 질이 나빴죠. 그 애가 매긴 값에는 돈뿐만 아니라 결혼까지 포함되었으니까요. 하워드는 제 발로 덫에 걸린 거라고요."

"더이상 아무 말도 하지 않는 게 좋겠어요." 앨링엄이 강하게 충고했다.

"지금 말하지 않으면 내 목이 매달릴 거예요, 사이먼. 지금껏 내내 입을 다물고 있었잖아요."

"이런 방식으로는 곤란해요." 앨링엄은 이를 꽉 깨물며 말했다.

그녀는 주저했다. 크리브는 그녀가 손가락으로 스커트 자락을 배배 꼬는 모습을 지켜보았다. 앨링엄이 무슨 조언을 하든, 이야기하고 싶은 충동이 너무 강해서 저항할 수 없었던 것이다.

그녀는 말이 빨라지지 않도록 애를 쓰며 입을 열었다.

"내가 남편에게 불성실했다고 비난할 사람은 아무도 없을 거예요. 그는 도망치면서 스스로에게 유죄판결을 내렸어요. 당신은 조금 전에 퍼시벌을 살해할 동기는 나뿐만 아니라 하워드에게도 있다고 했어요. 당신 말이 맞았어요. 내가 아닌 남편의 명예가, 그의 사진관이 위험에 처했던 거예요."

그녀는 잠시 말을 멈추고 크리브의 얼굴을 샅샅이 살펴보았다.

"그가 공황 상태에 빠진 건 세 명의 여자애들이 속아서 옷을 벗고 찍은 사진 때문이 아니었어요. 퍼시벌이 그 사진의 출처를 쫓아 햄프스테드에 도달했다는 사실을 알았기 때문이죠. 하워드는 자신의 과거가 들통날까 봐 언제나 두려워하면서 살았어요. 누군가 주디스의 죽음에 관한 진상을 발견하는 것은 그에게 있어 악몽이나 다름없었죠. 퍼시벌이 그 사진의 원판을 찾기 위해 햄프스테드에 갈 생각이라고 그에게 전하자 남편은 공포에 사로잡히고 말았어요. 주디스와 자신에 대해 지금까지 한 번도 논란이 되지 않았던 의문이 제기될 거라고 확신했던 거예요. 그는 아무 행동도 하지 않았다가는 주디스를 살해한 혐의로 체포당하는 일을 피할 수 없을 거라고 생각했어요. 그래서 그는 그날 월요일 오전에 브라이턴으로 떠나는 대신 파크 로지에 남아 디캔터에 독을 넣었죠. 제 남편이 조사이아 퍼시벌을 죽인 진범이에요. 저는 결백하다고요."

그녀는 의자에 앉은 채 몸을 뒤로 뺐다. 그리고 눈을 크게 뜨더니 감방 안에 있는 모든 사람들을 차례대로 바라보았다.

"이해가 안 가요? 당신들이 결백한 여인에게 사형선고를 내린 거라고요!"

크리브의 시선이 앨링엄에게 옮겨 갔다. 젊은 변호사는 죽은 사람처럼 얼굴이 창백했고, 이마에는 땀방울이 송골송골 맺히기 시작했다.

"뭔가 할 말이라도 있습니까?"

"무엇을 말입니까?" 앨링엄은 고개를 저었다.

"크로머 부인의 변호사로서 말입니다." 크리브는 그를 재촉했다.

미리엄은 몸을 빙글 돌려 앨링엄을 바라보았다. "사이먼, 이 사람에게 말해줘야만 해요. 하워드가 범인이에요. 당신이 그 사실을 확인해줘야 한다고요."

앨링엄의 표정에는 쩔쩔매는 태도가 그대로 드러났다. 그는 낮은 목소리로 그녀에게 말했다.

"미리엄, 나는 그럴 수 없어요."

"사이먼!"

그는 그녀에게서 시선을 돌렸다.

"사이먼, 나를 위한 일이에요. 우리 두 사람을 위한 일이라고요."

그녀는 그의 손을 와락 붙잡았다. 교도관 한 명이 그녀를 제지하기 위해 움직였다.

"날 내버려둬!" 그녀는 히스테리에 가까울 정도로 거칠게 내뱉었다. "사이먼, 나를 구해주지 않을 거예요?"

앨링엄은 그녀의 시선을 피하며 단조로운 억양으로 크리브에게 말했다. "3월 12일 오전, 하워드 크로머는 런던에 있는 제 사무실에 저와 함께 있었습니다. 협박 건에 대해 저와 상의하기 위해서였습니다. 주말에 미리엄이 그 사실을 그에게 털어놓았기 때문이었죠. 그는 11시 30분부터 1시 직전까지 저와 함께 있다가, 브라이턴행 기차를 타기 위해 빅토리아 역으로 향했습니다. 제 사무실 직원이 이 사실을 확인해줄 겁니다."

"아니에요! 그건 사실이 아니란 말이에요." 미리엄은 다시 크리브를 돌아보았다. "저 사람 말을 믿지 말아요! 둘 다 내가 죽기를 바라는 거야. 두 사람이 이 계획을 꾸며냈단 말이에요. 모르겠어요? 하워드가 법망을 빠져나가기 위해 내게 자백하도록 시킨 거라고요. 저들은 내가 사면될 거라고 약속했단 말이에요. 철석같이 약속했다고!"

크리브는 그녀를 진정시키려 고개를 끄덕였다. "부인의 말을 믿습니다. 당신은 사면될 거라고 생각했을 테죠."

크리브는 창백한 얼굴로 그의 말에 귀를 기울이는 그녀를 바라보았다. 그녀의 얼굴은 더이상 사진 속에 담긴 얼굴이 아니었다. 그녀의 얼굴 속에 섬세하게 균형을 이루고 있던 가능성이 변하기 시작했다. 그녀의 모습은 여전히 아름다웠지만 수수께끼 같은 면은 더이상 찾아볼 수 없었다. 그녀의 얼굴은 이제 살인자의 얼굴로 보였다. 그녀는 한 번이 아닌 두 번의 살인을 저지른 사람이었다. 그리고 다시 한번 살인을 저지르려 하고 있었다. 그녀는 하워드 크로머가 교수형을 당하기를 바랐던 것이다.

크리브는 그녀의 눈 속에서 결코 꺾이지 않을 힘을, 강력한 의지를 알아차렸다. 다른 환경에서였더라면, 미리엄 크로머는 패배를 인정하지 않는 그 힘으로 한 시대를 이끄는 사회운동가가 됐을 수도 있었다. 하지만 여러 사건을 겪는 과정에서 그 힘은 그녀의 내면으로 향하고 말았고, 자기만족을 위한 충동으로 변해버렸다. 그녀는 결혼 생활을 갈망했다. 계획이 어긋나는 상황을 용납하지 않았을 것이다. 그래서 그녀는 자신의 친구까지 살해하고 말았다.

하지만 결혼 생활은 성취감은커녕 불만만 낳을 뿐이었다. 그녀는 다른 사람의 집착의 대상이 된다는 것이 어떤 것인지 알게 되었다. 헌신적인 배려 속에서 살게 되었지만, 고립되어 사랑받지도 못한 채 아내 역할을 연기하는 데 모든 의지를 쏟아부었다. 그런 그녀의 인생에 공갈이라는 방해물이 끼어들자, 그녀는 무자비하게 골칫거리를 말소해버렸다. 재판과 판결이 그녀의 결단력을 시험하는 새로운 도전거리를 제공해준 것이나 다름없었다. 그녀는 자신을 교수대에 보내려던 사람들을 거의 속여 넘길 뻔했다.

이상하게도 크리브는 그녀에게 일말의 존경심마저 들었다. 이 사건이 품위 없는 모습으로 끝나지 않기를 바랐다.

"당신은 영리한 조언을 들었던 겁니다." 그는 그녀에게 말을 건넸다. "증거가 부인에게 불리했던 걸 감안하면, 당신의 유죄 여부를 놓고 우리를 갈팡질팡하게 만들었던 것은 놀랍기 그지없군요."

그녀는 분노가 끓어오르는 눈으로 크리브를 바라보며, 그의 얼굴에 떠오른 표정을 읽으려 애를 썼다.

"부인은 앨링엄 씨의 조언에 귀를 기울였어야 했습니다." 크리브는 계속 말을 이었다. "아무 말도 하지 않고, 우리 멋대로 결론을 내리도록 내버려뒀어야 했습니다. 앨링엄 씨는 당신이 사면되기 전까지는 당신 남편에게 알리바이가 있다는 사실을 말하지 않았을 겁니다. 하지만 당신이 남편을 살인범으로 고발함으로써 그가 그 알리바이를 어쩔 수 없이 털어놓도록 만든 겁니다. 당신은 지나치게 많은 것을 원했습니다. 부인의 사면과 남편의 유죄판결을 함께 바라다니요. 앨링엄 씨는 우리가 당신 남편을 살인죄로 고발한다 해도 절대로 받아들여지지 않을 거라는 사실을 알고 있었습니다. 이 계획의 목적은 충분한 의혹을 불러일으켜 당신이 풀려나게 하는 데 있었죠."

"의혹이 모두 해소되지 않았잖아요." 그녀는 강철 같은 의지로 스스로를 통제하며 말했다. "당신은 그 점을 잊어버린 것 같군요. 만약 사이먼이 주장한 대로 하워드가 그와 함께 있다가 곧장 브라이턴으로 향했다면, 나는 독극물 캐비닛의 잠긴 문을 열 수 없었어요. 열쇠를 갖고 있지 않았으니까요."

크리브는 인내심 있게 고개를 끄덕였다. "그 수수께끼 때문에 상당히 골머리를 앓았습니다. 가능한 결론은 단 하나뿐입니다. 바로 조사이아 퍼시벌의 열쇠를 사용하는 겁니다."

그녀는 조롱하는 말투로 대꾸했다. "내가 그에게 열쇠를 달라고 부탁이라도 했다는 건가요? 그래서 그 공갈꾼이 스스로 파멸할 목적으로 내게 순순히 열쇠를 내어줬고요? 그보다 더 나은 설명을 가져오는 게 좋을 거예요."

"사실이 그런걸요. 다만 부인이 열고 싶다고 말한 것은 독극물 캐비닛이 아니었습니다. 디캔터를 보관하는 찬장 문을 열고 싶다고 퍼시벌에게 말했을 테죠. 그 찬장 문 역시 잠겨 있었으니까요. 당신이 디캔터에 와인을 채우려고 했을 때 남편은 부재중이었기 때문에, 당신은 퍼시벌에게 열쇠를 빌려 캐비닛 문을 열었을 게 틀림없습니다. 악의 없이 들리는 부탁이었으니 마데이라 와인을 굉장히 좋아하는 퍼시벌이 그 부탁을 거절할 리는 없었겠죠. 퍼시벌이 가진 열쇠들은 모두 한 열쇠고리에 꿰어 있었습니다. 열쇠 묶음 중에 독극물 캐비닛 열쇠도 있었던 겁니다."

"장식장 문을 연 다음에 열쇠는 그에게 돌려줬어요."

"독극물 캐비닛 열쇠를 열쇠고리에서 빼낸 다음에 말이죠. 점심시간이 되어 퍼시벌이 외출하자 당신은 청산가리를 꺼내 디캔터에 부었습니다."

"만약 그게 사실이라면……." 그녀는 계속 저항했다. "퍼시벌이 죽은 다음에 독극물 캐비닛 열쇠가 그의 주머니 안에 있던 열쇠고리에 꿰어 있었다는 사실은 어떻게 설명할 건가요?"

"파크 로지에 돌아왔을 때, 부인은 집에 의사가 와 있고 퍼시벌은 사망했다는 사실을 알아차렸습니다. 열쇠는 여전히 당신 수중에 있었죠. 의사는 캐비닛 문을 열어달라고 부탁했습니다. 만약 부인이 단순히 그 열쇠를 꺼냈다면, 그가 당신을 수상하게 여겼을 게 분명합니다. 하지만 부인은 똑똑하게도 열쇠가 퍼시벌의 주머니 속에 있다고 말했습니다. 의사는 퍼시벌의 주머니에서 열쇠 묶음을 꺼내 당신에게 건네주며 캐비닛을 열어달라고 했습니다. 부인은 손으로 열쇠 묶음을 쥔 채 빼낸 열쇠를 열쇠구멍에 끼워 돌리면서, 그 열쇠가 열쇠고리에 꿰어 있는 것처럼 꾸몄습니다. 의사가 청산가리가 든 병을 검사하는 사이, 당신은 몰래 열쇠를 고리에 끼워 넣었습니다. 의사는 그 열쇠 묶음을 직접 시체의 주머니 속에 되돌려 놓았죠. 그래서 나중에 경찰이 도착해서 주머니 안에 있는 열쇠 묶음을 발견하게 된 겁니다."

크리브는 두 손을 한데 모았다. "당신 남편에게 죄를 뒤집어씌우기 위해 그런 짓을 했다고 말하지는 않겠습니다. 그때 당신은 어떻게든 퍼시벌의 죽음을 자살로 위장하는 데에만 신경을 쓰고 있었을 겁니다. 하지만 그게 불가능해지자, 당신은 다른 계획을 세웠을 테죠."

그는 앨링엄을 흘끗 바라보았다.

"그건 도박이었지만, 계산된 도박이었습니다. 그리고 악마가 아닐까 싶을 정도로 교묘했습니다. 저는 부인이 한 자백에서 단 하나의 미세한 흠도 발견할 수 없었습니다. 사건은 부인이 설명한 그대로 일어났던 겁니다. 당신이 구체적으로 설명하지 않은 점들이 있었지만, 법은 말을 하지 않았다는 이유로 당신을 단죄할 수는 없습니다. 아니, 만약 그 전략이 성공을 거두어서 당신이 무죄방면되었다면, 나중에 당신을 위증죄로 고발하는 것은 불가능했을 겁니다. 부인의 자백 진술서에서는 단 한 글자도 흠을 잡을 수 없었을 테니 말입니다. 그 내용은 모두 사실이었으니까."

크리브는 진술서 사본을 접어 다시 주머니에 집어넣었다.

"제 말을 끝까지 들어줘서 고맙습니다, 부인."

미리엄 크로머는 잠시 동안 무표정한 시선으로 크리브를 바라보았다. 그러다가 낮은 목소리로 입을 열었다.

"모두 나가주셨으면 좋겠네요."

모든 사람들에게 잊힌 교도소장이 크리브의 어깨를 건드렸다. 두 사람은 시선을 교환하며 이만 자리를 뜨자는 데 합의를 보았다.

앨링엄은 지각없이 미적거렸다. "미리엄……."

"나가!" 그녀는 발작적으로 분노를 표출했다. "여기에 얼씬도 하지 마!" 그녀는 자신의 손가락을 비틀더니, 결혼반지를 빼서 그에게 던졌다. "그에게도 꺼져버리라고 말해. 나가, 나가버려, 다 나가라고!"

본청으로 돌아가는 길에, 조잇과 크리브는 이륜마차 안에 어색할 정도로 가까이 앉아야 했다.

"절차에 어긋나는 일이긴 하지만……." 조잇이 입을 열었다. "원활한 일 처리를 위해 즉시 청장님께서 계시는 클럽으로 가서 이 일을 구두로 보고하는 게 바람직할지도 모르겠군. 청장님께서는 사건이 진전될 경우를 대비해서 주말 동안 런던에 머무르겠다고 하셨으니까. 이제 미리엄 크로머가 결백하다는 그분의 생각을 바로잡아드릴 수 있겠어."

"청장님께서는 그렇게 믿고 계십니까?" 크리브가 부드럽게 물었다.

조잇은 불쑥 고개를 돌려 그를 바라보았다. "어제저녁 자네와 대화를 마친 다음 청장님께 가서 그렇게 조언을 드렸지. 내 말을 듣고 전혀 기뻐하시는 눈치가 아니었어. 청장님께서 하신 말씀 중에는 그야말로 과격한 표현도 있었으니까. 정말이지, 크리브, 이건 내 생각이지만, 자네가 청장님을 속일 목적으로 나를 보낸 거라면……."

"전혀 아닙니다, 경감님. 경감님께서는 당시 우리가 갖고 있던 정보를 통해 나름대로의 결론을 이끌어내셨을 텐데요."

"흠." 조잇은 깊은 생각에 잠긴 채 스트랜드 대로를 걷고 있는 쇼핑객들을 바라보았다. 그러다 이내 한 손을 입에 대고 조금 어색한 듯한 기침을 하며 말했다. "내가 말씀드리는 이야기가 청장님을 안도시킬 수도 있어. 어쩌면 자네를 만나보고 싶어 하실지도 모르지."

"그렇다면 클럽까지 경감님과 동행합니까?"

"그러지 않는 게 좋겠군." 그가 즉시 대답했다. "이 단계에서는 우리가 밝혀낸 것에 대해 아주 짧게 요약 보고만 드릴 생각이야. 그러니 자네 이름이 언급될 것 같지는 않군. 하지만 적절한 때가 되면 후속 조치로 완전한 서면 보고서를 제출하겠다고 찰스 경께 말씀드릴 걸세. 그 일을 너무 서두를 필요는 없어."

그렇게 될 테지. 크리브는 속으로 생각했다. 조잇은 경찰청장에게 제출할 보고서를 작성하는 데 적어도 일주일은 소비할 것이다. 그 보고서는 필적도 반듯한데다, 논리적이고 설득력 있는, 보고서의 교본으로 삼아도 좋을 정도로 다듬어질 것이다. 설명이 미진한 부분은 모조리 삭제될 테고, 그와 함께 크리브의 이름 역시 날아가버릴 것이다.

"이제 기탄없이 말해도 좋을 시점이니 하는 말인데……." 조잇은 굉장히 사근사근한 말투로 이야기를 시작했다. "이 사건에서 그녀의 남편에 대한 자네의 의견을 알고 싶군. 그 여자의 유죄는 의심의 여지 없이 확정되지 않았나. 순전히 호기심에서 물어보지만, 자네는 하워드 크로머의 행동을 어떻게 해석하지?"

크리브는 속지 않았다. 조잇은 보고서를 작성할 준비를 하고 있었다. 그는 공모에 대한 고발이 이루어질 경우를 대비해서 기소할 수 있는 정당한 근거가 있는지 확실히 해두고 싶은 것이다.

그는 단도직입적으로 대답했다. "제 의견을 말씀드리겠습니다, 경감님. 하워드 크로머와 앨링엄은 공모해서 범죄를 저질렀습니다만, 굉장히 교묘한 계획을 짜냈기 때문에 공소 담당관이 이 건으로 공소를 제기할 수는 없을 것 같습니다.

사건은 이런 식으로 진행되었을 거라고 생각합니다. 조사이아 퍼시벌을 살해한 것은 미리엄 크로머가 혼자서 결정하고 실행한 일이었습니다. 주말 사이에 그녀는 남편에게 자신이 협박을 당하고 있다는 이야기를 했습니다. 그가 그 소식을 어떻게 받아들였는지에 대해서는 그저 추측해볼 수밖에 없습니다만, 그의 해결책은 변호사와 그 문제를 상의해보는 것이었습니다. 그래서 그는 브라이턴에 가기로 되어 있던 월요일에 오전 시간을 할애해서 변호사를 만나러 갔습니다.

미리엄은 하워드의 해결책에 만족하지 못했을 수도 있고, 혹은 충동적으로, 그러니까 퍼시벌의 열쇠 묶음을 손에 넣게 되자 자기 나름대로의 방식으로 문제를 처리하겠다고 결심했을 수도 있습니다. 그녀에게는 자살로 위장할 수 있는 수단이 있었습니다. 사실대로 말씀드리자면, 만약 청산가리의 효과가 그녀의 예상대로였다면 그녀는 법망을 유유히 빠져나갔을 겁니다. 하지만 그렇게 되지 않아서 결국에는 워털로 경위 같은 사람조차 자신이 맡은 사건이 살인 사건이라는 결론을 내릴 수밖에 없었죠."

조잇은 혀를 찼다. "동료 경찰에 대해 쓸데없는 비방을 할 필요는 없어, 경사."

크리브는 말투 하나 바꾸지 않은 채 계속 말을 이었다. "쓸데없다고 생각하신다면 그 말은 취소하겠습니다. 일단 그 사건이 살인 사건으로 확정되고 공갈 행위가 있었다는 증거가 드러나자, 미리엄 크로머는 교수대에서 빠져나가기 위해 뭔가 깜짝 놀랄 만한 수단이 필요했습니다. 앨링엄이 그 일을 자청하고 나섰던 것 같습니다. 그는 그녀에 대한 기소 내용이 그녀에게 굉장히 불리하며, 따라서 현실적으로 유죄판결이 확정적이라는 사실을 알고 있었습니다.

하지만 만약 그녀가 자백을 하고 유죄를 인정한다면, 즉 말 그대로 항복을 한다면, 불리한 상황과는 반대로 그녀는 목숨을 구할 수 있을지도 몰랐습니다. 그러니까 그녀는 증거에 기반한 고발 내용에 의해서가 아니라, 무슨 일을 저질렀는지에 대한 자백 내용에 의해 유죄판결을 받게 될 거라는 뜻이었습니다. 그리하여 그녀는 자백 진술서를 작성하면서 모든 내용을 사실대로 적는 대신, 결정적인 정보 한 조각은 설명하지 않고 누락할 수 있는 기회를 얻게 된 것입니다."

"열쇠 말이로군." 조잇이 끼어들었다.

"그렇습니다. 앨링엄은 이 사건의 사실관계를 분석해서, 이

부분이야말로 의혹을 불러일으킬 수 있는 최적의 수단이라고 생각해서 달려들었던 게 틀림없습니다. 재판이 끝날 때까지 이 부분을 언급하는 사람은 아무도 없을 테니까요. 그리하여 내무부 장관이 이 대목에 관심을 갖게 하면, 반드시 수사를 재개해야 하는 상황이 될 터였습니다.

이 계획의 목적은 혐의가 하워드 크로머에게 쏠리도록 하는 것이었습니다. 당시 상황으로 미루어 보아 그녀를 제외하면 그가 유일한 용의자였지만, 그들이 이용할 수 있는 유리한 정황이 둘 있었습니다. 바로 《포토그래픽 저널》에 찍힌 그의 사진과, 그가 살인 사건이 일어난 날 아침에 브라이턴에 있지 않았다는 사실이었습니다. 그 사진은 내무부 장관에게 발송되었고, 때마침 제가 크로머를 만나기 위해 찾아갔습니다. 그는 자신의 행적에 대해 얼버무리는 모습을 보였습니다. 어떤 기차를 타고 브라이턴에 갔는지 정확히 밝히려 하지 않았죠. 그들은 우리가 연례 총회 회의록을 검토해서 그가 오전에 회의에 참석하지 않았다는 사실을 밝혀내리라는 것을 알았던 게 분명합니다.

그리고 그들에게는 여전히 다른 패가 더 있었습니다."

"크로머의 행방불명 말이로군."

크리브는 고개를 끄덕였다. "그의 실종은 우리들이 어쩔 수 없이 움직이도록 만들기 위해 계산된 행동이었습니다. 하워드가 유죄를 인정하는 듯한 모양새로 달아나게 되면, 우리는 범죄인 인도 요청 절차를 밟는 것을 고려해야 했을 테니까요. 그 도박의 목적은 우리가 영장을 발부받기 위해 어쩔 수 없이 미리엄 크로머의 무죄방면을 추진하도록 만드는 것이었습니다. 하워드는 그녀가 사면되자마자 경찰에 출두했을 겁니다. 그리고 사건이 일어난 날 아침에 알리바이가 있다는 사실을 밝혔을 테고, 앨링엄이 그 사실을 확인해주었겠죠."

"하지만 그렇게 하면 자기 아내의 유죄를 확인해주는 꼴이 되지 않나?"

크리브는 이 말을 할 기회를 고대하고 있었다.

"오트러프와 콩빅트."

"뭐라고?"

"프랑스어를 모르십니까? 법률 용어입니다. 관습법 시대까지 거슬러 올라가는 개념이지요. 한 개인은 같은 죄목으로 두 번 기소될 수 없습니다. 심지어 미리엄 크로머가 살인범이라는 사실을 알아내어 그녀를 치안판사 앞에 끌고 가더라도, 그녀는 '일사부재리 원칙'을 호소해서 자유롭게 법정을 벗어날 수 있었을 겁니다."

"나도 법에 대해서는 알아, 크리브. 전문용어라서 쉽게 생각나지 않았을 뿐이야." 조잇은 심사가 뒤틀린 듯했다.

조잇 경감이 다른 지점 또한 쉽게 생각해내지 못할 경우를 대비해서, 크리브는 이렇게 말했다. "굉장히 교활한 발상이었습니다. 쉽게 풀 수 있는 것이 아니었지요. 하지만 다른 모든 계획이 그렇듯이, 그 성패 여부는 이를 실행하는 사람들에게 달려 있습니다. 그들의 신경을 한계까지 시험해보는 일이었죠. 미리엄 크로머는 사형수 감방에 갇힌 채 하워드 크로머가 행동에 나서기를 기다려야 하는 처지였습니다. 하워드는 정보를 제공하는 동시에 숨기는 위험한 외줄타기를 해야 했습니다. 이 계획의 설계자였던 앨링엄은 둘 중 누구라도 계획을 어그러뜨리면 자신의 미래마저 파멸될 수 있다는 사실을 감수해야 했습니다.

가장 먼저 실수를 저지른 사람은 하워드였습니다. 예상하지 못한 사람이 끼어들고 말았던 겁니다. 그들이 경찰이라고 단정했던, 턱수염을 기른 남자 말입니다. 아직도 그 사람이 누구인지는 아는 바가 없습니다만……. 어쩌면 영영 알 수 없을지도 모르겠군요. 어쨌든 저는 그에 대한 이야기를 듣고 몹시 화가 났습니다만, 곰곰이 따져보면 그의 등장이 우리에게 이득이었다는 사실을 인정하지 않을 수 없습니다.

하워드 크로머는 경찰이 자신이 뿌린 미끼를 물었다는 신호가 오기를 노심초사 기다렸던 나머지, 그 손님이 끔찍하게 제멋대로인 일반인이 아니라 경찰의 일원이라고 추정해버렸습니다. 그래서 그를 안으로 들여 비위를 맞추고 사진까지 찍어주며, 얼마나 필사적으로 그 경찰의 관심을 자신에게 쏠리게 하려고 했는지 드러내 보였던 겁니다. 그리고 물론 앨링엄에게서 들은 이야기입니다만, 그 역시 그 남자가 경찰청에서 온 사람인지 확실히 알고 싶어 했습니다. 이 일은 우리에 굉장히 유익하게 작용했습니다. 만약 크로머가 정중하게 남자를 돌려보냈더라면 결코 일어나지 않았을 일입니다. 덕분에 제 추론이 진전될 수 있었습니다."

"단언컨대 나 역시 그게 수상쩍다고 생각했어."

크리브는 그 의견을 무시해버렸다. "그리고 다음 날 하워드 크로머는 모습을 감췄습니다."

"패를 꺼내든 게로군."

"저는 그 사실을 무시하고 넘어갈 수 없었습니다. 그래서 이 건을 이용해서 미리엄 크로머를 신문할 수 있는 권한을 얻어내자고 결심했던 겁니다. 그렇게까지 철두철미하게 자신을 통제하는 여자와 대면할 거라고는 전혀 예상하지 못했습니다. 저는 진상에 도달할 수 있는 길은 하나뿐이라는 사실을 깨달았습니다. 그녀를 설득해서 우리가 그들이 꾸며낸 이야기에 넘어가 하워드 크로머의 유죄를 입증하는 증거를 찾는 것 외에는 관심이 없다고 믿게 만드는 것이었죠. 저는 그녀가 자기 과신에 빠지게 될지도 모른다고 예상했습니다.

아시다시피 실제로 그렇게 되었습니다. 그녀는 본래 계획에 만족하지 않았던 겁니다. 그녀는 계획을 좀더 나은 방향으로 변경해야겠다고 생각했습니다. 우리 스스로 하워드가 유죄라는 결론을 이끌어내도록 내버려두는 대신, 일부러 그 사실을 확인시켜주었죠. 그러면 앨링엄이 그녀의 입장을 고려하고 그의 알리바이에 대해서는 입을 다물 것이라고 기대했던 겁니다. 그런 다음 그녀는 무죄방면되고 하워드는 교수형에 처해졌을 테죠. 그리고 항상 자신을 숭배해왔던 앨링엄과 새 인생을 시작할 수 있었을 겁니다. 그녀는 하워드가 주디스 허니컷을 살해했으니 교수형을 당해도 싸다고 앨링엄을 납득시킴으로써 협력을 이끌어낼 수 있을 거라고 믿었으니까요."

"다른 살인 사건으로 말인가? 나도 그 이야기를 듣긴 했지만, 지나치게 왜곡된 논리가 아니었나?"

"그녀는 십 주 동안이나 감방 안에 갇혀 있는 사이 자신의 목적에 맞도록 사실관계를 빚어낸 겁니다. 그녀는 지나친 욕심을 부리다가 제풀에 넘어지고 말았죠. 하워드가 주디스 허니컷과 약혼했었다는 이야기를 로티 파이퍼에게 들었다고 말하지 않았다면, 앨링엄은 감정에 취해 자신의 판단력을 애써 무시했을지도 모릅니다. 검시 배심에서도 그들의 약혼 이야기는 전혀 언급되지 않았고, 앨링엄도 그에 대해서는 듣지 못한 상태였습니다. 하지만 그는 제 이야기를 듣자마자 미리엄에게 주디스를 살해할 동기가 있다는 사실을 알아차리고 말았습니다. 그녀는 하워드를 차지하고 싶었던 겁니다."

조잇은 화살 같은 시선으로 크리브를 바라보았다. "그녀가 허니컷이라는 여자도 살해했다는 말인가?"

"저는 그렇다고 확신하고 있습니다. 이제 와서 그 사실을 입증하는 것이 무슨 도움이 되겠습니까? 하지만 그게 유일하게 가능한 설명입니다. 그녀가 공갈을 당했을 때 어떻게 행동했는지 생각해보십시오. 몇 주 동안이나 남편에게 자신의 고충을 알리지 않았습니다. 그녀는 퍼시벌의 요구를 들어주기 위해 스스로 결정하고 행동했습니다. 그녀 정도 되는 신분의 여인이 전당포에 드나든다는 것은 결코 가벼운 문제가 아니었습니다. 그런데 그녀는 어째서 하워드에게 비밀을 털어놓지 않았을까요? 사진을 찍은 당사자가 그였으니 당연히 사진의 존재를 알고 있을 텐데 말입니다. 만약 협박 내용이 단순히 추문을 퍼뜨려 그들의 생계 수단인 사진관의 평판을 떨어뜨리겠다는 것이었다면, 그녀는 당연히 남편에게 의지했을 겁니다. 그러나 그녀는 그러지 않았습니다. 미리엄 크로머만이 알수 있는 훨씬 더 큰 위험이 존재했던 겁니다.

자신의 조수가 자신이 숭배해마지않는 아내에게 공갈을 치고 있다는 사실을 하워드 크로머가 알았을 때 어떤 반응을 보였을지 상상해보십시오. 그는 격분했을 겁니다. 싸구려 협박에 굴복하는 것은 그로서는 생각할 수조차 없는 일이었습니다. 그는 즉시 퍼시벌을 해고하고 그를 고발하겠다고 을러 댔을 거라고 생각합니다. 하워드는 자신의 아내에게 더 큰 위험이 닥칠 것이라는 사실을 알아차리지 못했던 겁니다. 퍼시벌이 우연히 주디스 허니컷의 살인 사건과 이어질 수 있는 연결 고리를 발견했을지도 모르는 일이었으니까요.

미리엄 크로머는 스스로 돈을 마련해서 사진을 구입한 다음, 하워드에게는 아무 말 하지 않고 주디스는 자살한 것이라고 계속해서 믿도록 내버려두는 편이 더 안전하리라고 결론을 내렸습니다. 그래서 퍼시벌이 햄프스테스에 가서 원판을 구입할 작정이라고 말한 운명의 날이 오기 전까지, 그녀는 자신이 결정한 대로 행동했습니다. 하지만 그녀가 가장 두려워하던 일이 일어나려 한 겁니다. 퍼시벌이 줄리언 듀케인이라는 이름을 추적해서 주디스의 죽음에 얽힌 이야기를 알아낼 가능성이 굉장히 높아진 거죠. 미리엄이 진작에 묻어버렸다고 생각했던 일이 파헤쳐질 위기에 놓이고 말았습니다. 그래서 그녀는 주디스를 독살했던 것처럼 퍼시벌 역시 독살하기로 마음을 먹었습니다."

"정말 냉혹하군!" 조잇이 큰 소리로 외치며 고개를 저었다. "그렇게 아름다운 여자가 말이지. 사진 속 여신 같은 용모였는데."

"사진 말이로군요." 크리브는 그의 말을 반복하며 자신만의 생각에 잠겼다.

마차가 좌측으로 돌며 런던 경찰청 본부 안으로 들어섰다.

"경사, 자네에게 경의를 표하겠네!" 조잇은 너그러운 말투로 말했다. "우리끼리 하는 말이지만, 정말이지 가증스러운 음모로부터 자네가 경찰 조직을 구해낸 거야. 자네는 여기서 내려야겠군. 자네가 한 말은 모두 청장님께 확실히 전달될 거라고 알고 있어도 좋아. 내 입으로 직접 말이지. 염려 놓게. 중요한 내용은 한 마디도 빠뜨리지 않을 테니."

크리브는 마차에서 내려 모자에 손을 대며 인사를 한 다음, 하릴없이 집으로 걸음을 옮겼다.

자정이 가까워질 무렵, 제임스 베리는 브래드퍼드 빌턴 플레이스에 있는 자신의 집 현관 자물쇠를 열고 안으로 들어갔다. 그는 그렇게 움직이면서도 소리를 조금도 내지 않았다. 위층에는 세 아이들과 장모가 자고 있을 것이다.

그의 아내가 촛불을 들고 복도를 따라 나왔다. 그는 가죽 가방을 내려놓고 그녀에게 키스했다. "평소보다 늦었네요. 무슨 일이라도 있었어요?"

그는 고개를 저었다.

"이번에는 여자 아니었나요?"

"그래요."

"그 여자는 사형을 당해도 싼 사람이었겠죠?"

"그 점에는 의심의 여지가 없지."

"런던에서 무슨 일 때문에 지체한 거예요, 짐?"

"일 때문에."

뉴게이트 교도소에서의 업무는 10시에 마무리되었다. 하지만 투소 밀랍 인형 전시관 밖에 운집한 인파를 뚫고 들어가는 데 한 시간 가까이 걸렸다. 매럴번 로드에 만 명이나 되는 사람들이 몰려들었다고 어느 순경이 그에게 말해주었다.

"제 경험으로는 평균 수준입니다. 세상 참 웃기지 않습니까? 공포의 방에 악당이 또 한 명 들어왔을 뿐인데 그걸 보려고 만 명이나 되는 사람들이 몰려들다니 말입니다. 그 여자가 피고인석에서 입고 있던 옷을 인형에게 입혀놓았다는 건 알고 있지만, 그래봤자 밀랍 인형인데 말입니다. 볼거리라고는 밀랍 인형 하나뿐이라니까요."

베리는 중얼거렸다. "둘이오." 그리고 얌전히 자리를 떴다.

"스튜를 좀 남겨놨어요. 배고프지 않아요?" 아내가 말했다.

"일단 테이블에 차려봐요." 그는 현관 옷장에 코트를 걸었다.

"짐! 그거 새 정장이잖아요!"

"그래요."

"정말 멋져요! 위엄 있어 보이는데요! 그런데 입고 갔던 옷은 어떻게 하고요?"

"놔두고 왔지."

그녀는 얼굴을 찌푸렸다 "아직 좀더 입을 수 있었는데."

"아아." 그는 벽난로 선반으로 다가가 시계 뒤쪽에 놓인 편지 뭉치를 집어 들었다. "뭐 특별한 거라도 왔어요?"

"저 큰 봉투 하나뿐이에요. 우편배달부가 굳이 문까지 두

드리더라고요. 토요일에 도착했어요."

베리는 우편물을 살펴보았다. 구부릴 수 없을 정도로 뻣뻣하고 커다란 흰색 봉투였다. 그의 주소가 깐깐한 필체로 적혀 있었고, 큐 지역 소인이 찍혀 있었다.

"열어봐요, 여보." 그가 말했다.

피터 러브시

Peter Lovesey —

콜린 덱스터, 레지널드 힐 등과 함께 현대 영국 미스터리를 대표하는 거장 가운데 한 명인 피터 러브시는 1936년 영국 미들섹스의 휘튼에서 태어났다. 그는 1958년에 문학 학사로서 우수한 성적으로 대학을 졸업했으며, 1958년에서 1961년까지는 영국 공군에서 교관으로 근무하기도 했다. 이후에는 대학에서 강사로 근무하다가 1969년부터는 해머스미스 칼리지에서 평생교육학과의 학과장으로 재직했다. 1975년부터는 교수직에 작별을 고하고 전업 작가가 되었다.

시대 미스터리 작가로서의 러브시

본디 영국의 스포츠 역사에 흥미가 깊었던 피터 러브시는 맥밀런 출판사에서 후원하는 범죄소설 콘테스트에 응모해보기로 결정한다. 그는 첫 미스터리 작품 『죽음을 향해 비틀비틀Wobble to Death』(1970)에서 1879년 런던에서 실제로 열린 오래 걷기 경주를 가져다 배경으로 삼았다.[1] 러브시는 이 작품으로 천 파운드가 걸린 콘테스트에서 우승했을 뿐 아니라, '크리브 경사'라는 빅토리아 시대 경찰이 등장하는 시리즈의 시작을 열었다.

곧 러브시는 뛰어난 역사 미스터리 작가로 손꼽히게 된다. 이후 그는 시대 미스터리 작가로서의 자리를 공고히 해왔는데, 한 인터뷰에서 그는 이렇게 말하기도 했다.

"많은 독자들이 현실에서 우울함을 느낄 때 과거로 도망치고 싶어 한다는 것을 알고 있다. 나는 인간의 삶에서 많은 것들이 바뀌지 않은 채로 보존되고 있다는 것에 흥미를 느낀다. 인간 본성이 몇천 년 동안 바뀌지 않는다는 것은 재미있는 일이다."

이후의 러브시의 활약은 눈부셔서, 네 번에 걸쳐 영국추리작가협회^{CWA} 장편상을 수상하였다.

'피터 다이아몬드' 시리즈를 통해 현대를 배경으로 미스터리를 썼던 그는 다시 19세기로 돌아가 왕세자인 앨버트 에드워드 경이 탐정으로 활약하는 기발한 시리즈를 쓰기도 했다. 실제 에드워드 시대의 글들과 비교하면 이 시리즈가 당시의 패스티시와 역사 미스터리 사이에 위치한다는 사실을 알 수 있다.

❙ 『블러디 머더』 줄리언 시먼스 지음, 김명남 펴냄, 을유문화사 지음, 2012.

플롯의 제왕

러브시는 균형 잡힌 사실들로 실체를 창조한다. 이것이 그가 글을 쓰는 목표이다. 역사 미스터리는 현실에서의 도피처로 작용하지만 책 속의 세계는 진짜여야 하기 때문이다.[11]

빅토리아 시대를 배경으로 삼은 '크리브 형사' 시리즈에서도 이야기의 사실성은 빛을 발한다. 시리즈의 마지막 작품 『밀랍 인형』(1978)에서는 실제로 역사 속에 존재하는 사형집행인이 사건 전개의 한 축을 담당하는가 하면, 철저한 조사와 고증을 통해 빅토리아 시대의 대중문화 및 사회상이 섬세하게 재현되었다. 1980년대 들어 작품의 배경을 20세기로 옮긴 러브시는 『가짜 경감 듀』(1982)에서 1921년의 모리타니아 호를 배경으로 삼는다. 탄탄한 실제 위에서 조직된 그의 눈부신 플롯은 독자가 안정적으로 과거의 실제 세계로 도피할 수 있도록 안내한다. 이 작품으로 그는 골드대거상을 수상했다.

러브시가 1990년대부터 발표한 '피터 다이아몬드' 시리즈는 아서 코넌 도일이나 존 딕슨 카의 작품과도 같은 고전 탐정소설이다. 그는 잡지와의 인터뷰에서 "고전 미스터리를 쓸 때 어려운 점은 현대의 배경에서도 실제로 가능한 퍼즐을 만드는 일이다. 나는 가능성을 시험해보는 것을 즐긴다. 이것은 마

---

11 『범죄소설과 미스터리 작품 100선(Crime and Mystery: The 100 Best Books)』, H. R. F. 키팅 지음, 캐럴 앤드 그래프 퍼블리셔스 펴냄, 1996.

술을 부리는 것과 비슷하다"고 말했다.

그의 소설과 이야기의 발상은 다양한 분야에서 나온다. 그는 《스트랜드 매거진》과의 인터뷰에서 아래와 같이 밝힌 바 있다.

"찻집에서 들은 이야기에서 소재를 얻기도 한다. 어디선가 주워 읽은 것에서 소재를 얻기도 한다. 어떨 때에는 두 가지 방법을 동시에 쓰기도 한다. 나는 글을 쓰기 6주 전부터 줄거리를 생각하고 여기저기 적어본다. 맘에 들지 않으면 집어 던지고 통할 것 같다고 생각하는 플롯을 다시 구상한다."

그 플롯들은 전부 통했다.[1]

작품 목록

The False Inspector Dew (1982) - 『가짜 경감 듀』(이동윤 옮김, 엘릭시르 퍼냄, 2012), 골드대거상 수상작

Keystone (1983)

Rough Cider (1986)

On the Edge (1989)

The Reaper (2000)

---

[1] 『가장 인기 있는 현대 미스터리 작가 100(100 Most Popular Contemporary Mystery Authors)』, 버나드 A. 드루 지음, 라이브러리 언리미티드 퍼냄, 2011.

The Circle (2005, 헨 몰린 경위[11] 시리즈)

The Headhunters (2008, 헨 몰린 경위 시리즈)

크리브 경사 시리즈

Wobble to Death (1970)

The Detective Wore Silk Drawers (1971)

Abracadaver (1972)

Mad Hatter's Holiday (1973)

Invitation to a Dynamite Party (1974) (또는 The Tick of Death)

A Case of Spirits (1975)

Swing, Swing Together (1976)

Waxwork (1978) - 『밀랍 인형』(이동윤 옮김, 엘릭시르 펴냄, 2022), 실버
대거상 수상작

피터 다이아몬드 시리즈

The Last Detective (1991) - 『마지막 형사』(하현길 옮김, 시공사 펴냄,
2011), 앤서니상 수상작

Diamond Solitaire (1992) - 『다이아몬드 원맨쇼』(하현길 옮김, 검은숲
펴냄, 2012)

---

[11] '피터 다이아몬드' 시리즈의 『The House Sitter』에서 조연으로 처음 등장한다.

작가 정보

The Summons (1995) - 실버대거상 수상작

Bloodhounds (1996) - 실버대거상, 매커비티상, 배리상 수상작

Upon a Dark Night (1997)

The Vault (1999)

Diamond Dust (2002)

The House Sitter (2003) - 매커비티상 수상작

The Secret Hangman (2007)

Skeleton Hill (2009)

Stagestruck (2011)

Cop to Corpses (2012)

The Tooth Tattoo (2013)

The Stone Wife (2014)

Down Among the Dead Men (2015)

Another One Goes Tonight (2016)

Beau Death (2017)

Killing With Confetti (2019)

The Finisher (2020)

Diamond and the Eye (2021)

왕세자 앨버트 에드워드 시리즈

Bertie and the Tinman (1987)

Bertie and the Seven Bodies (1990)

Bertie and the Crime of Passion (1993)

피터 리어라는 필명으로 쓴 소설

Goldengirl (1977)

Spider Girl (1980)

The Secret of Spandau (1986)

단편집

Butchers and Other Stories of Crime (1985)

The Staring Man (1988)

The Crime of Miss Oyster Brown (1994)

Do Not Exceed the Stated Dose (1998) [I]

The Sedgemoor Strangler and Other Stories of Crime (2001)

Murder on the Short List (2008)

Readers, I Buried Them and Other Stories (2022)

[I] 수록작 중 「먹어봐야 맛을 알지(The Proof of the Pudding)」는 『화이트 크리스마스 미스터리』
(이리나 옮김, 북스피어 펴냄, 2013)에 실려 있다.

보존된 기억의 섬뜩함과 아이러니 —

번역가 박현주

작가의 첫 작품은 대체로 그의 가장 깊은 애정, 혹은 그의 가장 큰 좌절을 담은 결과물이다. 피터 러브시(1936~)의 첫 추리소설인 『죽음을 향해 비틀비틀Wobble to Death』(1970)도 아마 이 경우라고 할 수 있을 것이다. 워블Wobble, 공식 용어로 퍼데스트리어니즘Pedestrianism은 빅토리아 시대에 있었던 장거리 육상 종목으로, 엿새 동안 걸어서 경주하는 울트라마라톤 형태의 스포츠였다. 크리브 경사가 등장하는 첫 작품이기도 한 『죽음을 향해 비틀비틀』은 자신의 스포츠와 역사에 대한 애정과 좌절을 담은 작품이라고 작가는 고백한다.[1]

언제나 그러하듯 남자아이들의 학교에서는 스포츠를 잘하는 학생들이 높은 위치를 차지하기 마련이지만 피터 러브시는 그런 유의 남학생이 아니었다. 교사로 근무하던 당시에는 아침 일찍 일어나 달리기를 연마하기도 하였지만, 결국 그는 관심을 글쓰

---

[1] 『살인에 관하여(Speaking of Murder)』 에드 고먼, 마틴 H. 그린버그 엮음, 버클리 프라임 크라임 펴냄, 1998, 73~86쪽.

기로 돌렸고 그 결과 육상경기의 역사를 탐구하는 스포츠 저널리스트로 활동하게 되었다. 스포츠의 역사에 관한 책을 두 권 출판한 후, 피터 러브시의 아내 잭스(재클린)는 우연히 《선데이 타임스》에서 본 미스터리 소설 공모전 광고를 보고 응모를 권유한다. 그리하여 스포츠에 대한 애정과 그간 쌓아온 역사적 자료를 종합하여 쓴 첫 소설이 바로 『죽음을 향해 비틀비틀』이다. 이는 빅토리아 시대의 런던을 배경으로 크리브 경사가 활약하는 첫 작품이기도 했다.

이와 비교하자면 『밀랍 인형』(1978)은 '크리브 경사' 시리즈의 여덟 번째이자 마지막 작품이다. 이 역사 미스터리 시리즈의 끝인 『밀랍 인형』에는 스포츠적인 요소는 없지만, 소재와 전개 방식에서 '기억의 보존으로서의 역사'의 의미를 종합하는 작품이라 말할 수 있을 것이다. 1888년의 빅토리아 시대를 배경으로 한 이 작품은 당시에 유명했던 여성 독살 살인자들을 모델로 한다. 작품 내에도 애들레이드 바틀릿, 매들린 스미스, 플로렌스 브라보 등의 이름이 언급된다.

애들레이드 바틀릿은 1886년 남편인 에드윈 바틀릿을 클로로포름으로 독살하였다는 혐의를 받고 재판을 받았으나, 검시 후 남편의 입과 목에서 독약의 흔적이 발견되지 않는 바람에 범행 방식이 밝혀지지 않아 결국 방면되었다. 매들린 스미스는 1857년 스코틀랜드 글래스고에 살던 인물로, 결혼 전에 피에르 에밀 랑젤리에라는 남자와 주고받은 연애편지로 협박받자 그를 비소가 든 코코아로 죽였다는 혐의를 받았으나 역시 증거가 뒷받침되지 않아 풀려났다. 부유한 집안의 상속녀였던 플로렌스 브라보 또한 1876년 두 번째 남편인 찰스 브라보를 죽인 혐의를 받았던 인물이다. 자신보다 37살 연상인 제임스 걸리와 부적절한 관계를 맺고 있었던 플로렌스 브라보는 남편을 안티모니로 독살했다는 의심을 받았다.

이 세 경우를 종합하면『밀랍 인형』의 플롯이 어떻게 짜였는지 짐작할 수 있다. 남편이나 협박범을 독살했다고 알려진 여성, 그러나 그들의 범죄는 확실히 증명되지 못했고, 모두 방면된다. 피터 러브시는 여기서『밀랍 인형』의 플롯을 착안했을 것이다. 거기에 실존 인물이었던 사형집행인 제임스 베리를 스토리 안에 녹여 넣었다.

1888년 큐 지역에서 사진관을 하는 하워드 크로머의 조수 조사이어 퍼시벌이 사진관에서 시체로 발견된다. 그의 옆에 놓인 와인잔에서는 청산가리가 검출된다. 사진관 찬장 안에 하워드가 손님들을 위해 넣어둔 마데이라 와인 디캔터에 독극물이 있었고, 이를 채우는 일을 맡은 사람은 하워드의 아내 미리엄 크로머였기에 미리엄이 의혹을 받는다. 결국 미리엄은 자신이 어렸을 때 친구들과 속아서 찍었던 점잖지 못한 사진으로 퍼시벌에게 협박을 받았고 반복되는 금전 요구를 견디다 못해 그를 살해했다고 자백한다. 이 자백으로 인해 미리엄은 사형선고를 받는다.

크리브 경사가 미리엄 크로머 사건과 관련하여 상사인 조잇 경감의 방문을 받은 날은 6월 13일, 사형이 집행될 6월 25일까지는 고작 12일이 남아 있다. 내무부 장관, 경찰청장, 치안감 사이의 복잡한 힘겨루기 속에서, '눈에 띄지 않는다'는 이유로 이 사건 수사를 떠맡게 된 크리브 경사는 미리엄 크로머의 무죄, 혹은 유죄를 밝히기 위해 사방으로 뛰어다닌다.

실화를 결합해서 만든 고전적인 미스터리인 『밀랍 인형』에서 '고전적'이라는 말은 두 가지를 의미할 수 있다. 현대에 과거를 재구성했다는 의미와, 정통 경찰소설의 플롯과 반전을 가지고 있다는 의미가 공존한다. 사형 집행까지 얼마 남지 않은 시간, 차분한 미모의 여성 살인 용의자, 그를 둘러싼 치정 관계, 와인 디캔터가 든 찬장에 접근하는 범행 방법의 트릭, 그리고 알리바이 입증까지 어우러진 범죄수사소설이다. 빅토리아 시대의 실화 사건에 익숙한 이들은 이 사건의 반전과 구성을 어렵지 않게 파악할 수 있겠지만, 크리브 형사가 마지막 트릭을 밝혀내는 순간까지 사건은 긴박하게 이어지며 긴장을 유지한다.

『밀랍 인형』은 그다지 길지 않은 분량이지만 그 안에서 경제적으로 과거와 현재의 사건을 배치했다. 스포츠 역사 저널

리스트로서 피터 러브시는 첫 책을 쓰면서 다음과 같은 세 가지를 글쓰기의 원칙으로 확립한다.[1]

1. 자신이 잘 알고 독자의 흥미를 끌 수 있는 소재를 흥미롭게 써라.
2. 계획은 필수적이다.
3. 결코 아무것도 버리지 마라.

이는 논픽션에 해당되는 원칙이었지만, 그의 추리소설에도 그대로 적용될 수 있다. 『밀랍 인형』은 역사와 실화에 대한 그의 흥미를 추리소설로 재구성했으며, 실제 인물과 허구의 인물을 조합하여 꼼꼼한 플롯을 구현했다.

무엇보다 『밀랍 인형』에서 주목해볼 점은 이 작품의 두 가지 주된 소재, 사진과 밀랍 인형 둘 다 기억을 보관하는 매체이며 역사적 기능을 담당하고 있다는 것이다. 소설의 사건 현장은 사진관이며 주된 인물들은 사진사이다. 또한 사진 인화에 필요한 청산가리 용액이 사건의 흉기, 독극물이고, 사건의 동기 또한 미리엄 크로머가 젊은 시절에 찍었던 사진이었다. 사진은 현재에는 (이 소설이 쓰였던 1978년에는 특히) 일상화된

---

[1] 「그는 비틀비틀 걸으며 시작했다(He Started with a Wobble)」, 존 M. 몰스 지음, 2005, 라이터스 포럼(Writer's Forum)에 게재.

매체다. 영상이 더 일반적인 21세기에는 아날로그 사진은 과거의 매체처럼 인식되는 측면이 있지만, 과거를 배경으로 한 이 소설에서는 동시대 사람들에게도 익숙하지 않은 새로운 기술이다. 맨 첫 장에서 제임스 베리가 사진에 보이는 거부감이 이를 증명한다. 여기에는 친숙하지만 낯선 것에서 오는 섬뜩함, 자기 자신이 담겼지만 자신이 아닌 것을 볼 때 느끼는 '언캐니Uncanny'한 성질이 있다.

밀랍 인형이라는 소재 또한 마찬가지이다. 에른스트 옌치의 유명한 1906년 논문『언캐니함의 심리학Zur Psychologie des Unheimlichen』에서도 언캐니함의 대표적인 물체로 언급되었듯이, 산 자와 죽은 자를 그대로 본떠 만드는 밀랍 인형에는 데스마스크에서 느낄 수 있는 기괴함이 있다. 밀랍 인형 박물관은 역사적 인물을 보존하는 장소이지만, 또한 죽음의 아카이브이기도 하다. 밀랍 인형은 과거에 죽었으며 앞으로 죽을 사람들을 기다리는 필멸의 장소이다. 또한 살아 있는 제임스 베리가 죽은 미리엄 크로머와 함께 박제될 곳이기도 하다.

추리소설로서『밀랍 인형』은 엄격한 설계로 이런 기억 보관의 섬뜩한 측면을 플롯 안에 넣었다. 소설은 사진과 밀랍 인형, 두 가지 관점으로 진행된다. 하나는 미리엄 크로머의 살인 사건 혐의를 크리브 형사가 수사하는 과정이다. 사진으로 남아 있는 과거의 흔적을 찾아 범인을 추리하는 과정이라고도 할 수 있다. 다른 한쪽의 서브플롯에서는 사형집행인인 제임스 베리가 미리엄 크로머의 교수형 집행을 준비하며 밀랍 인형 박물관과 접촉하는 상황이 묘사된다. 별개처럼 흘러가던 이 두 가지 타임라인은 제임스 베리가 사진을 찍기 위해 하워드 크로머의 사진관을 방문하면서 교차된다. 그리고 이 우연한 교차가 사건의 흐름을 뒤흔든다. 크리브 경사가 아무리 철저하게 수사를 했어도 제임스 베리가 찾아와서 하워드 크로머를 혼란시키지 않았더라면, 베리의 존재가 미리엄의 마음을 흐리지 않았더라면 범인(들)의 계획은 성공하고 크리브 경사는 실패했을 것이다.

바로 이 지점이 『밀랍 인형』의 정교한 설계가 빛나는 부분이고, 여기서 삶과 죽음이 뒤바뀌는 아이러니가 발생한다. 결국 사진으로 인해 시작된 사건은 밀랍 인형으로 박제되며 끝난다. 사진에 간직되어 있을 과거의 기억을 없애기 위해 벌인 범죄는 전모가 밝혀지며 밀랍 인형으로 기억된다. 이 소설의 결말이 흥미로운 점 중 하나는, 제임스 베리는 자신이 어떤 영향을 끼쳤는지 끝까지 알지 못한다는 것이다. 하지만 그는 하워드 크로머의 사진과 마담 투소의 밀랍 인형으로 남았다. 역사는 늘 죽음을 기록하지만, 그 죽음은 기록됨으로써 영원한 생명을 얻는다는 역설이 성립하는 순간이다.

『밀랍 인형』은 작가인 피터 러브시의 인생에도 큰 영향을 끼쳤다. 『밀랍 인형』으로 영국추리작가협회의 실버대거상을 수상했고, 이로 인해 TV프로듀서인 준 윈덤데이비스의 관심을 끌었다. 그라나다 제작사의 윈덤데이비스는 피터 러브시에게 대본화 작업을 맡겼고, 1979년 앨런 도비 주연의 드라마 파일럿이 TV에서 방영되었다. 그후 제작사는 러브시에게 7편의 에피소드를 더 주문했고, 피터 러브시는 아내 잭스와 함께 드라마를 공동집필하게 된다.

'크리브 경사' 시리즈는 텔레비전 드라마와 함께 끝난다. 피터 러브시는 그 이후에도 활발하게 작품을 생산하며 현대 배스를 배경으로 하는 피터 다이아몬드를 창조해냈고[1] 그 외 『가짜 경감 듀』를 포함, 다양한 스탠드 얼론 작품들과 짧은 시리즈물을 썼지만, 『밀랍 인형』 이후에는 '크리브 경사' 시리즈를 더 이어가지 않았다. 몇몇 인터뷰에서 피터 러브시는 앨런 도비가 크리브 경사를 연기한 이후 그의 잔상이 마음에 남아 더는 그와 다른 크리브 형사를 그려낼 수 없었기 때문이라고 밝힌 바 있다.[2] 즉, 소설의 창작 캐릭터로서 크리브 경사는 텔레비전 쇼 각색 과정에서 사라진 것이다. 엄격하고 꼼꼼하고 성실하며 눈에 띄지 않는, 그러나 영민한 크리브 경사는 작가

<hr />

[1] '피터 다이아몬드' 시리즈는 2022년 현재까지 총 21권이 발간되었다.

[2] 「애니 처노와의 인터뷰(Interview with Annie Chernow)」, 《크라임스프리 매거진(Crimespree Magazine)》, 2007년 7/8월 호 게재.

에게는 어떤 행운과도 같은 사건 속에서 사라질 운명이었다. 이 또한 『밀랍 인형』이 남긴 아이러니한 결말이라고 할 수 있을 것이다.

흥미로운 점이 하나 더 남아 있다. '크리브 경사' 시리즈 내내 '크리브'라는 성이 아닌 이름은 등장하지 않는다. 첫 작품인 『죽음을 향해 비틀비틀』에서 크리브는 '윌리'라고 불리고, 이것은 '월터Walter'의 약칭이었다고 작가는 말한다. 하지만 『밀랍 인형』에서 크리브는 'A. 크리브'라고 서명하고, 작가는 이 이름이 '아치', 즉 '아치볼드Archibald'의 약자라고 했다. 작가의 설명에 따라, 크리브의 전체 이름은 아치볼드 월터 크리브이고, 본인은 후자를 더 선호했다는 설정으로 볼 수 있을 것이다.[III]

III 「명성을 향한 러브시의 오랜 질주(Lovesey's Long Run for Renown)」, 2014년 9월 16일, '랩 시트(The Rap Sheet)' 게재.

- 트렌트 최후의 사건 / 에드먼드 벤틀리 지음 / 유소영 옮김
- 우리는 언제나 성에 살았다 / 셜리 잭슨 지음 / 성문영 옮김
- 구석의 노인 사건집 / 에마 오르치 지음 / 이경아 옮김
- 나의 로라 / 비라 캐스퍼리 지음 / 이은선 옮김
- 오시리스의 눈 / 리처드 오스틴 프리먼 지음 / 이경아 옮김
- 영국식 살인 / 시릴 헤어 지음 / 이경아 옮김
- 요리사가 너무 많다 / 렉스 스타우트 지음 / 이원열 옮김
- 화형 법정 / 존 딕슨 카 지음 / 유소영 옮김
- 붉은 머리 가문의 비극 / 이든 필포츠 지음 / 이경아 옮김
- 어두운 거울 속에 / 헬렌 매클로이 지음 / 권영주 옮김
- 가짜 경감 듀 / 피터 러브시 지음 / 이동윤 옮김
- 환상의 여인 / 윌리엄 아이리시 지음 / 이은선 옮김

||| 미스터리 책장 전체 목록 |||

- 철교 살인 사건 / 로널드 녹스 지음 / 김예진 옮김
- 조심해, 독이야! / 조젯 헤이어 지음 / 이경아 옮김
- 마녀의 은신처 / 존 딕슨 카 지음 / 이동윤 옮김
- 밀랍 인형 / 피터 러브시 지음 / 이동윤 옮김
- 벨벳 속의 발톱 / 나쓰키 시즈코 지음 / 하현길 옮김
- 흑백의 여로 / 다카기 아키미쓰 지음 / 추지나 옮김
- 법정의 마녀 / 박춘상 옮김
- 새벽의 데드라인 / 윌리엄 아이리시 지음 / 이은선 옮김
- 세 개의 관 / 존 딕슨 카 지음 / 이동윤 옮김
- 내 무덤에 묻힌 사람 / 마거릿 밀러 지음 / 박현주 옮김
- 독 초콜릿 사건 / 앤서니 버클리 지음 / 이동윤 옮김

살인해 드립니다 — 로런스 블록 지음 / 이수현 옮김

엿듣는 벽 — 마거릿 밀러 지음 / 박현주 옮김

상복의 랑데부 — 코넬 울리치 지음 / 이은선 옮김

특별 요리 — 스탠리 엘린 지음 / 김민수 옮김

처형 6일 전 — 조너선 래티머 지음 / 이수현 옮김

소름 — 로스 맥도널드 지음 / 김명남 옮김

그리고 누군가 없어졌다 — 나쓰키 시즈코 지음 / 추지나 옮김

제비뽑기 — 셜리 잭슨 지음 / 김시현 옮김

시간의 딸 — 조지핀 테이 지음 / 권도희 옮김

황제의 코담뱃갑 — 존 딕슨 카 지음 / 이동윤 옮김

힐 하우스의 유령 — 셜리 잭슨 지음 / 김시현 옮김

유괴 — 다카기 아키미쓰 지음 / 이규원 옮김

옮긴이 **이동윤**

서울대학교에서 사회학을 전공했다. 미스터리 애독자인 그는 고전부터 현대, 본격 추리부터 코지까지 폭넓은 미스터리를 독자에게 소개하기 위해 번역가의 길을 선택했다. 옮긴 책으로 앤서니 버클리의 『독 초콜릿 사건』, 피터 러브시의 『가짜 경감 듀』, 루이즈 페니의 『치명적인 은총』, 루스 렌들의 『활자 잔혹극』 등이 있다.

밀랍 인형
WAXWORK

초판 발행 2022년 12월 15일

지은이 피터 러브시 | 옮긴이 이동윤

책임편집 김유진 | 편집 임지호
아트디렉팅·디자인 이효진 | 저작권 박지영 형소진 이영은 김하림
마케팅 정민호 이숙재 박치우 한민아 이민경 안남영 왕지경 김수현 정경주
브랜딩 함유지 함근아 김희숙 고보미 박민재 박진희 정승민
제작 강신은 김동욱 임현식 | 제작처 천광인쇄사

펴낸곳 (주)문학동네 | 펴낸이 김소영
출판등록 1993년 10월 22일 제 2003-000045호

주소 10881 경기도 파주시 회동길 210
문의 031-955-2637(편집) 031-955-3578(마케팅) 031-955-8855(팩스)
전자우편 editor@elmys.co.kr | 홈페이지 www.elmys.co.kr

ISBN 978-89-546-9847-4 03840

엘릭시르는 출판그룹 문학동네의 장르문학 브랜드입니다.

잘못된 책은 구입하신 서점에서 교환해드립니다.
기타 교환 문의 031) 955-2661, 3580